嫡妻說了算 1

風 文創 174

東風醉 著

目錄

序

《嫡妻說了算》並非我寫的第一篇文，但卻是我寫過感情最深刻的一篇。這一篇文，是之前我寫的另一篇文的延伸，兩篇文的主旨都是：一個穿越回古代的女性和古代封建男權社會，能夠磨合嗎？

現代女性比古代女性更加獨立自主，她們可以自己賺錢，不依賴男人也一樣能過得很好，對感情的堅貞要求也越高。所以我寫了顧容盼這個角色，現代的她在外商公司工作，有能力，能決斷，她自然有一顆驕傲的心，但是顧容盼卻穿越了，穿成了封建社會世族之家的長媳。

這就好像將微波爐放在遠古社會，四周的人肯定不識貨更不懂得珍惜。

如果穿越是容盼不可改變的客觀因素，那喜歡上古代的丈夫龐晉川，一個很強大、有野心，同時渾身上下充斥著唯我獨尊觀念的封建士大夫，就是她給自己挖的一個坑。

對於這樣一個強大優秀的男人，試想在陌生時空的容盼又怎能不喜歡上？所以為了這個男人，她花費了很多心思，寧願被指責善妒而跪在佛堂，任由寒風侵襲；為了追求一生一世一雙人，她甚至背離了自己的觀念；為了獨占他，她心甘情願的替他生了孩子，龐長汀。

容盼敢愛敢恨，這份愛可以讓她義無反顧。

可以說剛穿越過去的容盼是天真的，她以為只要她付出努力，傾盡所有，男人就會懂，所以她選擇蒙蔽自己的雙眼，即便內心不斷煎熬。可是當孩子流掉時，龐晉川又帶回來了一個妾侍，他的行為猶如一雙黑手將她推進了無邊的地獄，就此，所有的夫妻恩愛，全數崩塌。

只剩下冷漠和嘲諷。

對丈夫的冷漠和離心離德，嘲諷自己的天真和無力。

如果只是這樣，那或許容昐大可以收回自己的心，過好自己的安穩日子，可現實又豈能讓她安樂？

龐晉川，他長於世族，太懂得什麼是自己要的東西，他總把自己喜歡的東西牢牢掌控在手中，為此可以不惜一切代價。所以連容昐也難免淪為他利用的對象，他為了爭權可以容忍妾侍陷害容昐，但終有一天這個秘密也將大白於天下。

屆時殘酷的真相，翻攪著血肉，無處可逃……

容昐的成長，是以拋棄掉新世紀女性的善良，拋棄掉新世紀女性的寬恕，和對愛情的渴望而活下去的。

然而唯一存在於靈魂之中不可磨滅的是獨立、堅韌和義無反顧。

這便是我想說的，關於一個現代女人的穿越故事。

第一章

臨近午時，廚房裡正是熱鬧異常。

長米熬粥，熱騰騰的在砂鍋內翻滾，容盼綰起鬢角的散髮，回頭對身後的林嬤嬤笑道：「嬤嬤，您看我這粥熬得可好？」

林嬤嬤是個四十開外的婦人，穿著青黑色襖裙，頭髮梳得一絲不苟，眼睛向上微挑，顯得極為嚴厲的樣子，她伸頭看了看，板著臉。「如果太太能每日去看大公子，比熬這些好多了。」

容盼抿了抿嘴，並不應聲，繼續攪動鍋底。

林嬤嬤繼續道：「大公子是太太的親生兒子，又是爺的嫡長子，雖然從小養在夫人身邊和太太不大親近，但爺既然將大公子接回來了，他近來咳嗽又越發厲害，太太更該時常去看著，趁著這機會親近，增進母子之情才是。」

龐長灃嗎？

第一次見到這個孩子，是她剛穿過來的第一個新年，這孩子她一抱就哭得厲害。

第二次見到這個孩子，是她的生辰，孩子會叫人了，叫她的第一句話是——太太，邊叫邊退到奶娘身後，怯生生地看她。

第三次……

第四次……

已經記不清楚了，印象中這個孩子，從來和她不親。

溫熱霧氣從砂鍋中騰騰冒出，容盼回過頭笑道：「粥熬好了，夾起來給大公子送去吧。」

那白粥加了冰糖，撒了枸杞，最是滋陰養肺。

身後兩個丫鬟連忙上前夾起砂鍋，倒入罐中。

容盼退居二線，由著林嬤嬤替她解下身前的兜子，洗淨兩手，抹上香膏，戴上金鐲、玉玨。

走出廚房，她見梅花開得灼灼，又叫幾個丫頭剪下給灃哥兒送去。

她就坐在廊上看著。

十一月初，百花皆殺，唯獨梅花爭豔，在銀白的雪色中迎風鬥雪，她只拿在手上把玩了一會兒，就不覺沾染上梅花的幽香，好聞得很。

林嬤嬤親自裝好罐子，提著出來。

見容盼不自覺的模樣，忍不住咳了聲。「太太，該去大公子屋裡了。」

「妳去就好，我還有事要忙。」容盼連忙擺擺手，笑得有些浮。

林嬤嬤一生氣，語速就開始快。「好歹您也是大公子的親娘。」

容盼哭笑不得。「那孩子不喜歡我。我要是去了，他可能也不願意見我，他在病中，我去了更不好。」

如果要用一個成語來形容這對母子的關係，那大概就是：水火不容。
如果要用一句詩歌來形容兩人的感受，那肯定就是：前情往事隨風去，自此見面為路人。
林嬤嬤沈默了下，似乎在判斷她言語間的可信度。
不遠處秋菊急匆匆地跑過廊道，僕人紛紛退避兩邊。
「太、太太……大公子，大公子。」秋菊氣喘吁吁的俯身，困難的嚥下口水。
容盼皺起了眉，站了起來。
林嬤嬤連忙上前握住秋菊的手，緊張道：「可是哪裡不好了？昨兒個夜裡就喘了大半宿，這隆冬天氣最容易發病了！」
容盼也有些緊張了。
林嬤嬤叫人倒了杯水。「妳快說。」
秋菊吞了口水，使勁搖著頭，一鼓作氣全講了出來。「是、是大公子把太太送的器物都給丟到外頭了！」
話音剛落，熱火朝天的廚房一陣寂靜，眾人的視線全部落在容盼身上。
容盼長長的呼出一口氣，排除了緊張的感覺。
這個孩子，如果當初養在她身邊，也不會到這種地步。
林嬤嬤擔憂的轉頭看她。「太太，大公子年紀還小。」
容盼抽出帕子咳了一聲。「去看看。」

龐長灃養病期間就住在她的小院子裡，容昐讓人收拾了東廂房出來。朱歸院是龐府冬日裡最美的院子，白雪皚皚，紅梅灼灼，閣樓錯落有致，行走方便。

待她匆匆趕到時，門口散落著摔得七零八落的東西。

洋人的懷錶、街上的虎頭娃，還有她讓人繡的手絹也被剪成一段一段，上面的生肖牛壓根兒就看不出樣子來，看得出來是用剪刀挑了絲後再剪了的。

容昐一一撿起，龐長灃就坐在大廳正中央的榻子上看著她，身上只穿著薄薄的藍色綢緞寢衣。

俊秀可愛的小臉耷拉著，一雙濃密的眉毛擠在一起，黝黑的雙眸死死盯著她，見她走進來，尖聲叫道：「我要回龐國公府！」

容昐見他沒哭，還會說話，心下稍安，上前撿起手絹。「這裡就是龐府。」

「是龐國公府！夫人住的地方！」長灃劇烈搖頭。

林嬤嬤要跟進來，容昐擺手搖頭，進了正屋環視四周婢女。「都下去吧。」

眾人安靜的行禮退下。

龐長灃急了，臉憋得通紅。「不，不准走！」

婢女們猶豫了下，紛紛看向容昐。

「下去！」容昐再道，眾人這下沒了顧慮，眼明手快連忙退了出去。

龐長灃恨恨的盯著容昐。「妳敢欺負我！我一定要告訴夫人去！」

容昐站在原地，看著他，那一雙黝黑的眸子與薄情的嘴巴和龐晉川長得真像啊，連輪廓都是一模一樣的。容昐問：「你不喜歡這些東西？」

龐長澧愣住了，容昐繼續收拾。

「不許妳動我的東西！」龐長澧似刺蝟一般猛地站了起來。

容昐回頭。「這些是我送給你的，所以也是我的東西，你明白嗎？」

龐長澧語塞，氣得兩眼冒火，卻對她無可奈何。

容昐沒有興趣和他乾瞪眼，這樣反而會激發他的怒氣。

她轉過頭，卻忽見地毯上一個黃牛造型的瓷器。

這黃牛似有些年歲了，但好像經常被人撫摸著，有些地方連顏色都沒有。她撿起來，放於手心細細撫摸。

「不許妳碰它！」龐長澧卻像瘋了一樣發狂著上前要搶。

容昐眼睜睜的看著黃牛從她手上砸下地，完完全全碎成了細片，連龐長澧也呆住了。

屋外丫鬟稟道：「啟稟太太、大公子。小公子到。」屋內兩人紛紛轉頭。

「媽媽。」門口傳來一聲小兒的呼叫。

背著光看不清他的模樣，只略微看出是小兒肉乎乎的倚在門廊上，笑嘻嘻的。

龐長汀五短的小肉肉身子蹦蹦跳跳跨進門，一雙圓滾滾的大眼好奇的轉動著，他叫了容昐一聲，看見長澧，嘴角往上咧開了去，甜甜笑著。「大哥哥。」

長澧看著和自己十分相像的弟弟，彆扭的轉頭，哼了一聲。

容昐將這兄弟倆的表情盡收眼底，無奈的長嘆一口氣。

「你過來。」容盼招手向小兒，長汀立馬屁顛屁顛地跑過來，他看到地上的碎片咦了一聲，又煞有介事的哦了一聲，一副小大人的模樣。

林嬤嬤看著好玩，笑問：「小公子怎麼了？」

長汀答道：「我知道，我也有一個，我是兔！哥哥的黃牛是誰送的？」

容盼忽地一怔，這黃牛是她送的？

時間太久了，回憶起來隱隱約約有這個印象。

長汀不滿意母親的失神，說著從厚厚的襖衣中掏出一條小紅繩，底下的墜子赫然就是一隻小金兔。

那紅繩看著已經有些年頭了，不過編得極為仔細。

長澧咬牙死死盯著弟弟，握拳，趁眾人不備之下突然衝了上去一把將長汀推倒，坐在他身上，用勁往下拽紅繩。

長汀大叫一聲，護住，扭頭要推長澧。

容盼趕忙上去拽住長澧的手。「快放手！」

長澧似沒聽到一般，拽得更用力，手指關節都開始泛白，容盼無法，只得將他手指一根根扳開，卻惹得長澧紅了眼眶狠狠瞪來。

容盼有一剎那的失神，不由鬆開手，長澧使勁擦甩眼中淚水，再一用力，金兔已經落入他手掌之中，他推開門口的林嬤嬤衝了出去。

容盼連忙喊：「快跟去看看。」

眾人這才反應過來，連忙追了上去。

容盼頭疼得很，這大寒冬的就這樣衝出去肯定得生病，她連忙拿了長灃的披風也要往外追，身後的長汀卻抓住她的袖子哭道：「媽媽，哥哥壞！長汀脖子疼！」

容盼將他下顎抬起，見脖子上果真被勒出一條紅痕，細摸著倒還好，便摸了摸他的頭安慰道：「不許說哥哥壞話，叫奶娘帶你回去。」

說完往外疾步走去。

才剛追到門口，只見長灃已經被他的奶娘拉了回來，奶娘拉著他說著什麼，長灃嘴巴緊緊抿著，一個勁兒的搖頭。

李奶娘推了長灃一把，厚厚的嘴唇咧開來笑道：「太太，哥兒年紀還小，不懂事，您別放在心上。」

容盼見他身上披著厚厚的披風心下漸安，上前拉住他的小手。

長灃卻往後一退，低下頭。「讓太太擔心了，是長灃不對，這給您。」打開手掌心，裡頭是剛從長汀脖子上拽下的小金兔。

長汀一見，跑上前去，踮起腳跟搶回。「這是我的！」收回自己的小香囊裡。

容盼瞪去，長汀才不甘願地嘟嘴。「大哥哥。」

長灃幽幽道：「太太帶弟弟回去吧。」

容盼扶額，知道他誤會自己要帶著長汀離開不管他，她蹲下身摸了摸他柔軟的黑髮，笑道：「剛才看你跑出去，我與你弟弟都十分擔心，連忙找了你的披風追出來，好在你也回來了。」說著揚起手上的披風給他看。

長灃低著頭不語，容盼無奈，只得囑咐道：「你先回去洗個澡，別凍壞了。娘給你熬了白粥，吃了藥再睡好嗎？」說著伸手去摸，長灃別過頭。

容盼只得放開他，又交代了奶娘一些事，才拉著長汀的小手離開。

在經過月亮門洞時，容盼忽然轉過頭，只見白茫茫的冰天雪地之中，長灃背對著她站得極直，李奶娘拉著他的手進了屋子。

也不知道為什麼，這時候在容盼心底湧起一股莫名的辛酸。

這孩子不是她生的，卻和她有母子的緣分。她穿越過來的時候，原來的顧容盼難產，血崩死了。聽說孩子剛生下來連面都沒見一面，就被龐國公府二夫人帶走撫養。

而她和長灃朝夕相處的時間並不多，即便是有，身邊也總是跟著一大群的丫鬟嬤嬤。

七年的時光裡，她漸漸接受了穿越，接受了再也回不到現代的現實，還和龐晉川生下小兒長汀，可是她還是不知道該如何面對這個孩子。

她知道，這孩子對她有敵意。

可她寧願他跑過來對她大喊：「為什麼妳要養弟弟，不要我？」也好過什麼話都不和她說。容盼有一天晚上就真的作了一個這樣的夢，夢醒後告訴了林嬤嬤。

林嬤嬤很平靜的說：「太太，這是常理，極少有主母將孩兒留在身邊親自教養。」

容盼靜靜的聽著，只是笑笑。

她差點忘了，自己所處的是什麼時代。

傍晚，龐晉川回府。

遠遠的，看見那個男人走來。

龐晉川，三十歲，靠著科舉探花郎的出身，已然是工部的員外郎。他長得不是頂好看，一張國字臉，卻有一對濃墨黝黑的雙眸，眼睛稍顯淡漠，平時總是靜默看著書，高高的鼻梁下，嘴唇單薄冰冷，只有在兩人情動糾纏時才見他有一丁點的溫度。

這樣子的男人，心從來不會在女人身上。

但是不得不承認，他的確很有魅力，似蜜糖，惹得女人心甘情願繞著他轉。

容昐的餘光掃過旁邊站著的宋芸兒，龐晉川小妾之一，最得他的歡心，已經為龐晉川生下一子一女。聽林嬤嬤說，她家是夫人的遠房親戚，在顧容昐懷有長灃時被夫人下定，納進來侍候龐晉川。

而她眼中的炙熱是容昐熟悉的，曾經她也這樣愛過龐晉川，那時候為了他心甘情願的生下了長汀。

只是如今，一切都沒了。

龐晉川走近了，穿著四品蟒袍官服。

容昐帶著其他人行禮，龐晉川淡淡的看了她一眼，虛抬一手後，撩開袍子徑直往屋裡走去。

容昐跟進去，給他沏了茶，站在桌邊看宋芸兒站在偌大的落地穿衣鏡前，一雙白皙的纖纖素手環著龐晉川的腰，熟練的解開白玉腰帶。

一個郎才一個女貌，天生一對啊！

林嬤嬤推搡了容昐一把，接過她手上的茶壺，努努嘴。「太太，這些事兒就讓我來吧，您去給爺換衣裳。」林嬤嬤的聲音不大也不小，卻正好能落入所有人耳中。

宋芸兒頓時羞紅了臉，手像被燙著了一樣，連忙縮回。

恰在這時，門簾子從外面撩開，低頭走來五、六個丫鬟，手上端著食盤，放好菜後又一一退出，屋內頓時瀰漫著一股濃郁的飯菜香。

龐晉川在鏡中看著容昐，宋芸兒依依不捨的紅著眼眶退後。「太太。」

容昐壓根兒就沒有給龐晉川換衣服的準備，可現下也只得硬著頭皮，拉著笑容走上前去，將他衣服上的扣子一一解開。

龐晉川俯視她。

眼前這個低頭的女人，裸露出的脖頸白皙光滑，不聒噪，不爭寵，為他生兒育女，照顧後院，比那些大臣家裡凶悍的主母強上不知多少倍，可他總是隱隱約約覺得少了什麼。

少了什麼呢？以前的她好像不是這樣，她也曾大聲的對自己笑，也哭過，也和其他女人爭寵過，但如今卻如此的平靜從容。

是什麼時候起發生的改變？

龐晉川盯著容昐的臉努力回想。

容昐解得認真，龐晉川看得也認真。

一旁的宋芸兒咬著牙，心裡吃味不已，她想上去擠開太太，想繼續給爺解扣子，這些本來都是她的事，現如今卻被太太搶走了。

她又有哪點不如太太呢？夫人喜歡她，連爺也是喜歡她的。

「太太，天氣冷得很，菜快涼了。」宋芸兒忽然走上前，站在兩人中間低眉俯身道。

被打斷回憶，龐晉川有些不悅，但看著宋芸兒柔弱嬌媚的容顏，他的氣少了許多，回過頭對容昐道：「讓芸兒侍候吧。」

林嬤嬤犀利的看著宋芸兒，低聲哼道：「狐狸精。」

容昐緊提起的心終於鬆了下來，連忙轉身退下，正在旁邊給他試熱水，擰著帕子，龐晉川忽然道：「今晚我留宿。」

一語猶如平地驚雷，頓時把屋裡安靜的氣氛震開。

容昐似有不信，只覺得腦袋裡頭亂烘烘一片。

在兩年前，容昐曾流掉一個孩子，從那時起兩人就極少同房。她不願意，她的冷淡他能感受得到，龐晉川不是會勉強自己的男人。

然而龐晉川今晚說要留宿，要幹什麼，自然不言而喻。

「太太。」宋芸兒只有一瞬間的猶豫，便上前盈盈一拜，甜道：「恭喜爺，恭喜姊姊了。」

柳腰纖纖不及一握，翠綠色的坎肩越發襯得她身姿輕盈，宋芸兒清楚的知道自己的長處，也知道這個時候龐晉川需要的是什麼樣的女人。

容盼撇過頭，略顯得有些嬌羞，偷偷瞧了龐晉川一眼，又迅速低頭。然而與面上的興奮所不同的是，她眼中餘下了一片冰冷。

用過晚膳，龐晉川果然沒走，容盼屋裡侍候的人臉上止不住的喜悅。特別是林嬤嬤，看著宋芸兒面色黯然地離去更是笑得合不攏嘴，連帶著連容盼平日裡極少用的沐浴香料也強制加了一些。

容盼平日裡就注重保養，生完長汀後更是如此，在熱水的滋潤下更帶著一種難以言喻的柔美。她本人尚且不覺，從浴桶中出來後隨意披了一件素色的暗紋寢衣，烏黑油亮的長髮鬆鬆的用一根珍珠釵簪在後頭，臉上脂粉未施，乾淨整潔。

從隔間出來，龐晉川已經坐在床沿，長髮隨意披散著，身上是鴉青色的長袍，顯然也是沐浴過的，還帶著一些濕意。

他挑了一本書翻看，聽見聲響抬頭看去。

只這一下，便移不開眼。

他是見過容盼的美麗，不止一次的知道她的甜美，可今日再見她出水的模樣，龐晉川只覺得自己的下腹忽然腫脹得難受。

「過來。」龐晉川啞聲道。

容盼低眉，嘴角帶著一絲嬌羞，迎上前去，離床頭只有一尺處停下，俯身，輕輕喊了一聲：「爺。」俯身時寢衣隨之下移，恰好露出裡頭的銀白邊大紅肚兜。

肚兜裹著她的豐滿，一對玉兔將跳未跳，惹得龐晉川口乾舌燥，越發不能忍耐。

「太太！」龐晉川低吼一聲，迅速將她拉入自己懷中，剝了那礙眼的上衣，在燈下細細瞧著那對玉乳。

心下更是愛不釋手，兜兒也不脫了，左右捧著來回蹂躪。

「嗯。」容昐低哼一聲，這具身體在他手下動情極快。

龐晉川幽深無底的黑眸深深的望了她一眼，露齒只是一笑，下一秒猛然低頭將那對寶貝含入口中。

一種酥麻、癢疼的感覺迅速的籠罩了容昐的五感，在他的舔弄下，只覺異常的空虛，她需要龐晉川，需要龐晉川狠狠的填滿她的空虛！

這場性事來得漫長而又讓人顫慄。

雖許久沒有在一起，但兩具身體的契合度卻著實讓容昐驚訝。

龐晉川的能力她是知道的，可今晚他好像無法饜足一般，一次又一次將她捲入滅頂的顫動之中！

到最後容昐連爬起來的力氣都沒了，被龐晉川抱著進了浴桶。

這個色狼卻猶未饜足，容昐迷迷糊糊間覺得有些刺痛的下體又被揉搓深入。

她睜開眼，只見自己整個人都掛在龐晉川懷中，龐晉川正低著頭認真的清洗她的私處。

見她醒了，龐晉川才回過頭，長舌探入她口中肆意掠奪著，直到容昐無力捶打他胸膛時，龐晉川才放開她，摟著她的腰部，喘著粗氣。

容盼猶豫了下，求道：「今晚不要了。」說著推開對方的賊手。

龐晉川熱氣撲打在她白淨的耳垂。「乖……再給我一次，妳也要的，妳看下面都濕了。」說著手已經往下。

容盼這下是欲哭無淚了，這人不是一堆的小妾嗎？這是多久沒給餵飽了，今晚這樣子的折騰。

床上已經鬧了三次了，現在還要第四次。

「我那裡疼。」容盼哭道，嗓子叫得都有些沙啞了。

龐晉川卻似沒聽見一般，一指已經深入，容盼連忙按住，龐晉川抬頭皺眉，容盼猶豫了下咬牙道：「你、你要不去找其他人吧。」

一下子龐晉川的臉黑得不像樣，本是動情的雙眸猛地轉黑，帶著一絲陰冷。「今晚我就在這兒！」兩指深入，被她緊緊包裹的感覺該死的讓他不住沈迷。

容盼猛地打了個顫。

龐晉川往裡，找到她的敏感點，狠狠扣住，惹得容盼顫慄不已。

龐晉川看向她，平日裡冷然的聲音帶了一些誘惑。「要嗎？」

容盼搖頭。

不癢不疼的一撞，耳朵被他咬住，含在嘴裡，熱熱的。

「真不要？」

「唔……」

容盼再也忍不住地哼出聲，她所有的敏感點他都一清二楚。

龐晉川滿意的看著她的臉色漸漸變得粉紅，帶著情慾的嬌羞，他就是不給，繼續磨著。

「還叫不叫我去別人那裡？」

容盼垂淚欲哭，越發的靠近他。

龐晉川道：「我歡喜妳的，那妳歡喜我嗎？」

容盼猛地抬頭看他。

龐晉川看著她的眼眸逐漸清晰，露出一個極其殘忍的笑容，俯下身在她耳邊輕輕道：

「我要妳，妳有拒絕的能力嗎？」一個挺身，深深埋入她體內。

容盼疼得眼淚都快下來了。

「乖，別哭。」龐晉川吻上她的淚水。「妳知道我不喜歡妳忤逆我。」

這個男人，兩年前她就知道他有多無情了。

第二章

一大早，是被外面的吵鬧聲弄醒的。

容盼睜開眼，只瞧外頭的天還濛濛亮，龐晉川站在衣鏡前攤開兩手，任由婢女服侍著穿衣。

他頭也沒轉，道：「醒了？」

容盼嗯了一聲，想從床上爬起，可是渾身上下沒有一處是不疼的。

龐晉川在鏡中笑了笑，眼中浮出一抹溫情，服侍的婢女頓時羞紅了臉，忙低下頭去。

「妳的小兒在外頭鬧了好一會兒了，妳既然醒了我就叫他進來。」龐晉川拍拍手，門扇打開。

長汀像小鳥一樣飛快地竄進來，瞧見龐晉川也不怕，露出甜得能膩死人的笑撲上去。

「父親——」

龐晉川接過小兒子，摸了摸他的小手。「嗯，今兒個是暖和了。用了牛乳了沒？」

長汀搖搖頭，和龐晉川極其相像的眉頭一皺。「兒子想父親母親了。」

龐晉川吻了他紅紅的小油嘴一口，目光似有若無的掃過兒子身後的奶娘，稍作停留後笑出聲。「好，那小兒就跟著爹爹吃。」

奶娘後背頓時覺得一陣陰冷，額上不禁流下汗來。

容盼瞭解這目光的涵義，不由得有些同情地看向長汀的奶娘。

長汀被龐晉川抱著去洗了臉，兩個父子膩歪在一起談天，聲音大得容盼這邊都能聽得到了。

長汀問：「父親，為何您在娘的屋裡呢？」

長汀四歲了，正是好問的時候。

龐晉川沈默了會兒，反問：「小兒你喜歡嗎？」

「嗯！喜歡極了！」

長汀的答案立馬取悅了龐晉川，龐晉川哈哈大笑。「好，那以後爹爹常來娘這裡，小兒醒來就可以看到爹爹了。」

父子兩人鬧作一堆，容盼呆呆地坐在床上聽著。

她都忘記了，長汀這孩子打一出生就是被龐晉川抱在懷裡長大。

長灃也是他的兒子，只是從未養在他身邊，且身體自幼不好，並不得龐晉川的寵愛。小兒極像他，幾乎得到了龐晉川所有的疼寵。

不知不覺的，她忽然想起兩年前流掉的那個孩子。是個女娃兒，五個月已經成形了，孩子離開的時候她還不知道，兩天後才知道胎停了，那時候龐晉川在哪裡呢？

容盼回想著，是了，被宋芸兒叫去了。

「娘，抱抱！」容盼回過頭，忽見父子兩人不知什麼時候走到她跟前。

長汀嘟著嘴巴，伸出手，委屈地看她，顯然已經叫了好多次了。

龐晉川神色冷然，也盯著她，對她忽略小兒的行徑不太滿意。

容盼咧開笑，伸出手去，長汀回到自家娘親的懷抱，極是高興的左扭扭右扭扭，像隻小豬一樣。

「娘，爹爹說今晚還來陪小兒。」

容盼摸摸他的頭，轉移話題。「去看過哥哥了沒？」

長汀搖頭。「哥哥不讓小兒看。」

龐晉川皺起了眉。

「乖，那等會兒用完膳和娘一起去看哥哥好嗎？」容盼問。

「好。」長汀笑著撲到容盼耳朵邊偷偷道：「媽媽，小兒有乖乖的在爹爹面前叫您娘親哦！」小樣得意不凡，容盼瞪了他一眼，親上他的嘴角，惹得長汀格格笑個不停。

龐晉川神色這才好了一些。

這個人啊，霸道慣了，他自己疼愛長汀，也不許別人給他的小兒一點罪受。

長汀這孩子不知是不是容盼懷他時吃得太好了，整個一好動兒，容盼畫眉他要畫，容盼上胭脂他也要鬧，最後被龐晉川抓起打了屁屁才安靜下來乖乖坐在父親旁邊等著娘親。

坐著也是不安分的，還睜著圓溜溜的大眼轉來轉去，不知打了什麼壞主意。

待容盼洗漱完，一家子才開始用飯。

平日長汀和容盼坐一起吃飯，長汀都是自己乖乖扒飯，要是敢多說就雞毛撣子侍候。

容盼從來貫徹不溺愛孩子的方針。

但是和龐晉川在一起，這孩子照例是窩在他懷裡用膳的。

容盼看不過去，曾勸過一次，卻惹得龐晉川冷哼一聲。「小兒是我龐晉川的兒子，妳擔心什麼！」

得，容盼實在是沒法和這個男人多深入交流。

有龐晉川在，容盼就不擔心長汀了，自己吃自己的，一屋子鴉雀無聲。

只是吃到一半，父子兩人忽然都停了下來看容盼。

長汀委屈道：「娘親，今天都不給小兒挾菜。」

容盼笑道：「你給娘挾菜了嗎？」

長汀默然，從爹爹手裡拿了筷子給容盼挾了個花卷，容盼這才禮尚往來也給他挾了一個，順手也給旁邊的大爺挾了一塊他喜歡吃的芝麻卷。

長汀有些不滿。「爹沒給娘挾，為什麼娘會給爹挾？」言下之意就是不公平待遇。

容盼正思索要怎麼答這個問題。

抱著長汀的龐晉川已經開口道：「你娘是爹的太太。」

長汀捧著小腦袋似乎不太明白這兩件事有什麼關係，正想著，忽聽外頭有人報。「爺，太太，宋姨娘帶著二公子、大小姐求見。」

容盼放下筷子，看向龐晉川。

林嬤嬤很是不滿的瞪了外頭一眼，上前回道：「回爺、太太，昨晚因為爺在太太這邊留宿，已經派人通知幾個姨娘不用來請安侍候了。」

王公貴族之家一向有這個規矩，如果當家主人在主母屋中過夜，小妾須待主人離去後才可向主母請安。

林嬤嬤言下之意便是，宋芸兒踰越了，還帶著兩個孩子來。

龐晉川也不解一向溫柔可人的宋芸兒今日為何突然這樣。

他看向容昐。

只見對方慢條斯理地吃完了花卷，喝完了豆漿，還給他懷中的小兒擦了嘴角，才抬起頭對他笑道：「爺，芸兒踰越了，您瞧這事兒該怎麼辦？」

龐晉川道：「妳是當家主母。」

容昐笑了笑。「既是如此，那就等爺上朝了，再讓芸兒進來請安吧。」說著轉頭看向林嬤嬤。「妳領著哥兒、姊兒去偏廳候著，至於宋姨娘嘛……」

容昐一頓，林嬤嬤抬眼看她。

過了一會兒才聽她淡淡道：「就在外頭站著，等會兒再請安吧。」

昨夜北風颳了一夜，雪也下了一夜，化雪時正是最冷的。

龐晉川略有深意的看了容昐一會兒，朝林嬤嬤道：「既是如此，那就站著吧。」說罷，擦了嘴，將小兒抱給容昐，起身往外走去。

林嬤嬤黑著臉對容昐道：「爺明擺著偏幫宋姨娘！」飯也沒吃完，什麼時候見著爺只吃這一點？

容盼閉上眼靜默一會兒，聽著外面宋芸兒怯生生喊了一聲。「爺。」

容盼唉了一聲，拾起筷子給自己和長汀布菜。

宋芸兒的手段，她難道還不知道嗎？龐晉川是什麼樣的人，她也一清二楚。

宋芸兒柔弱又楚楚動人，正對龐晉川的口味，昨晚龐晉川留宿她這邊，估計宋芸兒一夜未睡，一大早明知是踰越卻敢來請安，還帶著兩個孩子，就是看她不敢下狠手。

若是她下了狠手，既在龐晉川跟前落了悍婦的罪名，以後龐晉川自是不喜歡。

可若是不懲戒，她又如何管治這個偌大的公府？

若是在以前，容盼可能還會投鼠忌器，可是現在，她對龐晉川早已沒有當初的那種感情。

既是宋芸兒想做白蓮花，那就不要怪她當剪刀手！

想站，那就站一個早上吧。

在這個府裡，從來都是步步算計，宋芸兒敢算計她，就別怪她下狠手。

容盼讓奶娘抱了長汀下去，招手喚林嬤嬤過來……

用過早膳，容盼照例讓人去西偏廳回話。

西偏廳的構造和龐府有很大不同，是容盼特意讓人請了洋人的傳教士設計的，再加上她的修改，刪去過於繁華的雕花用工，一桌一椅無不帶上了濃厚的現代社會氣息。

這也是容盼最喜歡待的地方之一。

院子外又颯颯落下白雪，打得寒梅越發嬌豔火紅。

容盼用熱水燙了手，秋菊遞上新進的香膏，林嬤嬤命人剪了梅花放在銀瓶之中，容盼上前剪了兩下，低頭一聞滿鼻子的馨香。

若說穿越到這裡有什麼好，生活節奏慢，估計就能讓一堆人羨慕。

「太太，喬姨娘本來定好今日去上香的，但是今兒個大雪，您看這還讓不讓去？」西院管事王嬤嬤拿著牌子上前問。

林嬤嬤上前接下，遞給容盼。容盼也不接，就著她的手上，稍微一掃，蹙眉指向其中一處。「香油錢半月前彙上來的是五十兩，今兒個怎麼變六十兩了？」

王嬤嬤細長的眼兒稍抬。「喬姨娘說，香油錢添得多，許能給爺再添上一個大胖小子。」

容盼淡淡一笑，剪下一朵花骨朵。「五十兩夠多的了，足夠一個莊稼人家過上富足的兩年。既然之前提的是五十兩，那就沒有拿六十兩的道理，這十兩給我捐了。」

王嬤嬤稍有一些遲疑，林嬤嬤已經劃掉，容盼繼續道：「她若是想做善事，就自己補貼十兩上去。」

說著似笑非笑看著王嬤嬤，不遠處宋芸兒還立在風雪之中。

王嬤嬤一斂，連忙低下頭，輕聲問道：「那，太太，今兒個是讓喬姨娘去呢，還是不去呢？」

容盼爽利道：「我是覺得她如今懷了四個月，這大雪天裡還是待在府裡舒服。若是出去外頭磕著碰著回頭也不好和爺交代，可妳家姨娘若是想去，我也沒有阻攔的道理，這話妳好好與她說，回過頭若真想去，我多排幾個人服侍便是了。」

笑話，孩子又不是她的，要不要去和她有什麼關係？

「妳下去吧。」容昐道，王嬤嬤猶豫了下，最後還是上前取了牌子拐彎去帳房領錢。

林嬤嬤看著她遠去的身影，啐道：「真真是喬姨娘的奴才，人心不足蛇吞象，還想畫個圈兒給您跳呢。」

「又不是我的孩子，我著什麼急？」容昐飲了一口熱茶。「當初她爹欠著莊子上的錢，趁著他去莊上行獵，硬是讓自家女兒無名無分跟了去。如今也算是立地成佛了，自然是看重她肚子裡的這一胎，若是生下了，母以子貴不是？」

秋菊忽然幽幽的嘆了一口氣。「太太，府裡妖精太多，您也太難了。」

容昐噗的一口茶全部噴了出來。

這個秋菊平日裡話不多，可說出的話，總是語不驚人死不休！

林嬤嬤瞪眼橫過去，秋菊嚇得縮肩往後退去。

「死丫頭，也不怕隔牆有耳！讓人聽去了，又是一樁事兒。」

容昐捂著肚子攔道：「嬤嬤，這倒是大實話，我也是這般想的。這屋裡妖精太多了。」

一大早處理完雜事，宋芸兒竟還沒暈倒。這麼大好的機會，宋芸兒竟然沒有裝暈？這讓容昐驚詫極了，連忙讓人叫她過來。

屋裡散發著淡淡的梅香，宋芸兒進來後迎面還帶來了冷冽的雪味兒。

容盼正想叫人打開簾子透透氣，可又怕冷，這下好了，宋芸兒幫了她一個大忙。

「還能說話嗎？」容盼揮手讓人遞上一杯熱茶。

宋芸兒冷得直發顫，雙膝好像都不能彎曲了似的，也不怕燙，囫圇吞棗的吞下一大碗熱茶，臉色這才恢復了紅潤。

容盼這下覺得自己有那麼一點惡毒正房的味道。

她和宋白花這般裝柔弱的完全就不是一個路數，宋白花太過嬌滴滴了，這樣的美人才最適合在龐府這座繁華的金絲鳥籠中生存。

宋芸兒打著寒顫，抬眼看容盼，見對方穿著暖和的嫩黃色襖裙倚在案几上，似笑非笑的看著自己。

她連忙跪下來，嬌弱哽咽道：「請太太饒了妾身這一回吧。」

「饒了妳什麼？」容盼問。

宋芸兒匍匐在地上。「妾身……妾身忘了規矩，爺還沒走，就來太太屋裡請安。」

「哦。」容盼點點頭。「這事兒呢。」說著玩味地看著她今日的穿衣打扮，顯然比平日更精心準備過，頭上梳著杭州髻，身上是黃紬子襖兒，玉色雲緞披襖，將她襯得粉面纖腰。

容盼問：「見到爺了？」

宋芸兒嚇道：「妾身、妾身再也不敢了。」

「既是見著了，也讓他可憐了，就不要來我這邊討喜了。」容盼不怒反笑。「廢話我也不多說，給妳看一個東西。」

宋芸兒有些不敢相信自己的運氣，顫抖地抬起頭，一張小臉早已是哭得梨花帶雨。

容盼遞上一張紅帖，轉動著自己手上的玉石戒指，平靜道：「喬氏有孕四個月，如今府上能侍候爺的只有我和妳，自兩年前小產，我的身子就不大好。如今夫人又作主送了一個姊兒過來，也是妳認識的，瞧瞧。」

林嬤嬤轉遞。

宋芸兒顫抖地接過手去，攤開匆匆一看，面色忽如白雪。

容盼吃了一口茶，看她表情。

紅燭，曾經服侍過妳的丫鬟。

如今已經長大了，現在是夫人身邊一等一得力的丫鬟呢。

花無百日紅，人無千日好。在這龐府之中，誰能真正做到獨領風騷呢？容盼抿嘴，掃了掃裙襬。

想當初宋芸兒作為夫人的親信，有多被夫人看重？吃香的喝辣的，一連還生下一女一男。

只是，如今年紀大了，容顏不復往日，就棄之如敝屣了。

這個夫人呀，和龐晉川一樣的無情無義。

不過也可以看出，這對母子間嫌隙也挺深的。

夫人若是相信龐晉川，也不會瘋了一樣使勁往他房裡塞人。

虧這兩人平日裡見面還是「母慈子孝」的樣子。

呵。
這一邊，大紅印金的紙上寫的是紅燭的生辰八字，宋芸兒心底漸漸湧上一層恐懼。
先是夫人皮笑肉不笑的臉，後逐漸是龐晉川的冷漠。
她忍不住打了個冷戰，強行壓下戰慄，摺上紙。
不可能的，夫人是寵愛她的！她是夫人的表姪女！
爺也是愛她的。
是了，一定是紅燭這個賤人使了下賤的手段！
宋芸兒的目光漸漸變得陰冷。
「太太，這事是要交給妾身處理嗎？」宋芸兒僵硬地扯出一絲笑，以前喬姨娘入府就是她籌辦的，太太一向不喜歡管這些事。
容盼笑道：「嗯。妳好好地擬出一個單子我瞧瞧。」
過去她也像宋芸兒這樣，可是現在想來哪裡值了呢？
龐晉川不過是一個冷酷無情的男人，他心裡只有自己，只有他的仕途和他背後龐府的榮華富貴。
「是。」宋芸兒低頭緩緩退下。
容盼看著她的背影，忍不住嘆了一口氣，林嬤嬤上前蹙眉問：「太太為什麼突然把這事交給宋氏打理？不怕她搗亂嗎？」
容盼道：「她愛龐晉川，這個愛遲早有一天會把她給逼死。喬姨娘、紅燭，以後還會有其他的女人的。」

她比宋芸兒早一步認清了這個現實，所以她能用當初所嘗到的苦果，為宋芸兒的覆滅推波助瀾。

宋芸兒並不討喜，對她，容盼從來沒有一絲憐憫。

她真的很想看看，龐晉川到底有多寵宋芸兒呢？

晚上龐晉川回府，進了門遞給容盼一個禮盒。

容盼接過，一看，是個巴掌大的木質盒子，打開盒子，裡頭放著一支玉簪。

接收到容盼遲疑的目光，龐晉川換了常服道：「從衙門回來的路上，兄長叫我帶給妳的。」

容盼喜歡極了，取出叫林嬤嬤給她插進烏黑髮絲之間。

只見這支玉簪，周身白亮溫潤，製成蜿蜒的枝幹，底下的流蘇則是五朵琉璃所製的火紅臘梅花，轉動間折射出五彩的光芒，新意十足。

這是上次她回顧府時，見她大嫂頭上戴著好看，就隨口那麼一說，沒承想大哥竟然還記住了。

容盼小心翼翼的摸著髮簪，回過頭笑問：「大哥可還說了什麼？」

龐晉川已經換好暗紫色團枝花錦服，暗色常服越發將他襯得眉目俊朗，比平日裡更添了幾分沈穩。

他走過來，彎下身，低著看著容盼頭上的髮簪，看得仔細，隨後用粗礪的拇指輕輕一摸，道：「他也沒明說，只與我說叨嘮了。妳可知，為的是哪一樁的事？」

容盼笑了笑，將目光從他身上移開，要摘下玉簪，被龐晉川攔住。「不用，妳戴著挺好的。」

容盼這才道：「這事大哥估計不好意思與你說，就是大嫂為著生哥兒的事，月子中身子就不大好。母親年紀又大了，便叫我回去住兩、三日，好好料理料理家裡的事，到時候我想帶長灃去。」

「倒是可以，小兒年紀還小，我也不放心。」

龐晉川摸著緊蹙的眉頭在她旁邊坐下。

容盼思慮了下，道：「夫人那邊前日裡送來紅燭的生辰八字，問是爺什麼時候納她過來？」

龐晉川摩挲著玉扳指，眼中是濃濃的迷霧。「妳的意思呢？」

容盼想了想，試探著問：「這事我交代給了芸兒，過幾日我就回去，許多事也照顧不來。您說，先讓芸兒去合一合生辰八字如何？」

「不急。妳先把妳的事辦妥了，回來再說。」龐晉川嘴角扯出一絲譏笑，說著拿了茶吃了一口。「芸兒那邊派人來回說病了，妳叫人去請太醫來，想來這生辰八字不用合，府裡就已經有人生病了。」

容盼心領神會地笑道：「是了，定是不吉利的。」中午她特地去打聽宋氏那邊的情景，聽說雖請了太醫，但暗地裡卻是活蹦亂跳的。

可她沒想到的是，宋芸兒竟然會把這件事告訴龐晉川。

看來這個女人不只是空有美貌。

也是，能讓龐晉川寵了這麼多年，自然知道他的喜惡。

容昐淡漠地別了別耳邊的散髮，露出光潔的脖頸。

龐晉川恰好看來。他的妻子，眉目比往日更清晰了，可這樣又好像離他遠了一些。

他靠近，握住容昐冰冷的雙手。「家裡辛苦妳了。」

容昐目色溫柔，含羞。「哪裡，這是妾身的本分。只是今早的事妾身不是針對芸兒，爺知道府上規矩不得不遵。」

龐晉川眼中亮光一閃而過，很快又恢復了平常。「是芸兒踰越了。」

這個男人吶，早上還能為了宋芸兒的事給她臉色看，晚上再回來又能當什麼事都沒發生過。

到底是真的不在乎呢？還是作戲都作習慣了。

秋菊不覺，眉飛色舞地遞給林嬤嬤一個眼光。林嬤嬤會意，連忙上前：「爺，今兒個可要留宿？」

龐晉川神色稍有些愣，看向容昐，見她低著眉，燭光照著她將她的臉襯得柔和，心中微微轉了一個彎兒，許久道：「不用。」說著起了身。「我去看看月娥。」

喬姨娘閨名為月娥。

林嬤嬤嘴角笑容頓時僵硬在臉上，望向容昐。

容昐也跟著龐晉川起身，留宿的話一句都沒有，只是跟著他的腳步送到門口。「今日月娥去了廟裡，說是給腹中孩子祈福。您去了，也好。」

龐晉川頓了頓。「怎麼今兒個去廟裡？」

言下之意頗有一些責怪的意思。

容昐笑道：「我也是這個意思，雖然雪地難行，不過她說想生個哥兒，我也不好意思攔她。」

龐晉川點了點頭，踱步離去。

院中還是好大一片的雪，呼出去的熱氣都凝結在空氣中成了一團霧氣，容昐見他走遠了，臉上的笑容才漸漸放下來。

這時哪裡還見得到溫順恭敬？眼中淡淡的，只剩下一片涼薄，最後連這點涼薄都消散在冰冷的空氣中。

「回吧。」容昐抽出帕子掃了掃身上的塵。

林嬤嬤等人跟著進了屋，連忙上前要幫她，可看了半天，這衣服也是剛才換上的，哪裡見得到一點灰塵？

秋菊想了想道：「太太可是聞到剛才爺進來時的那股胭脂味兒？」

林嬤嬤恍然大悟，看向秋菊的眼神多了幾分和藹。

容昐抿著嘴點點頭。「不是宋氏和喬氏身上的味道。」

林嬤嬤奇怪。「那是誰的味道？」

秋菊重重點頭，肯定道：「是外面女人的味道！」

林嬤嬤又瞪向秋菊，秋菊委屈地縮著頭。「我、我以前家裡的空屋曾租給一個彈曲的姊兒，她身上也是常有這種味道的。」

龐晉川，不是個好色的男人。

一旦和女人沾染上了，便是入了心底，不然以他潔癖的程度，定是不會讓女人近身的。

那麼，以後有好戲看了。

容昐抿嘴微微一笑。

喬姨娘現在正春風得意。

她腹中懷有爺的骨肉，午時求籤說定是男娃！夫人看重她，太太也讓著她，現在爺也在她屋裡！

晚膳後，喬月娥挺著個肚子，端著茶碗上前，千嬌百媚的遞給龐晉川，嬌滴滴道：「爺，您用茶。」

龐晉川嗯了聲兒隨手一接，頭也不抬繼續低頭看書。

屋裡點著淡淡的暖香，暖香浮動勾得人心底癢癢的，給喬月娥的容貌又平添了一層豔麗。

容昐清麗，宋芸兒楚楚可人，而這喬月娥卻是美豔不凡。

喬月娥柳眉微皺，嘟起嘴兒。「爺，您看看人家嘛！」

龐晉川不悅的飛快掃過一眼。「肚子又大了？」

喬月娥眉開眼笑，一雙勾人的杏眼直勾勾地盯著他，剛往前走幾步，卻絆到木椅。

「啊，爺！」

龐晉川不耐煩地攬住她的腰，喬月娥順著在他懷中一坐，勾住他的脖子格格笑道：「爺的身手還是不減當年。還記得那年您狩獵，妾身也是這般被您護在懷裡嗎？」

龐晉川腦中飛快的閃過一絲記憶。

那時容昐孩子剛沒了，他心煩，去了別莊行獵。

第一眼看見月娥，竟覺得和容昐有一些像。

龐晉川眼神閃了閃，摸向喬月娥的肚子。

肚子裡的孩子重重地踢了他手心一下，龐晉川默默感受著。

「爺，哥兒在和您打招呼呢。這個小調皮，您快摸摸他！」月娥抓住他溫熱的大掌靠近自己的小腹，笑得燦爛。

龐晉川拉起她。

喬月娥眨了眨眼睛。「爺，您不喜歡？」

「妳睡吧。」龐晉川平淡道。

「可是，可是，您今晚……」喬月娥眼中立馬蓄滿了淚水。

沒有多說，龐晉川踱步離開，喬月娥跪在床上，直愣愣的看著這好不容易來她屋裡一次的男人竟然輕而易舉的離開！

心中有多麼的不甘！喬月娥重重捶著錦被，肚裡的孩子忽然也不亂動了。

她連忙摸向肚子，輕聲撫慰道：「乖，娘愛你。等你生出來了，娘要讓爹把所有最好的東西都給你！」

第三章

十一月初八，整理了三天，留下林嬤嬤掌管府中大權，容盼終於可以帶著長澧離開龐府。

這事沒敢讓長汀事先知道，直到要走了，長汀才似晴天霹靂一般從龐晉川口中聽到這個消息。

龐晉川對小兒子的嚎啕大哭也十分驚訝，瞪向容盼。

容盼羞愧一笑，這件事她就沒打算告訴長汀。

「小兒也想去嗎？」龐晉川問。

長汀吸著鼻涕，哭得眼睛跟小兔子一樣紅紅的賴在他懷裡，重重的點頭。「要和娘親一起看舅媽和小弟弟。」

長澧埋頭苦吃。

容盼見他一碗粥見底了，親自給他又添上，長澧放下筷子搖搖頭。「謝謝太太，兒子吃飽了。」

這孩子一向跟她不親。

容盼停在半空的手只得轉向長汀。

長汀委屈得跟個小老頭一樣，臉皺得緊緊的。「娘親帶小兒去，小兒才吃。」

容盼將他的碗拿回來。「那你不要吃好了。」

「娘親！」長汀兩行淚立馬下來。

「你什麼時候不哭了，我再和你好好說。」容盼補充道。

長汀立馬擦乾眼淚，從父親懷中滾下來，可憐兮兮的依偎在娘親身邊。

容盼給他倒了一碗豆漿，長汀立馬喝乾。

又給挾了一塊豌豆黃，也吃得乾乾淨淨。

容盼這才道：「乖乖在家，娘親回來給你帶禮物，過年再帶你去姥爺家。」

長汀回看龐晉川。

龐晉川點點頭。「妳去吧，我會照顧好他。」

長汀知道，這下子是不管他怎麼鬧也沒結果了，只得委屈地看著兩人，走到容盼跟前討了一個吻，靠在她耳邊，輕輕呢喃道：「媽媽要早點回來陪小兒。」

容盼點點頭，也吻了他紅撲撲的小臉，看他哭得兩眼紅紅的也心疼極了。「嗯，小兒乖乖等媽媽，下次媽媽再帶小兒去。」

如此又說了一堆肉麻的話，長汀才依依不捨的放開娘親。

在上馬車前，一直沈默不語的長灃忽然問：「您明明喜歡的是三弟不是？為什麼不帶三弟去？」

容盼看著和長汀長得極像的長灃反問道：「難道你不是我的兒子嗎？」

長灃默然。

容盼又道：「要知道，如果你想要什麼東西，就得自己去爭取。長汀是我的兒子，你也是我的兒子，他想要什麼東西，也得他自己去爭取。」

城南，顧將軍府。

事實證明，帶長灃回娘家果然是明智的選擇。

進顧府伊始，長灃還很是拘謹，顧家老太太也就是容盼的親娘，摟著寶貝外孫樂呵呵的看了許久，問了長灃吃了什麼藥了？飯有沒有好好吃？怎麼又瘦了？

老太太可是真疼，老半天就抱著長灃不撒手。

或是血緣的奇妙之處，對於這個慈祥的外祖母，長灃雖然沒見過幾面，但他卻莫名的想親近，連顧老太太身邊的老嬤嬤跟在他後面連連咳嗽了幾遍，他也聞作未聞。

容盼在一旁看著，微笑的叫管家把幾個長灃身邊的老人支了去後院吃酒。

貼身的徐老嬤嬤還不肯，拉著長灃的手要一起走，容盼笑笑看她，讓秋菊各給每個跟著長灃的人發了一兩的銀子，只唯獨她沒有。

徐嬤嬤神色很是不悅。「太太這是什麼意思？」說著牽著長灃的手更緊了。

長灃夾在兩人中間，低著頭不語。

容盼心疼地想去摸摸他柔軟的黑髮，被他一個轉頭錯開。

徐嬤嬤眼中飛快的露出一絲譏笑，容盼抽出手帕擦了擦嘴角，笑容滿面的輕聲問：「妳說我是什麼意思？」

「您是當家太太，您的心意老奴哪裡猜得透！便是老太太也未必看得清您這個兒媳，所以才派了老奴來侍候大公子。」徐嬤嬤皮笑肉不笑，一雙黃眼渾濁不堪，其中貪婪卻是他人百倍。

顧老太太一邊喝茶一邊聽著，面上神色全無，只身邊侍候的丫鬟眼中冒著怒火。

容盼捂嘴笑了笑。「您說的是，我雖是當家太太可到底年輕，老太太不放心也是應該的。今兒個若不是嬤嬤您提醒，我又該忘記這一茬兒了，這不您跟在長灃身邊最久，自然是最得力的人，怎麼能按其他人的賞錢賞您呢。」說著親自從秋菊香囊中掏出二兩，送到她手心。「這是您應得的。」

旁人都是奴才賞，就她是主子親自賞。便是到了太太的娘家，誰敢輕看了她去？

徐嬤嬤跟在夫人身邊作威作福久了，見著自己三兩句話便輕而易舉的壓住容盼，又得了比旁人多一倍的賞銀，心中如何不喜？

當下便鬆了長灃的手，咧嘴露出一口黃牙笑道：「太太是通情達理之人，老奴照顧大公子是應得應分的事，哪裡敢討賞呢？」說著推搡了兩下，便將銀子收入囊中，緊抓著長灃的手也放開了。

容盼招來顧霖厚，對他道：「你是哥哥，幫姑母帶著長灃表弟去玩吧。」

顧霖厚比長灃稍長兩歲，虎頭虎腦的身子極壯，拉著長灃一股腦兒就往外頭亂跑，一溜煙的工夫就跑得沒影了。

容盼站在門口，看長灃快速奔跑的樣子，笑了笑，轉過頭就對管家道：「你去，給剛才那個徐婆子弄一些巴豆下在她單獨吃的茶裡頭。」

管家心領神會，容盼繼續道：「她年紀也有一些，你不用下多，只她這三天沒空管長灃就可，其餘的照樣好吃好喝的侍候好。」管家肅著身子連連點頭，離開時悄悄看了一眼自家的大小姐，眼中露出一絲敬佩。

此刻在一旁的顧老太太王氏臉上才露出了笑容，拉著女兒依偎在自己旁邊，感慨著：「做得好，對這樣的老奴面上樣子總得做，私下裡該整治的整治，看妳如今越來越像個當家太太，母親也替妳高興。」

容盼半側著身子躺在她腿上，望著珠環玉繞的母親。「是啊，以前女兒傻，這不學著您變聰明了嗎？」

母女兩人會心一笑，王氏摸著女兒一頭烏黑順滑的長髮，看著她也是滿頭的珠翠，心中微微有些嘆息。

如果容盼當年嫁的是大媳婦家的沄湖，以沄湖和容盼兩個自幼一起長大的情分，容盼的日子也不會走得像如今這樣勾心鬥角。

雖說是親上加親的情誼，只是像他們這樣的人家，何嘗不是為名聲所累？換婚說出去難聽，兩家裡誰都不會肯。

在顧母處休息了半個時辰的工夫，容盼才去了大嫂黃氏屋裡。

黃氏躺在床上，嘴角含著一絲笑容看奶娘給小兒子餵奶。見她來了，連忙起身，容盼趕忙上前壓住她，瞪去。「看妳臉蠟黃蠟黃的，都什麼樣了，還來給我這一套虛禮。」

瞧著原本那麼明媚的大嫂，就這一次難產就瘦得跟皮包骨一樣，容盼心底也不好受，但見她穿戴的衣物針腳比往日更為細密，心中也好了許多。

黃氏咳了一聲，叫奶娘把孩子抱來，容盼小心地接過，抱在懷中。

這個小團子白嫩嫩的，還看不出長得像誰，可抱著還挺實在，剛吃完奶，小紅嘴兒還津津有味的咂巴，容盼心愛得不得了，在他小臉上輕輕的親了一小口，抬頭看去。「大嫂，可叫什麼名兒了？」

黃氏喝了一口牛乳，不由得浮起笑。「還沒取，妳大哥倒是給他取了個小名。」

「叫什麼？」

「小磨人精。」黃氏輕輕點住兒子飽滿的額頭，惹得小寶貝不安的動了動頭。

這孩子折騰了她三天三夜，到現在下面還瀝瀝的止不住。

容盼護住小寶貝，不滿地瞥過去。「便是咱們生得大，也不許這般討厭的！」說著又道：「我派人叫妳孕中不許吃得太多，妳怎麼不聽？」

聽說生產時，簡直是九死一生，那嘩啦啦差點沒把床單都染濕了。

黃氏嘆道：「妳可不知，自打我懷了他，就老是肚子餓。他一生下，那嗓音生生把父親都嚎過來了，他老人家看了一眼就說，以後也是和他爹一樣武將的命！」

黃氏雖是責怪，但說起孩子卻不由得露出許多高興，這是她繼長子和兩個女兒後，生下的第二個兒子，如此徹底坐實了她顧府大媳婦的地位。

容盼捂嘴偷笑，小磨人精在她懷中沈沈睡去，容盼還要和黃氏說話，便將孩子交給奶娘抱下去。

黃氏揮手讓人也送上一杯牛乳道：「這次叫妳過來實在不得已。妳也知曉咱們府裡的情況，母親就生了妳和厚兒他爹，其他都是庶出。我本想讓二弟妹管，可她手腳不乾淨妳是知道的，三弟妹、四弟妹又都是八月、九月裡先後嫁進來的，哪裡懂得管家？加上母親年紀又大了，受不得這累，我娘家也不便管，所以只得麻煩妳這個嫁出去的大姑姊應應急。」

容盼嗤笑道：「就妳嘴巴利索，我可是為了妳連龐家都交給林嬤嬤打理了。若不是看在妳這邊實在離不開人，我才不替妳受這層罪，所以妳趕快好起來才是正經，這三天我先替妳好生看著，妳再看看其他人。」

黃氏知道她說的也是大實話，連連點頭，道：「嗯，頭一件事便是麻煩妳幫我把我娘家送來的禮單打理一下。」說著一個丫鬟已經呈上一張摺疊得有七、八頁長的紅紙。

容盼打開，清俊熟悉的字映入眼簾。

如果說龐晉川的字體是飄逸鋒銳，那黃沄湖的字便是溫潤俊秀。

對於黃沄湖，容盼心底一直存在一種很茫然的感情。

許是這具身體最後殘留的意識，黃沄湖總是讓她很安心，可是容盼知道對於自己而言，黃沄湖只是一個陌生人，她連黃沄湖的面一年都見不到兩、三次，哪裡產生的好感呢？

當初顧容盼聽著黃沄湖娶妻，後又嫁給龐晉川，是一種什麼樣的情感呢？

容盼不知。

黃氏在一旁看著，見容盼茫茫然的感覺，不由得嘆了一口氣道：「當年他也是不得已，我爹和父親這邊原就不許。」

容盼心狠狠抽了一下，許久才道：「我沒怪他，都這些年了。」

黃氏點點頭。「弟妹都去了三年了，也沒留下個嫡子，我爹要他另娶，他沒答應。如今雖已是都察院的經歷，但我瞧著他性子比以往更冷清了許多。雖然這話不該在妳面前說，可妳也知道他心裡是苦的，看著往日的情分妳別怪他了。」

容盼張了張口，要說什麼，外頭突然傳來一陣吵鬧。

顧霖厚紅著一張臉率先跑過來，長灃哈哈大笑追在他身後。

眼瞧著霖厚要往黃氏身上撲，容盼連忙攔下。「你娘在坐月子，受不住涼，姑母給你擦擦。」說著接過侍女已經擰好的熱帕子先替他擦了擦小臉，又擦了小手。

顧霖厚打了個哆嗦，拉住長灃，大笑道：「姑母您真好！就是長灃玩累了，我們喝了水還要出去。」

容盼看見長灃臉上許久沒有露出的笑容，也拉住他的手。

長灃下意識要甩開，霖厚歪頭道：「你怎麼了？」

長灃咬住嘴巴。「我，我不習慣。」

秋菊也擰好了熱帕。「大公子，您不習慣什麼呀！這可是您親娘，最疼你的就是她了。」

「是啊！」霖厚在一旁應和。「姑母最溫柔了。」

長灃還有些猶豫，容盼已經拉著他抱進自己懷裡，也用熱帕將他身上寒氣驅走，又從懷中摩挲出三個小香囊，兩個顏色一樣的交給霖厚的乳母，一個親自打開。

霖厚歪著頭，跑到自己奶娘那邊看新奇。「是什麼啊？」

容盼將香囊中的東西倒出來，攤在手心，看著長灃道：「娘親親自編的紅繩，還有這個小牛是你的生肖，長汀有的，你也有好嗎？」

長灃愣愣的看著容盼，容盼已經替他戴上。

這邊霖厚已經拿著自己的金墜子跑過來，打量起長灃的金牛，誇張的大叫。「姑母真疼你，這個可比我的好看！」

長灃回過神，第一次這麼仔細的看著眼前的女人。

是這樣子的美。

以前他常常作夢夢見她，夢見她哄自己睡，夢見她陪著自己玩，甚至有一次他偷偷的跑到她屋裡，把她用的香料塗在自己身上，這樣子他身上就有她的味道了。

可是都沒有用，雖然她也總是對著自己笑，但是夫人說——傻孩子，你娘生你時難產，她喜歡長汀不喜歡你，她對你好都是做給別人看的呢。

長灃猶豫了下，握著金牛往後退了兩步，拘謹地彎腰。「兒子謝太太。」

容盼愣住了，皺了皺眉頭，許久才舒展開。「去吧，去和表哥玩。」

長灃二話不說，也不等霖厚就往外跑。

霖厚愣了下，連忙追上去。「等等我啊你！」

容盼聽著長澧的笑聲，告訴自己，不急，不急，一切都會好的。至少今天長澧願意要這個金牛了不是嗎？

不怪孩子，怪她，怪她下意識的排斥這個孩子。

不過好在日子還很長。

與兄長獨占母親的幸福生活不同。

長汀夜裡作了一個惡夢醒來，吭哧吭哧從床上爬起，邁著小短腿跑到容盼的屋裡，見著屋裡黑漆漆一片，長汀叫了一聲。「媽媽，您在嗎？」

沒人應他，連守夜的婢女也睡著了，只聽到外頭寒風呼呼颳過。

長汀嚇得半死，連叫有鬼，捂著自己的小心臟連忙跑到外頭，外面院子裡也是黑燈瞎火一片。

小胖子才四歲，立馬沒了方向感，一路走一路抹淚，哇的嚎啕大哭。

龐晉川在去宋芸兒院子的路上，聽到容盼院子裡的聲響，只見一個小小的人兒從夜色中慢慢走出。

不正是他的小兒嗎？肉藕似的小身子就單單著一件淡藍色月亮星星的寢衣，一件披風也沒有，臉上凍得紅撲撲一塊塊。

龐晉川的臉當場就黑了下來。

他身後的來旺偷偷覷了一眼，心肝亂撞，這個小祖宗半夜不讓人睡嘛？

來旺不由得唸起阿彌陀佛來……

「小兒，你怎麼在這兒？」龐晉川緩和下臉色輕聲問。

正迷茫的長汀一看到爹爹，跟見到救星一樣猛地一頭扎進他懷裡，嚎啕哭道：「小兒找媽媽，媽媽不見了！後面有好高好高的鬼追小兒，哇……」

媽媽？

龐晉川蹙眉，說的該是容昐。此刻看著從小在掌心養大的小兒，他的心軟得不像話。

龐晉川彎下腰一把將小兒摟進懷中，任由他的眼淚鼻涕抹得自己一身都是，他低著頭在他小胖手上親了又親，安撫道：「娘親去姥爺家了，記得嗎？」

小胖子吸吸鼻子，委屈的嗯了一聲，趴在他肩膀上。「好怕。」

龐晉川陰惻惻的盯著迅速趕來的長汀侍從，問長汀。「怎麼一個人下床了？」

奶娘打了個寒戰，連忙跪下。

小胖子道：「他們睡著了，小兒作了惡夢。」

「是嗎？」龐晉川不怒反笑，從眾人開道的中間抱著長汀往容昐屋裡走去。「那今晚爹爹陪著你睡好嗎？」

小胖子點頭，一會兒又覺得點頭不足以表達自己的歡喜，摟著龐晉川的脖子格格笑道：「爹爹最好了！」

龐晉川微微一笑，親了親他紅撲撲的臉蛋。

抱了一會兒，小兒身上已經暖和了不少，回過頭他對來旺道：「你知道該怎麼處理的。」

來旺心領神會，看著地上跪著的一群人頗為同情。

在龐府，寧願侍候爺出了錯處，也不能侍候這個小祖宗不盡興。

相比作為嫡長子的大公子，和爺寵愛的宋姨娘所生的二公子，這個現在被爺抱著的三公子，才真正是爺心尖子上的肉呢。

來旺拍拍手掌，不知哪裡突然冒出四個粗壯的家丁，將長汀身邊幾個侍候的全部拖下去。

奶娘嚇得冷汗直流，眼瞧著就要被拖走，厲聲尖叫。「小公子，救我！」

長汀被爹爹禁錮在胸前，小腦袋不安的左動右動，可就是看不了，這下子才抬頭看向龐晉川。「爹爹，奶娘怎麼了？」

「你乖，爹爹陪你進去睡覺。」龐晉川語氣不容置疑，一雙暗沈如墨色的雙眸帶著蠱惑，讓人不由得點下頭，長汀小兒三兩下的工夫就被收買帶入院中。

來旺猶豫了下，跟了上去，身後一個年輕的丫鬟追問道：「哥哥，爺不是要去宋姨娘處。這樣子好嗎？」想著剛才宋姨娘身邊的丫鬟還塞給自己一個香囊。

來旺冷冷瞥過丫鬟一眼，將她拉到後頭，劈頭蓋臉罵道：「放妳娘的狗屁！三公子是太太嫡出，正兒八經的主子爺，一個姨娘哪裡比得上這主兒！」

小丫頭被罵得縮著脖子，心中哀痛。

好不容易剛才她將喬姨娘來通報的丫鬟給打發了，誰知竟半路殺出個程咬金！那香囊裡足足有五百錢呢。如今不但到嘴的鴨肉飛了，搞不好還得挨一通罵！想想就覺得委屈。

這邊長汀被龐晉川哄著喝下一碗薑湯，父子兩人摟著躺在容昐的羅漢床上。

長汀東摸摸西摸摸，一會兒打開抽屜拿出書給龐晉川看，很會討爹爹的歡心；一會兒又掏出零食，吃了一個番薯乾，還塞了龐晉川一嘴。

龐晉川躺在外面，靠著柔軟的枕墊，也隨著他鬧。

直到外頭響起低低的哭喊聲，活潑得不行的長汀立馬豎起小耳朵，眨著長睫毛認真地聽了一會兒，撲向龐晉川，奶聲奶氣問：「爹爹，這是什麼聲音吶？」

龐晉川順手將他固定在懷中，隨意道：「你的乳母壞了事，就得受些懲罰。」隨後又道：「好聽嗎？」

長汀抓了抓耳朵。「嗯，好聽！啪啪啪的。

「可是、可是要是被媽媽知道了，媽媽會打我。」長汀很苦惱，小腳動來動去。

龐晉川起了興趣，放下書本。「為何？」

長汀很認真回道：「媽媽教要與人為善，不許做壞孩子，不許長汀嬌氣。」聲音越來越小，頭越來越低。「可是長汀害得他們被打。」

龐晉川神色古怪。

這個容昐到底教了他兒子什麼東西？龐晉川忽然覺得對小兒的教育，他要抓緊一些，趕明兒必須得請個教習先生好好教教了！

可憐的長汀，想不到，一句輕飄飄的話不但揭了老娘的底，還讓自己早兩年陷入老夫子叨唸的痛苦之中。

龐晉川面無表情道：「你是主子，他們是家僕。照顧主子不力就該受到處罰，知道嗎？」

長汀似懂非懂。「就像媽媽一樣嗎？」

媽媽這個稱呼對於龐晉川來說太過奇怪了。

龐晉川一板一眼訂正道：「是娘親，小兒。」

長汀眨了眨大眼。「嗯，娘親。」

龐晉川很滿意。「你也可以叫她母親或者太太，就像你的哥哥們叫她一樣。」

「不要叫太太！」長汀當場拒絕。

龐晉川忍了一下，問道：「你要睡了嗎？」

「嗯，要給讀故事才睡。」長汀打了個哈欠，睡眼迷濛地看他。

龐晉川噎住，快速的在腦中過了一段故事，便拉開低聲魅惑的嗓音，一邊拍著長汀的背，一邊講道：「大臣王如在家設宴，第二天上朝時，皇上問他請了哪些人、飲了哪種酒。王如老老實實一一回稟了，跟皇上知道的一樣，才引得皇上一臉笑容，誇獎他一向老實，從不講假話。」

「……」長汀歪頭，滿臉疑惑。

龐晉川繼續道：「另一天，國子監祭酒慕容海回到家中，悶悶不樂，一個人坐著生氣，到了上朝的時候，皇上突然問他：『你昨晚是生的什麼氣呀？』慕容海不敢隱瞞，據實說了。皇上這才扔下一張畫像，告訴他，昨天他生氣的時候，錦衣衛的人無法稟報，只得把他生氣的模樣畫了下來送進了皇宮。這一下，嚇得慕容海趕快匍匐在地，叩頭請罪。」

看著越聽越精神的小兒，龐晉川很頭疼。「你可以睡了。」

長汀氣鼓鼓的。「為什麼皇上生氣？」

「……」

「為什麼人這麼多啊！沒有小兔子小烏龜嗎？」

「……」

「爹爹，你的故事為什麼沒有娘親講的好玩？」他都不想睡。

龐晉川忽然覺得容盼可真不容易，他摸著小兒的耳朵問：「你為何有這麼多的為什麼？」

長汀歪頭想了想回道：「因為娘親說，小兒以後可以寫一本《十萬個為什麼》！所以要多問問。」

「睡吧。」龐晉川嘆了一口氣，這孩子也不知道像誰？

長汀窩在爹爹寬闊溫暖的懷中，被他暖暖地拍著肩膀，漸漸的竟也真的睏覺了起來。

這時，來旺匆匆往外間走來，撩開床簾。

父子兩人都已經合眼，來旺低聲喚了兩聲。「爺，爺。」

耳朵一向清楚的長汀先睜開眼，趴著好奇地望著來旺。

來旺咧開一個苦笑。

怎麼把這個活菩薩給吵醒了！

龐晉川安撫地拍拍長汀的肩膀，睜開眼，眼中濃濃的不悅。來旺連忙跪在地上回道：「爺，宋姨娘那邊來問，您什麼時候過去？說夫人的事兒和您商量一下。還有喬姨娘那邊剛來人說，肚子有些疼，小的實在不敢瞞下去。」

龐晉川不耐煩地瞥了他一眼，將長汀交給他。

起身自己披了一件外衣。

正要出門，長汀忽然站起來。「爹！」

龐晉川回望過去，長汀咧嘴，精神極了。「小兒要陪您一起去！」

「胡鬧！」龐晉川黑了臉。

一旁的來旺嗚咽一聲，覺得自己的死期真的到頭了！

這事要是被太太知道，他、他……

第四章

喬月娥昨晚是在暖閣的小床上度過的。

原本想著太太離府，她懷有身孕可不正好獨占爺？可卻不想昨晚用計哄來了男人，也哄來了這個小混世魔王！

清晨，天還微微亮，窗戶外透著隱隱雪光。

已是上朝的時分了，喬姨娘親自上前拉開床幔，咬著牙看著她的暖床上躺著她的爺，還有昨晚折騰了她一宿孤枕難眠的死小孩！

「爺？」喬月娥柔聲推著龐晉川低聲哄道：「時辰到了，該起床了。」

龐晉川巍然不動，眼皮底下是濃濃的青色。倒是在他懷裡睡得香甜的小胖子嘟嘟小嘴，打了個哈欠，就著爹爹的胸膛揉搓著自己的小臉蛋緩緩睜開了雙眼。

他起先還有些懵懵懂懂，眨著長睫毛，後注意到喬月娥，猛地撲進龐晉川懷中，捂住眼睛大叫。「爹爹，有鬼啊！」

喬月娥鬱悶了，摸了摸自己的臉。

龐晉川下意識拍了拍他的手臂，睜開眼。「在哪兒？」

小胖子撅著屁股，手往後指了指，龐晉川順勢望去，哪裡是鬼？這不站著的是他的姨娘喬氏嗎？

只是她今天打扮格外豔麗，一口胭脂搽得鮮紅，臉色白得很，將孕中臉上的斑點遮了十有八九。

難怪小兒會嚇著。

「妳，妳這妝——誰給妳化的？」龐晉川皺眉。

「爺？」喬月娥委屈得很。

龐晉川不悅的捏著鼻梁起身，小胖子緊扒著他的寢衣也跟著坐起，而後悄悄的瞪了一眼喬月娥，微不可察的露出一絲賊笑。

「讓妾身替您寬衣吧。」喬月娥連忙貼上去。

長汀摸摸自己身上的寢衣喃喃道：「都是娘親給小兒換衣服。」

喬月娥臉上笑容頓了頓，見龐晉川看著自己，臉上立馬堆起溫柔的笑容，誘惑著：「小公子乖啊，太太不在，就讓喬姨娘替您穿衣服好嗎？」

長汀乖乖點頭，長長的睫毛眨呀眨，喬月娥笑道：「真是個乖孩子。」

龐晉川這才徑直走到後間，讓來旺進來更衣。

外面，長汀換上一件厚重的長襖，問道：「姨娘，妳長得真漂亮。」

喬月娥心花怒放，笑得溫柔無比。長汀忽然蹲下身，靠近她微隆起的小腹，抬起頭好奇問：「姨娘，妳肚子裡有小寶寶嗎？」

「是啊。是個男娃兒呢，以後生出來和小公子一起玩好嗎？」喬月娥笑道。

長汀重重點頭，又問：「寶寶怎麼來的？」

這個問題讓長汀苦惱了好久。林嬷嬷說，寶寶是觀世音菩薩送的，小兒就是這麼來的；秋菊姊姊說，小兒是撿垃圾的時候撿來的；媽媽說的更聽不懂了，什麼卵啊，結合啊，在子宮裡啊，就變成了寶寶！

「唔……」喬月娥低頭想了想，哄道：「是您爹爹送到姨娘肚子裡的。」說著，嬌豔欲滴的臉龐不由緋紅起來。

長汀支著手，歪著頭，蹲在床鋪上。「怎麼送的？用鏟子還是勺子呢？」

喬月娥噎了下，耐心漸失。「就是，就是突然就有了！」這個死孩子，怎麼這麼多為什麼！昨晚死活要跟著爺過來，睡在她床上，害她一夜都不能摟著爺，肯定是太太臨走前教了這死孩子的！

喬月娥看著長汀的臉色也漸漸不好起來。

長汀委屈哼道：「姨娘好用力，手都捏紅了。」

喬月娥橫眼去。「手。」長汀乖乖伸進去。

喬月娥覺得自己真蠢，剛才還哄他做什麼，孩子都怕罵，就算是太太生的那又怎麼樣？想著邊不耐煩地替他繫上腰帶。長汀哼哼道：「難受，緊！」

喬月娥瞪去。「不緊。」

長汀眼眶紅了起來。「姨娘是不是不喜歡長汀？長汀知道昨晚錯了，不該來讓姨娘討厭的。」

喬月娥剛想張嘴說是，可忽覺後背一陣涼意，連忙回頭。

只見龐晉川雙手背在身後，眼中幽深，瞧不清情緒，嘴角一如往常冷冷的抿著。

喬月娥也不知他站在那裡多久了，又聽了多久，只覺後背一陣冰涼，喉嚨間似被一股無形的壓力緊緊扼住，呼吸間都透著緊張。

「爹爹，姨娘不喜歡我！」長汀連忙告狀。

喬月娥嚇得跌坐在床上，慌亂搖頭。「我……妾、妾身沒有，爺！」

龐晉川不語，只是走上前去將他的小兒從喬月娥床上抱起，輕手輕腳的替他穿上襪子套上鞋，露出淡淡的笑容。「走吧，已經備好早膳了。」

長汀牽著他的手，重重點頭，眼中專注的只盛著父親高大的身影。

喬月娥看著父子倆遠去的身影，肚子忽覺得一緊。

她連忙摸上鼓脹的肚皮跟上，孩子在她肚裡鬧得越快，喬月娥越能清楚的感覺到胎動，她看著龐晉川對長汀的喜愛，眼中漸漸浮現出一絲血腥。

早膳的工夫，宋芸兒也送來了幾道龐晉川喜歡吃的菜。

還帶著兩個孩子，大女兒龐如雯，兒子龐長滿。

長汀坐在旁邊自己扒飯，看著宋芸兒塗得香噴噴的靠近自己的父親，還有那兩個和他不是一個娘生的哥哥姊姊。

長汀忽然覺得對這些好吃的菜都沒了胃口了。

「爺，長滿最近進步很大，師傅一直誇，您看，這是他近來寫的字。」宋芸兒笑得溫柔，將兒子的功課親自交到龐晉川手中，又替他布菜。

喬姨娘一旁看著咬牙不已，擠上去。「姊姊這幾日病著，花容都失色了，哪裡敢讓姊姊侍候。呵呵，還是妹妹來吧。」挺著肚子擠開了宋芸兒，宋芸兒一個錯腳沒站住，眼看就要往長汀這邊壓，嚇得長汀連忙摔了筷子就跑。

一旁長滿長得肥頭大耳，五官看不出像父親更看不出像母親，幾乎繼承了龐晉川和宋芸兒所有的缺點。

他雀躍道：「父親，師傅今日說兒子進步迅速，過幾日便要教導兒子《論語》了。」

龐晉川點了點頭，挾了一塊糕點落入他碗中。「好好讀書，莫要辜負為父的希望。」

宋芸兒臉上立馬綻開了一朵花，溫柔地盯著兒子，眼中滿滿的驕傲。倒是一旁和她娘長得極其相像的龐如雯看著長汀胖乎乎的身子偷跑出去，臉上露出一個輕蔑的笑容。

長汀頭一次失落的離開龐晉川，踢著院中的小石子，徘徊了幾步，跺跺腳跑回了容盼的院子。

他突然好想媽媽。

果然，秋菊姊姊說得沒錯，沒娘的孩子是根草，一點都沒有騙他。

爹爹是個大壞蛋！

而容盼這邊卻是忙得腳不沾地，一大早各個院子的開銷用度就湧到她跟前。

管事的嬤嬤、婆子，一個個等著求牌子。

足足從卯時忙到辰時正才吃上一碗熱粥，那邊又派人來了，說是吏部侍郎家的送來帖子祝顧府喜添麟兒，並著言不日他家老太太過大壽，請顧母前去赴宴。

容昐親自寫了帖子道謝，並著人親送了出去。

稍後又去了黃氏院中一趟。

正掀簾進去，只見黃氏與一男人言笑晏晏。

那人背影熟悉異常，清瘦了許多，一件墨綠色常服輕飄飄的似掛在骨架上一般，看著她不由得辛酸。

黃沄湖轉過身，看見容昐，臉上笑容漸漸散去，黑洞洞的瞳孔專注地落在她身上，許久才似萬般艱難地吐出一句。「好久不見，您辛苦了。」

容昐低眉一笑，黃氏不由嘆息。「你們出去走走吧，我這兒還吃著藥，沒法子多說話。容昐妳替我送送我弟弟。」

秋菊有些不安，輕輕拉住容昐的衣袖。

正猶豫的工夫，黃沄湖已經走在前面，笑問：「怎麼？容妹妹越發客氣了。」

鬼使神差的，明知不應該，還是想送出去。

容昐轉過身對秋菊道：「妳陪我去吧。」秋菊是她的陪嫁丫鬟，自然也是和兩人有一起長大的情分。

黃沄湖走在前，容昐跟在後，拉開一手臂的距離。

容昐看著黃沄湖的側面，乾淨白皙，和龐晉川完全不一樣的風格。

如果龐晉川是一團火，那黃沄湖就是一汪水，溫柔得能讓人溺斃。

有時候容盼能理解那個顧容盼的感覺，很微妙。

走在前面的黃沄湖忽然停下，白底皂鞋轉向容盼，笑道：「以前咱們最喜歡去的地方就是顧大人的藏書閣，還記得有一年妳把顧大人的一本藏書偷出來，扔到柴火裡烤番薯嗎？」

容盼嘆了一口氣，搖頭。「我都忘了。」

黃沄湖咧了咧嘴。「後來我替妳擋了下來，回去就挨了父親一頓打。沒敢告訴妳呢，那時候怕妳哭鼻子。」

秋菊跟在後面，忍不住哀嘆。

容盼看著他輕飄飄的衣角、骨指猙獰的雙手，低著頭，輕輕道：「聽大嫂說你這些年越發嗜酒，我看還是把酒戒了吧。」

黃沄湖俊朗的眉目莞爾舒展開來，似霽月風光，雲洞天開。

「好。」一個笑容掛在嘴角。

容盼不敢看他的笑容，怕心底的容盼會爬上來，她又道：「找個好女人，娶妻生子吧。」

黃沄湖轉過頭，認真地看她，見她眼眶有些紅，不忍心，默默點下頭。「好。」

容盼覺得自己快要待不下去了，黃沄湖像一團夢將她團團困住，她往前快步疾走，越過黃沄湖，丟下一句。「你一定要好好的！那些事，都忘了吧。」

黃沄湖靜靜的看著她遠去的身影，站著默然了許久。

不遠處，顧弘然開著窗眺望，黃氏躺在床上氣道：「眼巴巴的跑過來看了要做什麼？傻不傻！看她過得好就舒服了嗎！我現在倒是寧願容盼過得不好了！」

夫妻兩人沈默許久，最後被孩子的哭鬧聲驚醒。

自從那天見過黃沄湖後，容盼就再也沒有見到黃家人出現在顧家。她連去黃氏屋裡坐坐的時間也少了。

倒不是因為生黃氏的氣，而是在這個時代，她只能這樣避嫌。

就這樣在娘家安然的度過兩天沒有封建老古董龐晉川、沒有白蓮花小妾、沒有老奴欺主的日子，容盼簡直要樂不思蜀了！

只是到第三天的傍晚，來旺苦兮兮的一張臉求到了顧府。

見著容盼的面撲通一聲跪下，連磕了三個頭。嚇得容盼臉色慘白，以為長汀不好，急忙問：「快起來，說，小公子如何了？」

來旺唉聲嘆氣，眉頭深皺。「太太，小公子極好，只是府裡都快被這個小祖宗掀開了屋了！」

容盼這才鬆了一口氣，坐下。

秋菊上了茶，走過時一眼瞪去。「也不好好說話，瞧你急成這樣，讓太太怎麼是好?!」

來旺脖子一縮，瞧見上頭太太穿著一件玄色五彩金邊花羅袍，底下是嫩黃色羅裙，面容嬌俏可愛，不知比府裡那兩個時常端著臉的姨娘好上多少倍了去。

可把來旺心中喜歡的，恨不得一股腦兒地把這幾日小胖子做的壞事全都掏給了容盼去。

來旺噝了噝口水，瞇眼笑著賠罪道：「是小的不是，太太恕罪。」

容盼點了點頭，喝了一口紅棗茶。「怎麼了，小兒又惹了什麼事了？」

秋菊奉茶完立在旁邊細聽，幾日沒見到小公子粉嫩的模樣她也想得慌了。

被容盼這麼一問，來旺頓時打開了話匣子，一肚子的話嘰哩呱啦盡數倒了出來。

原來那日，長汀自己一人跑出來，又氣不過，小壞蛋氣呼呼的就跑到府裡專門關養貓兒、狗兒的屋子裡，專門挑了兩隻沒餵過飯的狗，叫人牽了去喬姨娘的屋裡。

「幹麼？」容盼問。

來旺哭道：「太太，小公子這是要逗狗呢！」可這逗的是狗嗎？

眼瞧著宋姨娘帶著龐長滿和龐如雯出來，小胖子自己擦擦凍僵的鼻子，二話不說叫下人放開了狗，自個兒左手一個勁兒、右手一個勁兒，把狗今天的早飯丟到了母子三人跟前。

宋姨娘等人正滿面春風地走出來，正奇怪從天而降的肉是哪裡來的，還沒等他們回神，兩隻大狼狗就迎面撲了過來。

嚇得園子裡雞飛狗跳，最後是以龐如雯被撲倒，宋姨娘灰頭土臉，龐長滿的書被狗屎糊弄得看不出樣來告終。

「噗！」秋菊捧腹大笑，腰都直不起來。

到底是太太生的，怎麼就這麼會幫太太出氣呢！

容盼心底已含了微微的怒氣，深吸了一口氣，壓住了才問來旺道：「爺後來怎麼處理的？」

來旺神色變了變。「小公子做了壞事，自然是被抓起來打了屁股，只是這半天都不吃不喝了，一句話也不肯說。」

容盼唉了一聲，也不知這孩子到底像誰？

竟如此的戾氣。

「太太，您說這事？」來旺想起自家主子打了小主子又心疼不過的模樣，猶豫問。

容盼想了想道：「你等著，我這邊交代了，隨你一同回去。」

說完，看見門口隱約有一小人兒站著，是花色的布料，容盼看了秋菊一眼，秋菊連忙招手。「大公子，太太請您進來。」

長澧是被顧母叫了，來喊太太去選阿膠的。

他隱約在門口聽到長汀就不願意進來。

他知道，這兩天的快樂日子很快就不復存在，想起徐嬤嬤昨晚告訴他的話。

太太是最疼小公子的，您可千萬別喝了太太的迷魂湯！對您最好的是夫人呢。

長澧猶豫了下，低著頭走進去，行了個禮。「太太好。」

「你來。」容盼道，長澧又走近，在她圓桌前停下，容盼道：「咱們要收拾收拾回去，知道你和霖厚要好，去給他道個別吧。」

長澧的手縮在袖子內，摩挲著小金牛，忽然抬頭問道：「能多住一天嗎？」

容盼搖搖頭。「可能不行，你弟弟做了壞事，咱們下次再來好嗎？」

長澧咬住下唇，心中頓時湧起一股怒氣！

弟弟，又是弟弟！長汀奪走了太太，現在為什麼害得他連在這裡多住一天都不可以！他討厭長汀！

「長澧？」容盼輕聲低喚。「還有事嗎？」

長澧抿抿嘴，搖頭。「沒事。那我們回去吧。」

容盼鬆了一口氣。

辭過顧府眾人，容盼傍晚趕回龐府。

暮色已經辭去夕陽，坐在車廂裡，感覺到寒風呼呼的颳，雖隔著厚重的車簾依舊能感到臉上絲絲寒意。

容盼撩開簾子，眺望而去，顧府已經遠得看不見了。

四周安靜得似乎只能聽到落雪的聲音，路上偶有幾個行人縮著疾跑而過，又捲起撲面而來的冷意。

長澧也在看著外面，容盼拉過他的手，放入自己的掌心中間。

一股冰冷迅速包裹了他的雙手。

長澧微微一愣，掙扎了下欲要抽出。

容盼不放，很仔細的看著他的小手。

因為常年的生病，比同歲的孩子還來得更小一些，甚而蒼白得能看見手掌底下細密的青色血管。

可能是因為母體生育時難產，卡住太長時間導致的哮喘，也可能是孩子本身發育就不成熱。

「別動。」容盼抬頭朝他一笑，拉得更緊。「你的手這麼冰，怎麼不多穿一些衣服再出來？」

長灃動了動嘴角，心中暗道：太太的手比我還冰，怎麼還給我取暖？

「我給你暖暖。」容盼將他的手順著自己寬大的衣袖伸入，頓時一股暖意充沛著長灃的全身。

秋菊咿呀了一聲，趕忙將剛弄好的湯婆子遞上給容盼。「太太，用這個吧，等會兒別著了涼。」

容盼取過，這才放開長灃的手，將湯婆子順勢塞入他手掌心之中，笑道：「這個比我的手熱。」

長灃一語不發，心底始終繞著一句話，只是遲遲沒有說出。

他覺得，剛才在太太的袖子裡，比湯婆子熱，熱得他的心滾燙燙的。

長灃偷偷地看她，忽然發現，這一刻的太太連青絲旁垂落的珍珠流蘇也異常好看，比他見過的所有太太都好看！

顧府在城南，龐府在城北，繞過半個京城，總算是在天全部黑時趕了回來。

林嬤嬤第一個迎上來，宋姨娘、喬姨娘隨後。

宋姨娘一見容盼就掩面哭得梨花帶雨。「太太，您可要替妾身作主啊！」

一身素色襖裙，越發襯得宋芸兒無法言喻的嬌弱。
喬氏在一旁冷冷一笑，摸著小腹笑道：「喲，姊姊怎麼跟爺告完狀還不夠，還要向太太告狀呀！這小公子可是太太親生的，難道姊姊連這個理也不懂嗎？」
宋芸兒臉色一白，楚楚可憐地看向不遠處走來的龐晉川，取出帕子抽噎著跪下來。「是妾身無狀，頂撞了太太，還請太太責罰！」
冰天雪地的，這一跪真就把她跪成妒婦惡妻了。
容昐冷著臉，讓秋菊先將長灃送回去，剛說完回頭，只見龐晉川不知何時已經走了過來，皺著眉盯著地上的宋芸兒。
容昐深吸一口氣，平復內心的躁動，此刻她竟有種想踹開這群狗男女的想法！
不好，不好。
「爺，妾身回來了。」容昐臉上帶笑行禮，喬氏連忙跟著。
龐晉川微抬一手，容昐已經站起，兩人的手在空中就此錯開，容昐看也不看龐晉川一眼，低著頭捂嘴冷冷道：「宋氏也起身吧。」
「爺。」宋芸兒擦著眼角的淚。
「起。」龐晉川點點頭，隨後又道：「都下去吧。」
宋芸兒有些不敢置信的看向龐晉川，低低咳出聲。
龐晉川盯著她。「下去。」
宋芸兒連忙止住咳嗽，趕緊行了禮退下。

喬月娥見宋芸兒退走，欲要上前，但見龐晉川冷著一張臉，當下也不敢再進，心中暗暗歡喜，不知等會兒爺和太太該如何吵起來。

這宋芸兒啊宋芸兒，就是一個狐狸精！

「走吧。」龐晉川強硬地上前拉住容盼的手。

容盼下意識往回抽，卻被他拉得更緊，連喘息的工夫也沒，一路就往她住的院子走。

「你！」容盼疾步跟上，在昏暗的燈籠燈光下，她忽然想起那一年，在長汀還沒出生的時候。

那晚已經記不清為了什麼事和他吵起來，龐晉川去了宋芸兒的院子，她就這樣一路小跑的追上去。

冰天雪地裡，追得鞋子都掉了，才追上。

那時心裡，就全心全意只有他。

雖然後來，被夫人知道了這件事，罰她跪在佛堂外一個下午，可她心裡還是因為龐晉川沒有去宋芸兒的院子裡而高興。

容盼的臉上燭光暗影錯落著，昏暗中竟看不清她的神情。

龐晉川忽然覺得極其討厭，踹了來旺一腳。「燈暗了！」

來旺頭疼得很。

兩人一前一後，疾走在雪地上，龐晉川心底不知為何生出一股怒氣，勒得手上的勁兒越大。

正懊惱著，忽聽前方一聲吼聲。

「媽媽——」長汀就守在門口，一看見容盼，一股腦兒就往她懷裡鑽，像隻丟失的小獸嗚嗚哭出聲來。

龐晉川氣急，哼了聲，可再重的話看到小兒哭成這樣他也說不出來了。

容盼嘆了口氣，轉過頭去，發覺龐晉川的臉上竟和長汀臉上浮現著同一種神情。

委屈？

龐晉川會覺得委屈？

第五章

長汀自從見到媽媽就不肯從她懷裡下來，容盼無法，只得抱著他進去。

龐晉川走在前，伸手對著長汀。「爹爹抱。」

長汀立馬把頭歪到另一邊，癟嘴使勁地搖頭。

容盼都快被他搖散了，只要龐晉川作出要抱他的姿勢，長汀就抗拒地揮手紅眼，父子兩人一路從小花園拉鋸回了屋裡。

即便是回到了屋裡，長汀也不肯下來，坐在媽媽懷裡，攀著媽媽的脖子，指著自己的小屁股委屈哭道：「爹爹壞，打人！」

龐晉川斜視過去，長汀小眼神亂飛一陣。

容盼扒開他的褲子，小屁股白嫩嫩圓滾滾的，她問：「打哪兒了？」

長汀歪著身子指著左邊一半。「手打的，可疼了，媽媽。」小胖子急忙告狀，還說得一清二楚。

是爹爹用手打了左邊屁股，可疼了！

秋菊正拿著熱帕子過來，樂得不行，小胖子極凶的一挑眉，兩手扠腰。「都壞！」

容盼白了這小子一眼，替他穿上褲子，含著一絲怒氣。「還說。」

眨眼的工夫，長汀臉上就出現兩道淚痕。

龐晉川黑了臉，沈聲呵道：「還敢哭。」

不說還好，一說長汀哭得越發大聲，眼淚跟天上掉下的一般嘩嘩的往下直掉。

容昐扶額，一陣頭疼，又擰了熱帕要替他擦臉，長汀不幹，扭來扭去，容昐火了。「你還哭！」帕子直接甩到臉盆裡，濺起星點熱水。

「你有什麼好委屈的？」容昐將長汀從懷裡退下來，小胖子站穩，又往她懷裡鑽。

容昐咬下牙，狠心推開。卻不料力氣太大，長汀跌跌撞撞了幾下，啪的一聲摔倒在地。

眾人一陣，連忙上前要抱起，容昐抹掉眼角的淚。「不許抱，叫他自己起來！」

長汀愣了下，「哇」的一聲，這下撩開了嗓子。「媽媽壞，和爹爹一樣壞，我不要媽媽了——」到最後乾脆整個人都滾在地上，像魚甩尾一樣又蹬又鬧。

龐晉川冷著一張臉，站在容昐旁邊看著長汀。

長汀見沒用，自己從地上爬起，衝到圓桌上將桌子上的東西全部掃到地上，噼哩啪啦的蘋果滾落一地，茶碗碎成一片。

長汀還要再砸，龐晉川卻拉住他的小手，往自己這邊一拽。

將他匍匐在膝蓋上，撩開他的褲子，一巴掌噼哩啪啦直往下蓋。「讓你砸東西，讓你罵我壞！」龐晉川這次是動了氣了，一次下手比一次狠。

容昐忍著，直到長汀被打了十下，才上前制止。

龐晉川順勢一推。「這孩子都被妳教得不成樣了！造成今天這樣子，都是妳的錯！」

容昐身子一晃，長汀掙扎著從龐晉川懷中出來，瞪著直勾勾的大眼，死了命的捶打龐晉川。「我要殺了你，我要殺了你！」

那種眼神，把她的心瞧得跟一顆顆碎粒的渣子一樣。

龐晉川氣急，一巴掌蓋下，容昐疾走上前攔住，卻哪裡抵得住男人的力氣，最後一個反手，直被推得連倒了五、六步，磕了柱子。

「嘶……」

「太太……」眾人驚呼。

一屋子頓時跟炸開了鍋一樣，紛紛朝她湧過來。

容昐捂著頭，癱坐在地上，慢慢的拿開手，果真是破了皮，感覺一股液體緩緩流下。

龐晉川走前幾步，容昐擺擺手，自己起來。「求您別打了！」

長汀「啊」的一聲，紅了眼，舉起小拳頭就往龐晉川身上亂打一通，似困獸一般低吼。

「打死你，打死你壞爹爹！」

龐晉川眉頭突地一跳，低下頭輕而易舉地抓住他的手，按住。

容昐嚇死了，連忙叫道：「小兒快過來，給娘親吹吹。」

龐晉川一放手，長汀飛奔過去，哭著捂住她的頭，委屈道：「媽媽，小兒給吹走，疼疼吹走！」

容昐心底湧過一股股的暖流。

雖然這個孩子是龐晉川的兒子，但是他和龐晉川是不一樣的。

龐晉川不愛她，她的小兒愛著她。

容盼按住他的手，抬頭看向龐晉川，嘆道：「爺，小兒是您從小抱著長大的，他年紀還小，您別和他置氣。」

龐晉川沈默了下，神色複雜地看著小兒。

容盼蹲下身來，與長汀平視，問道：「小兒告訴娘親，為什麼要做壞事？」

「壞！」長汀嘟嘴。「都壞！」小嘴巴裡反反覆覆念念叨叨就這幾個字，小臉凶神惡煞還要打人。

容盼有些尷尬地看向龐晉川。

龐晉川也望著她，單薄的嘴唇抿了抿嘴，輕蔑問：「這就是妳教的龐家小公子？」

呵，你又是個什麼人？你的姨太太又是什麼樣的人？

容盼張張嘴，諷刺的話已經到了嘴邊，最後還是強忍著嚥下去。她低下頭，讓尖銳的指甲扣入手掌之中，輕聲道：「是，都是妾身的錯。小兒還小，您別怪他。」

鼻間是濃濃血腥味，聞著令她作嘔。

不知是不是落胎那日見了太多的血，她好像對血有些恐懼。

那是一段什麼樣的日子呢？

龐晉川說，他無法忍受孩子的失去，去了莊子，帶回來一個姨娘。

長灃被老太太扣住，連一聲娘也不願意叫她。

她除了長汀，一無所有！

如茹除了她這個娘，和每天都喜歡摸摸她的小哥哥外，也一無所有。

所以如茹沒後，她不得不把對如茹的感情寄託在長汀身上。

最後，在不知不覺中連帶著如茹的那一份疼也給了長汀。

燭光昏暗，在她身上投下一層淡淡的柔和，她的眉眼是細膩的、溫柔的，一如他印象中的樣子，龐晉川對她的纖柔熟悉，對她的沈默也熟悉。

對他而言，這樣的女人是乏味的，可就是這樣一個乏味的女人，讓他不由得嫉妒起她的小兒來。

「太太。」龐晉川沈默了許久。「小兒的事以後我會親自處理，以後，妳莫要再管。」

容昐一怔，眼睛刺痛異常，喉嚨處似被人封住了聲一般，渾身猶如墜入冰窟。

這是什麼意思？

感覺龐晉川越過她的身邊，帶起一陣風，聽著身後簾子打下的聲音，容昐癱軟到地上，渾身沒了勁兒。

林嬤嬤嘆了一口氣。「太太……」

容昐扯起一個虛浮的笑容。「你們都下去吧。」

她要想一想，想一想龐晉川今晚的話是什麼意思？

想一想，以後長汀該怎麼辦？

也不知過了多久，身體已有些僵硬。

耳邊卻清晰響來走動的聲音，最後一雙小小的手覆在她的手上。

「媽媽。」

容盼抬起頭，看著去而復返的長汀。

長汀跪坐在她身旁，握緊拳頭說：「媽媽不哭，小兒長大了打死那些欺負妳的人！」

容盼哭笑不得。「你想打誰？」

長汀說：「打死姨娘。」

容盼愣了許久，嘆了口氣問：「如果你爹爹欺負了娘呢？」

長汀猶豫了下說：「爹爹不能打死，那長汀長大了把爹爹給關起來，不給其他姨娘看！」

容盼疲倦極了，她將小兒緊緊地摟進懷中，用盡了她所有的力氣去擁抱他。

早在很久以前，她就發現長汀身上戾氣重，她一直想將長汀往好路上引，可是漸漸的她卻發現這個孩子越走越遠。

他學會了隱瞞，在她面前做個好孩子，給她想要看的乖孩子的一面，甚至是嬌氣。

可是私下裡，這個孩子和他的父親一樣的自私。

如果他要死，他就要拉著大家一起死。

長汀就是這樣的孩子。

容盼將頭埋進他的脖子裡，笑得眼淚都要出來了。「你怎麼這麼壞？」

長汀茫然的看著媽媽，小手拽得緊緊的，紅著眼。「小兒沒有錯，所有欺負媽媽的都是壞人！爹爹也是壞人，小兒是好孩子！」

昨夜一整晚混亂不堪，容昐早上回想起來，還恨不得拿塊磚把自己砸暈。
長汀的話一直困擾她心頭。
「唔……」容昐頭疼得厲害，秋菊聽到聲響走上前去。
「太太醒了嗎？」說著撩開了墨綠色的床幔。
容昐靠在枕頭上，後面陸續走上幾個丫頭。她先是漱了口，喝了一杯牛乳，才從床上爬下。
林嬤嬤指揮著眾人上前服侍，容昐一一喊退，照著鏡子穿上通袖緞子袍兒，底下配上一條白綃挑線裙，裙邊是大紅素緞子。
將烏黑的長髮從衣裡掏出，容昐也不讓人梳了，先用熱水淨了臉，額頭處的傷口仔細擦乾了，用劉海蓋住。
林嬤嬤等人靜候在一旁，見她弄好了，坐在主位上，才上前怪道：「這些事本就是奴才的事，哪有主子親力親為的理？」
容昐還有些沒精神，喝了一口熱騰騰的香茶，支吾道：「人多繞著我眼暈。小兒呢？」
從來都是一早就來請安的，今天竟然沒了聲音？
林嬤嬤和秋菊兩人面面相覷，回道：「一早被爺叫去了。」
容昐一怔，許久才哦了一聲。
林嬤嬤連忙笑道：「倒是今兒個太公子來向太太請安了呢。」
長灃？

容昐有一搭沒一搭的用杯蓋抹著茶面，沈思了會兒道：「那叫大公子進來。」

秋菊趕忙出了門，走到門口，忽被容昐叫住。「小兒被叫去多久了？那邊院子裡可傳出什麼動靜沒？」

林嬤嬤笑道：「倒沒什麼事，太太您不用擔心，昨兒個夜裡也是話趕話，父子哪有隔夜仇？」

容昐倒不是擔心龐晉川會對長汀怎麼樣，她擔心的是長汀昨晚情急中喊出要殺龐晉川的話。

她知道，這話是假的，但小兒對他的父親心裡一直有個疙瘩。

如茹沒有的時候，小兒才兩歲，話才剛說麻利。除了每天問「妹妹去哪兒了？」外，小兒嘴邊經常掛著的一句話就是「爹爹呢？」。

沒人敢在小兒面前亂說，但問得多了，小兒就再也沒問過。

「太太？」

秋菊站在原地等她吩咐，容昐回過神，這才恍然笑道：「妳去吧，叫長灃進來。」

容昐走到鏡檯前，摸上自己的臉。

清晨的眼光從窗臺灑進，給她的側臉鑲上一層金邊，甚而連臉龐上細小的毛茸也看得一清二楚。

這樣的顧容昐還很年輕，才二十四，比她在現代死亡的年齡還小。

在這個時代她已經有了三個孩子，雖然她的大兒子還和她不親密；她的小兒也還很小；

她的如茹離開了她。

但至少她還活著，還很年輕不是嗎？

東苑中，梅香習習，寒雪包圍。

屋外是寒風陣陣，進到屋裡也是一陣冰涼刺骨。

龐晉川常年住在這邊，服侍的人極少。

此刻寬敞的大廳中也只鋪著一條厚地毯，點著一盞火爐。

長汀冷得直打寒顫，半個時辰的時間嘴角已泛了青紫。

來旺看著心裡直泛嘀咕，這爺心也太硬了，要是太太曉得了，又得吵起來。

想著偷偷瞄著書桌後埋頭疾書的龐晉川，目及他緊抿的雙唇，心下倒不知是何感覺了。

爺雖然以後是襲爵的，但他襲的卻不是他親生父親二老爺的爵位，而是大老爺的爵。

大老爺有一子，但自幼體弱多病，長到十五歲夭折了，至此就再也沒有所出，所以只得從二老爺那邊抱了爺過來撫養。

爺當時也才十歲吧。

來旺的目光閃了閃。

大夫人和二夫人向來不睦。

先前只是妯娌間的矛盾，後來爺過繼後逐漸演變成奪子之爭。曾有一次鬧得太大，差點廢了爺的爵位，改立其他房的少爺。

二夫人不喜爺的養母，自然也不喜大老爺定下的太太。所以雖然名義上只是嬸娘，但當初大公子生下時，二夫人就仗著生母的身分讓下人直接把大公子抱走。

公府差點鬧翻了天，但大公子已經進了二夫人的屋裡怎麼可能出來？

來旺私下裡猜測，自家爺的心裡怕是更屬意小公子，而不是從小在二夫人身邊養大的大公子。

「嘁——」長汀揉揉被凍得紅腫的鼻頭，倔強的將小身子挺得筆直。

來旺看了眼龐晉川，見他依舊埋頭書寫，連忙上前陪笑道：「小公子，您披件爺的披肩？」

長汀眼兒一掃，不動。

龐晉川冷冷一笑。「就讓他繼續凍著去。」龐晉川昨夜一夜未睡，腦中一直徘徊著一件事。

到底，他對小兒的教養哪裡出了錯呢？

從小他的太太抱小兒的次數還沒他多，可以說小兒一歲前幾乎都是在他懷裡長大。甚至連小兒的第一句話叫的也是爹爹。

可是昨夜，這個他從小捧在手心裡的崽子竟然說要殺了他！

龐晉川瞳孔微眯，冷然一片。

他沙沙的寫完最後幾個字，吹乾上呈的摺子，放在一旁，身子靠在寬敞的太師椅上，微瞇著眼打量著他。

第一次沒有一絲感情的。

「你恨我？」龐晉川問。

長汀雙唇幾近凍僵，雖然沒說，但小小的年紀，看著他的目光竟透著狠戾，那種眼神和他看過的犯人出奇的相似。

龐晉川實在太熟悉了。

他抱胸，帶著一些玩味。「因為你母親？」

長汀猶豫了下，大力搖頭。

到底還年幼，藏不住心事。

龐晉川指骨分明的手輕輕敲著桌面，沈默了下。「昨天我打你，有兩個原因。

「一是你太過調皮，竟敢欺辱父親的妾以及你的庶出哥哥、姊姊。」長汀不屑轉頭，龐晉川也不氣，繼續道：「二來打你太過愚蠢。

「知道你聰明，所以我只講一遍。」龐晉川教訓道：「即便你再討厭誰，也不許當面撕破臉皮。如果你要報復，就要懂得什麼叫做滴水不漏。」

長汀豎起耳朵，不知不覺認真聽起來。

「如果我是你，我就不會這樣做。因為一旦做了，你的娘親也要連帶著受到責罰。」龐晉川冷酷地笑道。

長汀臉色變了。「娘親沒有教我！」

「是嗎？」龐晉川從桌後走出來，慢慢的踱步到他跟前，看著和他幾乎是一個模子裡刻出來的小兒，還有一些清晰可辨出像妻子的五官。

龐晉川不可否認，這個孩子是所有的孩子中他最喜歡的，但要是他喜歡的東西，不能按照他指定的路走，那麼，要麼砍掉他不喜歡的地方重新拼裝，要麼就毀滅。

龐晉川不由得舔下嘴角。「可是，我會覺得是你娘親鼓動的。那麼你娘親就要受到嫉妒和管教不嚴的指責，你覺得呢？」

長汀咬住下唇，緊握雙拳，眼中燃著憤怒吼：「不關娘親的事！」

龐晉川搖搖頭，冷靜道：「你和我吼沒有用。二夫人那邊可能已經知道了，要想保護你娘親，你只能求我。」

和一個四歲的小兒談條件，龐晉川怎麼想也想不到，可從昨晚，他覺得小兒不是他想的那樣，小兒比一般的孩子要聰明，有膽識，有氣魄，還有一些叛逆。

只要稍加引導，此子定會成大器！

左邊是娘親，右邊是討厭的爹爹。

他喜歡娘親，但是不喜歡爹爹。

長汀終於搖頭，小拳緊握，倔強道：「不要你，我會自己保護娘親！」

龐晉川笑得溫柔。「那今天這件事你能幫太太嗎？」

龐晉川的話很現實，長汀陷入了兩難，他知道二夫人一直不喜歡媽媽，二夫人也不喜歡他，許久長汀才抬頭。「你、你要幫娘親？」

「當然，只要你聽話。爹爹會教你很多東西。」

長汀沈默著，許久，僵硬地點了點頭。

龐晉川滿意極了。「很好，那第一件你要聽的事。從此以後不許你再叫她媽媽，也不許你叫她娘親。」

長汀呆了。「那叫什麼？」

「太太。」世家之族從來就只有太太，沒有娘親，更沒有媽媽。

龐晉川等著長汀的答案。

長汀低頭想了許久。「那你以後只能對太太一個人好！」他想以後如果他叫太太，媽媽一定會很傷心的。

龐晉川摸了摸他鬆軟的黑髮，一字一句道：「不能，我只能答應你對她最好，可以嗎？」

長汀咬下牙，點頭，又問：「可以要一個妹妹嗎？」

「可以。」龐晉川對這個突如其來的提議有些錯愕，但很快就答應下來。

「得叫如茹。」長汀繼續道。

「為什麼？」龐晉川問。

長汀覺得自己難過死了，他跺跺腳往外跑，直到快出門了，才轉過頭，對著龐晉川吼道：「等我以後比你強了，我一定會告訴你的！」

他一定會告訴他，如茹是他的寶貝！也是太太的寶貝！

龐晉川看著他小小的身影消失在門口，嘴角咧開一個淡淡的笑容。「那我等著你告訴我。」

以前小兒天天來，容昐覺得煩，現在一整天都沒見到那個肉乎乎的身影，容昐又想得不行，人真是矛盾綜合體。

不過不知是否因禍得福，長灃在她面前漸漸放開了許多。

容昐像劉姥姥進大觀園一樣，才知道，原來長灃和她一樣喜酸甜的，最愛閩菜荔枝肉，不喜喝湯；原來長灃只要看書，四周就沒有任何事情可以吵到他，這一點倒是和龐晉川一模一樣。

對於長灃，容昐有太多的虧欠。

所以這個孩子現在對她依舊處處小心謹慎，她不能怪他。

晚飯後，容昐目送長灃回院子。

冬夜裡，夜幕降臨了，看著那個小小的身影堅定地踏在茫茫雪地上，容昐看著竟捨不得撇開眼。

似乎感覺到身後的異樣，長灃回過頭，匆匆一眼又迅速轉過頭。

徐嬤嬤不耐煩地推搡道：「大公子，怎麼還不走？」

長灃猶豫了下，耳邊傳來長汀活潑興奮的聲音。「太太，太太！」

「回來了呀。」是太太溫柔的笑聲，雖然背對著他們，但是長灃知道此刻太太的眼神一定很溫柔，像一灘流動的春水。

他被太太這樣看了幾日，就快溺斃在其中，那麼長汀呢？

長澧緊握雙拳，低垂下長長的睫毛，聽著那邊門簾撂下的聲音，失落道：「走吧。」

很快皚皚白雪上落下一連串的腳印。

容盼站在窗臺前，直到長澧跨過月亮洞門，走得看不見了，才回過頭來，看著在床上使勁打滾翻騰的小兒。

看他還挺活潑的，想來龐晉川沒有責怪他。

只是，這稱呼？容盼臉上無害地露出一絲微笑，走上前在床沿坐下，拍拍小胖子的屁股。「剛才叫媽媽什麼？」

小胖子還在秋菊手裡掙扎著脫掉容盼給織的小背心，扭扭小腰。「太太，小兒口渴了。」

明眼就想矇混過關，容盼輕輕一扯，小胖子紅著臉終於掙脫開有些緊身的小背心，仰面給了她一個燦爛的笑容，撲過來。「小兒長大了，可以保護太太了！」

容盼心裡一陣心酸，輕聲問：「是爹爹說叫太太的嗎？」

小胖子扭扭了幾下，悶聲哼了哼。「才不是呢，小兒長大了，所以得叫太太！」

「媽媽不好嗎？」

「媽媽好，不能叫。」小胖子垂下頭，聲音也低沈了下來，容盼將他揉進懷中，親親他紅撲撲的小臉。

小胖子一直以他們之間有共同的秘密而驕傲，如今改了太太，還說好。

這個龐晉川啊，真是個冷酷無情的人，把她的小兒也教得不敢笑、不敢哭。容盼不知這樣到底是好還是不好，可她現在只是一陣陣揪心的疼。

「太太。」小胖子看見媽媽失神，有些手足無措的趴在她懷中，看她。

容盼笑了笑，小胖子猶豫了下，貼近她的耳朵，輕聲說：「我們偷偷叫好嗎？媽媽不要哭。」

這一聲媽媽，真快把她喊哭了。

她的小兒明明還只是這麼小，小手臂跟藕節一樣的，卻已經這麼早的學會探測大人的內心，看人的臉色。

容盼心疼極了，她搖頭笑道：「太太不難過，因為太太的小兒長大了。以後就叫太太，不要偷偷的叫，偷偷叫會被人聽見。」

「誰？」小兒濃眉一挑，小霸王的樣子。

容盼喜歡得不行，低下頭親親他的小油嘴笑道：「太太要教小兒一個成語，小兒要牢牢的記住，就算長大也不許忘了。」

長汀立馬坐直了小身子，跟課堂裡上學似的，認真異常。

容盼一字一句道：「隔牆有耳。即使隔著一道牆，也會有人偷聽。」

長汀低著頭，想了很久，小小的身子好像一下子被什麼東西壓垮了似的。

他慢慢的抬起頭，亮晶晶的眼睛一瞬不瞬地盯著媽媽，問：「以後只有太太，沒有媽媽了？」

容盼點頭。「只有太太，沒有媽媽。」

「小兒、小兒要保護太太。」長汀突然冒出這句話，聽得容盼沒頭沒腦的，但她想，今天龐晉川一定是和他說了什麼，讓小兒有些緊張了。

容盼嘆了口氣，拍著他的背，輕聲哄道：「小兒還太小了，現在太太會保護自己。所以太太的小兒要快快長大，是嗎？」

在容盼細雨般的柔聲安慰中，長汀漸漸沈入夢鄉。

這個孩子會是她一輩子的財富吧，容盼這樣想著。

身旁，小兒隆鼓鼓的小肚子隨著呼吸安穩的起伏著，容盼視若珍寶一般摸上小兒現在還很平淡的眉毛，還有那雙活靈活現現在卻緊緊閉著的雙眼，不由得想起他的父親。

龐晉川睡時眉頭總是緊擰著，即便是睡了，面色也很寡淡冷漠，沒小兒這般憨然。

可她寧願小兒這樣。

龐晉川那樣冷酷無情的人，他自己不要情不要愛，也非要把她的小兒教得不敢哭、不敢笑，到如今連她的兒子與她親近也不可以了嗎？

她現在只覺得一股的揪心。

心疼小兒被強迫著成長。

第六章

長汀出言頂撞父親的事，不但沒有受到懲罰，反而日日被龐晉川帶在身邊教導。

這讓府裡的一干人等都眼紅不已。

早起，容昐在打理龐晉川的衣物。

昨晚他在這邊留的宿，折騰了一宿，沒睡。

容昐打了個哈欠，眼底下是濃濃的青色，她發現現在只要有龐晉川在身邊躺著，她就很難陷入睡眠。

這個男人讓她琢磨不透，那個兩年前自己曾經瘋狂愛著的男人，反而只是自己的遐想一般。

大氣、學識淵博，帶著一些冷傲。

但現在，龐晉川是冷酷、無情、自私的，現在看來好像後者更接近現實。

她知道，龐晉川是被長房抱養過來的繼子。

她的正經婆婆其實是大夫人，只是大夫人自從嫡子死後身體就急轉直下，現如今在鄉下的別莊休養，常年不管公府中事。

而大老爺本來就修道許久，不然也不會就只有一個兒子，兒子死後只能從旁支過繼香火。

因此明面上雖然只是嬸娘的二夫人，儼然成了公府的正經主母。而龐晉川的生父，也就是他的二叔，如今仕途正盛，出任吏部侍郎，年前剛繼了龐家的族長之位。

龐晉川已經三十歲了，二十三歲他登科，皇上親賜探花郎府，住到至今。

古代的科舉有多難考，毋庸置疑，這樣的人才擱在現代，名頭該是菁英中的菁英了，什麼國家科技論壇、金融協會，他估計都會上臺講一講。

這樣的男人，是個女人都會著迷。

可是靜下來細想，一個貴族世家出的子弟，不驕不躁，一路披荊斬棘站在如今的高度，那這背後所付出的血汗，可能不是旁人所能瞭解的。

這樣的龐晉川，過的到底是什麼樣的日子？

容昐想得出神。

手上扣子卻扣得飛快，到最後一顆盤扣時，龐晉川忽然道：「妳那藥該停了吧。」

「什麼？」容昐茫然抬頭。

龐晉川面色不變的掃了掃袖上的褶縐，一絲不苟道：「從今天起，避子湯不用喝了。」

龐晉川率先離開鏡前，坐到圓桌旁。

容昐看了一眼林嬤嬤，林嬤嬤神色也不大好，替她淨手後上了香膏輕輕揉開，鼻尖散開淡淡的清香。

他是怎麼知道她在喝這個藥的？

屋裡出了內鬼了？

容盼心領神會。「兩年前流了孩子後，太醫說我身子已經不適宜受孕，所以這藥一直吃著。您看還要生嗎？」

容盼坐下，指著鍋巴貼，林嬤嬤上前布菜，龐晉川放下銀筷制止道：「好好養著身體，以後每日我會讓廚房給妳熬進補的藥。」

容盼輕輕蹙眉，舀了舀銀耳紅棗粥。

他對她的大兒那麼的冷淡，對她的小兒那樣的嚴格，這叫她怎麼還敢再要一個他的孩子？

兩人正吃著，忽聽外頭傳來急促的跑步聲。

來旺低喝一聲。「作死！沒看見主子在用膳嗎！」

來人喘著粗氣。「爺，爺。二夫人的轎子就在府門外了！」

眾人聞言臉色大變。

容盼心底重重咯噔一下，起身。

龐晉川面無表情地按住她的手，遞上湯勺。「先吃，才在大門外，要到二門還需一盞茶的工夫。」說著轉頭看向來旺。「叫二嬸去大廳等候，我與太太隨後就來。」

來旺猶豫了下。「爺，這……這好嗎？」

龐晉川抿了抿嘴，低下頭。「有什麼不好的？叫大公子先去前頭陪著。」

二夫人下了馬車，一路往正房抬，下了轎子往裡走了二道門，遠遠地見長灃等在那邊。

她臉色微微好了一些。

她頭上是松花色的鑲珠抹額，中間鑲攢珠翡翠，頭上的碧玉雙簪亮麗晶瑩。再細瞧下去，身上穿的是青縐綢的羊皮褂子，胸前別著蜘蛛粒大的胸針，神情嚴峻，不含一絲笑意，嘴角處微微往下按著，透著股嚴肅。

徐嬤嬤迎頭小跑上來，見了舊主就磕了一個響頭。「奴婢給夫人請安呢。」

夫人嗯了一聲，由著她扶進去，在主位坐下。

兩邊是銀奴俏婢服侍，其中一個穿紅衣的豔麗丫鬟殷勤服侍著，格外引人注意。

長澧想起之前聽人說的，二夫人要給父親納妾的事。

「你們太太呢？」二夫人吳氏喝問。

徐嬤嬤笑嘻嘻上前，指著前頭低啐道：「還不是勾著爺在她那屋裡呢，夫人您不知道，太太養的好兒子，昨兒個小公子還頂撞了咱們爺，也不知這些日子又灌了多少迷魂湯，弄得爺暈暈乎乎的，整日把小兒子帶在身邊，對咱們這個正兒八經出的嫡長子反倒不冷不熱的。」

「果真有這事？」吳氏沈下臉，瞧著身旁的紅燭道：「倒是我輕看她了，原先我便說她不適合，如今果真如此。今兒個我過來就是問問他們夫妻倆紅燭的事！妳去叫他們過來！」

龐晉川和容昐進來時，吳氏正坐在主位慢條斯理地喝著茶，不時被旁邊一個紅衣妙齡少女哄得眉開眼笑。

龐晉川和容昐對視一眼，容昐抽出帕子捂住嘴，對跟來的長汀咳了一聲。

長汀嘟嘟嘴，拖拖拉拉的走到龐晉川身後，父子兩人一同跨進門檻，朝堂上的吳氏作揖請安。「小姪給二嬸娘請安。」

「嬸婆好。」

「二嬸金安。」容盼低低一俯，半晌不見吳氏說起，便抬頭看去。

這吳氏正淡淡地瞥過他們，最後目光落在龐晉川身上，不冷不熱道：「真不敢當，我在這兒都候著你們一盞茶的工夫了，也不知龐大人是近日公務繁忙還是看不慣我這嬸娘來你們府上呢？」

一旁的徐嬤嬤得意地朝容盼笑了笑，露出一口老黃牙。

容盼儘量縮小自己的存在感，身子往龐晉川身後靠去。

他們母子的事她可不想管。

龐晉川彈彈衣衫上的褶縐，逕自坐在旁邊的椅子上，蹺起二郎腿，閒適道：「不瞞嬸娘，近日宮裡正趕修崇文殿，確實忙得很。不知嬸娘來府有何指教？」

「我哪裡敢給你什麼指教，呵。」吳氏陰冷的目光停在龐晉川身上，又落在長汀身上，見長汀緊依父親的模樣，心下越發不快。「我今兒個來，就是想問問你們夫妻倆，這紅燭的事你們想怎麼打發我這個老婆子呢？」

雖是生母，但名義上又不是她正經的婆婆，一個嬸娘把手伸到自家姪子屋裡也管得太寬了吧？

容盼對她的反感，比對宋白花的還厲害。

龐晉川捏著鼻梁，稍顯疲倦道：「這事兒便不勞嬸娘費心了，姪兒這裡有人服侍。」

紅燭一聽，急著看向吳氏，吳氏心中也是大怒，矛頭指向容昐。「妳說，妳是當家主母。」

長灃、長汀兄弟倆一齊望向母親，長汀還想邁腿走去，被龐晉川涼涼的一個眼神釘在了原地。

容昐心裡暖暖的，低眉回道：「這件事姪媳婦已交由宋姨娘管著，且不如現在喚她過來？」

「妳一個當家主母連這點事都管不好？還交給一個小妾！」吳氏啪的一聲，擊案而起，寬廣的長袖指向容昐，一口啐道。

紅燭連忙上前，輕聲撫慰。「夫人莫急，太太總會給個交代的不是嗎？」

這丫頭，跟久了吳氏也是一人精兒呢，拿話套她。

若說是，就等於變相承認紅燭姨娘的身分；若說不是，立馬矛頭就指向她。

容昐抽出絲帕擦了擦嘴角，笑道：「咱們府也是有規矩的人家，主子在這邊說話，哪裡容得一個丫鬟插嘴，不知這丫鬟叫的是什麼名字？」輕鬆一挑，將戰場轉移到紅燭身上。

紅燭一驚，連忙跪下，臉色慘白的看著吳氏哭道：「奴婢、奴婢不敢。」

「哦？我卻不知又冤枉了妳？真是罪過罪過。」容昐不怒反笑。

龐晉川老神在在的喝著茶，目光悠悠朝她投來，嘴角露出一個淡淡的笑容。

吳氏氣極，指著容昐怒喝：「妳……妳……妳給我閉嘴！」

容盼瞳孔微微一凝，嘴角笑容不變，側目對秋菊道：「去叫宋姨娘她們過來。」

龐晉川啊，龐晉川，我給你的小老婆當炮灰就此結束，後面就看宋白花如何逆轉了。

從知道夫人來到府裡的消息，宋芸兒就坐立不安。

她一直在想去還是不去？最後在接到容盼的指令後，不得不拉上大女兒龐如雯和兒子龐長滿往正堂走去。

如雯最像她，才六歲的年紀已生得婀娜多姿，只是性子不大像，刁蠻任性極了。

如雯走在宋芸兒旁邊。「姨娘，要是夫人天天住在咱們府裡該多好啊！我不喜歡太太。」

按照往日宋芸兒一定會問一句為什麼不喜歡太太，但今天她完全沒了看好戲的心情，反而面色沈重的看了女兒一眼。「等會兒妳見到夫人，記著嘴巴甜一些，撒嬌知道嗎？就像對你們的父親一樣。」

如雯哼了聲。「那是自然！我才不會讓夫人眼裡只有長灃沒有咱們呢。再說夫人不是和姨娘說過不喜歡太太嗎？姨娘就等著看夫人教訓太太吧！」

母子三人神情各異走向正堂。

待他們到時，喬月娥早已等在那邊。

吳氏對於龐晉川身邊不是她親信的女人一向沒好臉色，眼下喬月娥懷著肚子正跪在地上，眼淚巴巴的抹著淚。

「聽說妳大著個肚子在雪天裡還去廟裡上香？要是滑了胎怎麼辦？誰給妳這麼大的膽

子！」吳氏罵問，眼神不悅的轉向容盼。

喬月娥縮著頭。「是、是太太允許的。」

林嬤嬤氣極，怒眼瞪去。

容盼面無表情地接受兩人的目光，淡淡道：「是了，喬姨娘的確不該拿自個兒的身子開玩笑。雖說求子嗣重要，但也太過任性了，既然如此，那從今天到孩子出生前就不要出府了，安心養胎吧。」

不誠實的人總是得接受一些懲罰的。容盼毫無一絲憐憫地看著喬月娥不敢置信的雙眼。

吳氏反問：「妳作為當家主母管教不力，可見能力不夠。我瞧著，徐嬤嬤不錯，倒是可以幫幫妳。」

重頭戲來了。容盼起身，行了個禮，不亢不卑道：「原是孀娘替姪媳婦著想，只是母親當初去別莊休養時已叫林嬤嬤替姪媳婦一同管家，若是讓徐嬤嬤管著，怕母親聽了心下不悅。姪媳婦不敢忤逆婆婆，還望孀娘體諒。」

笑話，大權旁落，她還怎麼活？

吳氏真這麼天真的以為一個喬月娥就能讓她跳腳？且不說喬月娥現在沒事，就算她途中出了什麼事，她也能把自己摘個一乾二淨。

容盼左口一個孀娘右口一個孀娘已讓吳氏不悅，眼下又抬出大夫人，更讓兩人之間火藥味十足。

吳氏正待開口，眼睛瞥向走來的宋芸兒。

「妳說，誰叫妳不許納紅燭為妾的？還說八字和妳相沖，我怎麼不知道妳八字這般貴重了！連一個姨娘也容不下了嗎！」吳氏指著宋芸兒的臉咄咄問。

宋芸兒氣都不敢喘一個，直接跪下，委屈地咬著牙一字也不敢吭、一句也不敢亂說，最後被逼問得緊了才嬌滴滴的給龐晉川投了一眼，委屈哭道：「是，是妾身的不是。」

如雯連忙上來拉著吳氏的手搖道：「夫人嚇著雯兒和姨娘了，何不叫姨娘起來再說？」

「這裡沒妳的事。」吳氏嚴厲瞪去一眼，如雯立馬縮頭往後站去。

「好啊、好啊！你們一個個都是要氣死我這個老太婆嗎？」吳氏氣得從座上起來，指著容昐的鼻子就罵道。

容昐往後退了退。「夫人言重了。」

「怎麼？一個紅燭你們都不肯要，可見是要與我離心離德了?!老大，今兒個我就要你一句話！」吳氏轉頭盯向一直沈默的龐晉川。

龐晉川蹙眉，許久作揖道：「姪兒屋中的事的確無須夫人操心，這紅燭服侍夫人已久，姪兒不敢讓夫人割愛。」

吳氏緩和下脾氣。「知道你孝順，無須擔心我。你房裡人本來就少，如今喬氏有孕，更該添上一個才是。」

宋芸兒暗暗咬牙，雙手緊緊拽住長滿的手。

喬月娥摸著小腹心下焦急不已。

只有紅燭面露喜色，嬌羞地看著龐晉川。

容盼隱約察覺到龐晉川要說什麼。

那個藏在他身後的女人也要露面了吧。

只見龐晉川上前一步道：「嬸娘，姪兒的確不能納紅燭。」

紅燭身子一軟，癱坐在地上。

「什麼？你再說一遍！」吳氏倒退數步，徐嬤嬤連忙扶住。

龐晉川平靜道：「既然嬸娘執意要姪兒納妾。那姪兒只好如實相告，姪兒在外頭看上了一家姑娘，姓姚，閨名梅娘。」

姚梅娘？

竟然是她。

容盼低下頭，長長的睫毛將外界徹底隔離開來。

白天簡直是一場鬧劇，容盼都沒法子形容那群女人聽到那句話時臉上驚恐的神色了。

容盼洗漱了下，躺在寬大的床上摸著冰冷的半邊床。

小兒現在不和她睡了，總覺得空落落的。

林嬤嬤笑著拿來湯婆子往她旁邊一放。「想小公子了？」

「嗯。」容盼誠實點頭。

林嬤嬤面容擔憂道：「爺要納姚家小姐的事太太怎麼看？」

怎麼看嗎？

姚梅娘也算是官宦人家的小姐，父親是京中七品官，是二弟妹的好姊妹，聽說年前剛守寡，沒想到竟然和龐晉川好上了。

原說姚梅娘給龐晉川做妾也不委屈，這世家大族的貴妾在一般小吏的正頭太太跟前也是高人一等。

只是姚梅娘剛守寡，納不納得進府還是一個問題，再說了，她替龐晉川操什麼心？

容昐諷刺一笑，翻了個身。

秋菊正替她捶腿，氣道：「夫人來咱們府，府裡一些狗奴才也跟著見風轉舵！那個徐嬤嬤剛在廚房見著我，還讓我跟太太說，夫人可能要帶大公子回去呢。」

長灃嗎？

容昐搖頭。「帶不走。」

「為啥？」秋菊奇了怪。

容昐涼涼的朝林嬤嬤一笑。「在別人面前我得給夫人幾分面子，說到底因為我是晚輩，可夫人不也有忌憚的人不是？」

林嬤嬤立刻心領神會。「是了，太太。年下了，咱們得好好準備請大夫人回府主持年歲的事宜了。」

「嗯。」容昐閉上眼，長長的舒了一口氣。

宋芸兒可以依附夫人而活，可她不可以。

這是一場保衛戰，如果她輸了，那她失去的不僅僅是長灃的教養權利，慢慢的吳氏會像溫水煮青蛙一樣，把她變成吳氏掌控龐府的傀儡。

這樣大權旁落的日子她能忍受得了嗎？

容盼曾無數次的問自己，最後的回答都是她不容許有人在她往前走的路上扯後腿！

夜幕降臨，華燈初上，吳氏歪在暖墊上，雙腳泡在熱水之中。

徐嬤嬤瞧四下無人，悄悄走進吳氏屋中。

聽見聲響，吳氏微微睜眼。「來了？」

徐嬤嬤連忙小跑上去，揮退侍女，跪下後將手伸進熱水中給她揉腳，諂媚笑道：「奴婢已安頓好了大公子，特意來給夫人請安呢。」

「嗯。」吳氏嘴角往上撇了撇，面容輕鬆。「讓妳隨大公子來這邊，便是叫妳做我的眼睛好好盯著太太。」她緩緩睜開眼，露出一束冷光。「妳瞧著她和大爺如何？」

徐嬤嬤壓低了腰。「夫人明鑑，這個太太明面上對爺處處恭敬，噓寒問暖，但奴婢私下裡瞧著卻是最冷面冷心的。」

「哦？」吳氏來了興趣。「此話怎麼說？」

顧容盼對她兒的情誼，她如何不知？當年她就看不慣顧容盼的輕狂，壓制了幾回，讓她兒去了宋氏屋裡，為此顧容盼可踰越了不知多少回。

徐嬤嬤擦淨雙手，湊上前，尖細著眼，哼道：「別人尚且瞧著不真，便是咱們爺也未必能瞧得出來。可這些事哪裡能瞞得過奴婢的眼睛呢？」

她見吳氏聽得仔細，越發繪聲繪色說來。「上回，顧家長媳難產，太太回顧家小住了幾日，奴婢也跟了過去。那日就瞧見太太與黃家的公子並肩走在院子中，兩人有說有笑，眼中各有情意。」

吳氏神色微凝，眼中深意無限。「妳的意思，她不守婦道？」

徐嬤嬤愣了下，細細看她神情，見她並未惱怒，眼珠子一轉。「奴婢不敢亂言，但黃家與顧家交好世人皆知，許是有什麼事是咱們不知道的。夫人，您看呢？」

吳氏沈下了臉，雙手重重叩擊手柄，怒道：「這個賤人！若真與那黃家兒郎有私情，我定不饒她！」

徐嬤嬤往後退了數步，低下頭，撇嘴一笑。

鬧吧，鬧吧，鬧得越大她才越好乘機得利！

吳氏本來就不滿意容盼，眼下抓住了把柄，如何肯丟？心中細想許久，招手喚徐嬤嬤過來，低聲道：「妳還替我看著這府裡，若是有任何風吹草動就叫人知會我，知道了嗎？」

徐嬤嬤連忙點頭。「主子放心，奴婢定會看好太太的。」

「還不夠。」吳氏搖搖頭，擊掌數下，原本在外頭守著的紅燭連忙輕手輕腳進來。「夫人有何吩咐？」

「妳過來。」吳氏朝她招招手，紅燭抬頭看見一旁的徐嬤嬤，又低下頭上前。吳氏抓著她的手，對徐嬤嬤道：「紅燭我會留下，以後就跟著妳一起照顧大公子。以後若是有事要去通稟大爺妳就派她去，知道了嗎？」

紅燭羞紅了臉，雙眼亮晶晶地望著吳氏，眼中無限感激。

徐嬤嬤猶豫了下。「可是大爺那邊，今早的話？」

吳氏擺手。「這妳不用管，我自安排好了。大爺是要也得要，不要也得要！」

「那宋姨娘那邊？」

吳氏冷冷一笑，嗤笑道：「她？她如今已孕育了一個哥兒和一個姊兒，眼裡哪裡還有我？」

紅燭目光一悚，立馬跪下，磕頭道：「夫人莫氣，紅燭與姊姊不同，紅燭自幼跟隨夫人，心中也只有夫人！」

吳氏點了點頭。「我知道妳是個好的，只是莫要像那宋氏一般背了主子才好！」

紅燭連磕了三個響頭，連聲應下。

徐嬤嬤笑著上前攙扶起紅燭，陪笑說道：「姑娘生得珠圓玉潤的，果真是天大的福氣。老奴這邊就先恭喜姑娘了，姑娘萬福呀！」

紅燭羞得急忙將手從她手中抽出，低頭就往外跑，剛跑到門口，忽想起什麼，轉身回來對吳氏道：「夫人，剛才太太那邊派人來回話說，明兒個十五，要去燒頭炷香，問夫人可要一同隨去？」

吳氏一聽容盼就來氣，立馬沈下臉來。「我剛禮佛歸來，正要歇息，她還來折騰我！」

徐嬤嬤眼珠子一轉，附和道：「太太真是沒眼力見。夫人誠心向佛已久，自有佛祖保佑，哪裡似她那般只有初一十五上香的理？可見夫人眼光獨到，這個太太真是不會看人臉色。」

「跟她說，不勞她惦記。」吳氏氣沖沖道。

紅燭心中歡喜不已，連忙點頭，應好退下。

這邊，容盼剛沐浴出來，林嬤嬤拿了乾淨的帕子替她擦掉長髮上的水。

秋菊快步走來，在她耳邊低聲道：「夫人說不去，讓您明早也不用去請安了。」

「哦。」容盼冷哼了一聲，抬高脖頸，林嬤嬤拿來牛奶和蜂蜜麵粉調的面膜細細敷上。

秋菊拿著玉滾輪替她滾面，一邊滾一邊問道：「太太怎知夫人不會去？」說著連連拍著胸脯。「剛您讓我傳話問夫人要不要一同去，我還擔心死了，就怕她一起去了，一路上又得看她不少臉色。」

容盼摸著已經敷好面膜的那一面，轉過另外一邊給林嬤嬤，回道：「她不喜歡我，哪裡又肯與我一同去？再說了，我若不在府中豈不是給她大好的時機往府裡塞人，她難道會錯過了？」

秋菊噗的一聲哈哈笑出，引得林嬤嬤狠狠白了一眼。「在主子跟前也我來我去，成什麼德行？」

秋菊連忙板直了臉，在林嬤嬤看不見的地方朝容盼努努嘴。

林嬤嬤塗得認真。「這叫什麼膜的還真是有用，太太用的這些日子，脖頸處不但白了許多，摸著也細膩了。奴婢瞧著比宋姨娘她們每日塗的珍珠粉還好。」

「嗯。」容盼點點頭，她都二十四了，女人過了二十五再保養就遲了。

隨他龐府有多亂、小妾有多少，她自個兒先拾掇好了，走出去光鮮亮麗，舒坦了再說。

只是便宜了龐晉川那廝，容昐有感覺前幾次在一起，龐晉川在她身上流連的時間越來越長了，跟色中餓鬼一樣，難道那些女人還不夠榨乾他精力？

「太太，太太。」秋菊輕拍她的手叫道。

容昐回過神，有些不自在。「怎麼了？」

「今早派去別莊的人剛回來。說大夫人一切安好，明早讓您早點去別莊。」

「嗯，我知道了。」容昐應下。「明日車上妳要打理得暖和一些，咱們天不亮就去。」

林嬤嬤和秋菊皆應好。

清晨一早，天還濛濛亮，容昐屋裡已經點上燈。

一行人打著燈籠簇擁著她往外走去。

天太冷了，呼出的白霧很快就消散開，容昐揉搓著雙手，等著僕婦把二門打開。

龐晉川籠著袖子走來，身上穿著深藍色雲雁官服，宋芸兒緊跟其後，替他掃平後頭的褶縐。

見著容昐，龐晉川眼中掠過一抹精光，俯視著打量眼前的女人。

青黑鬆軟的長髮梳成凌虛髻，中間簪著一朵丹鳳朝陽，左側還是插著她最喜的碧玉簪子，垂著流蘇。他再瞧下去，只見麒麟緞袍外露出一小截紫袖，大幅湘緞裙襬下露出小小繡花鞋足尖。

嘴角微挑似笑不笑，眼中瀲灩蕩漾，眸色動人。
在朦朧的晨色中，比宋氏更多了幾分說不清道不明的氣韻。
龐晉川走上前，與她並肩而站。「這麼早去上香？」
容盼回道：「是，爺要上早朝嗎？」
微低下的眉眼遮蓋住那雙柔情似水的雙眸，龐晉川欲要細探，輕聲道：「抬起頭。」
容盼依言抬頭，嘴角已是含著一絲淡笑。
極其端莊。
這一錯眼，龐晉川只覺剛才那個風韻有致的太太只是那一剎那的海市蜃樓，他面色沈了下來。「早去早回。」
龐晉川覺得自己竟因為她的笑而生氣，想來一大早的真是莫名其妙。
二門吱呀一聲驟開，龐晉川抬腿先跨出離開。
容盼看著他遠去的身影，眼中漸漸浮上一層捉摸不透的迷霧。
宋芸兒恰巧看去，心跳錯了一拍，再要望去，只見太太笑咪咪看她。「夫人那邊就有勞妳了。」
宋芸兒連忙俯身應是。
容盼收回目光，不再瞧她一眼，徑直跨出二門。
在古代大門不出二門不邁，初一十五簡直就成了她放風的好日子！
容盼登上車，撩開車簾，看著龐府雕樑畫棟一閃而過，不由長長舒了一口氣。

林嬤嬤遞給她一個湯婆子笑道：「太太這樣子可和小時候一模一樣。」

容盼美目一轉。「我小時候什麼樣的？」

林嬤嬤眼神悠遠，只笑不答。

太太小時候總是喜歡將自己最好看的一面露出來給黃家的公子，現在太太總是刻意的將自己最端莊的一面露出給爺看。

爺剛才那一剎那探究的神情那麼明顯，太太怎麼可能沒抓住？

真是啊，喜歡一個人就定要喜歡到了極致；可若是真要忘記一個人，她也會大步向前毫不猶豫。

不屬於她的東西，她從來不會過多留戀……

馬車一路穩穩當當往京郊的別莊跑去。

鄉間被雪覆蓋的小路在太陽初昇起的那一刻逐漸消融，微風中飄蕩著枯草香，呼吸吞吐間不由得讓人心曠神怡。

「太太，您看，大夫人在大門外等您！」車外一個丫頭高聲喊道，容盼連忙撩開車簾望去，果真不遠處佇立著她熟悉的身影。

「快點。」容盼道。

馬車軲轆聲驟然急促，容盼瞧著那身影越來越近，不由認真打量起來。

比她兩個月前來看時，大夫人好像更消瘦了許多。只瞧她梳著蓬鬆的朝雲近香髻，髮間插著兩枚福壽金釵，兩頰高聳，嘴唇圓厚，面容雖消瘦，兩眼卻精神奕奕。馬車跑近了再瞧仔細，才發覺她渾身上下華飾全無，只著農家碎花粗布，哪裡能看出世家太太的派頭？

容盼下了車，張氏連忙迎上來，拉住她的雙手，從上到下仔仔細細打量了一番。

容盼連忙行禮。「母親萬福，兒媳給您請安。」

「快起來讓我看看。」張氏見她雖雙唇凍得有些發紫，但面容紅潤，兩手溫暖，心下不由越發喜歡，拉著她笑道：「昨日妳派人來說今天要來，我便高興極了，怎麼？沒帶小兒過來嗎？」說著往馬車那邊望去，見車上陸陸續續下來幾個僕婦，卻不見小兒，不由有些失落。

「這次沒帶，眼下他父親親自教導。」容盼扶著她進門，撩開青黑色的厚重門簾，一股溫暖氣息撲面而來。

張氏由著她忙裡忙外，舒舒服服的由她攙扶著靠在暖墊上坐下，笑咪咪道：「看來，晉川很喜歡小兒是嗎？」

容盼搖了搖頭。「他的心思我猜不準，許是喜歡吧。您也知曉他的性情，便是再喜歡也不會輕易讓人看出來的。」說著遞上熱茶給張氏，倚著她旁邊坐下，綰了綰散髮。「只是每晚小兒回來都說不了幾句話就睏覺，我心裡想問，但對著爺總是不知道該說什麼好。」

張氏將容盼白皙的雙手緊握住，嘆了一口氣。「晉川這孩子我也看不懂，他剛一出生就被老太爺抱到房裡養著。妳許不認識老太爺，他也是個不喜言語的人，但當年卻坐到了三朝閣老的位置。」

容盼低下頭，淡淡一笑。

「來，陪我出去走走，我在外頭單獨開了一塊菜園子，讓人做了暖室。」張氏拉起她的手，一同出去。

旁邊隨從除了林嬤嬤和秋菊，便是張氏身邊一個眼熟的蔡嬤嬤。

容盼隨她出去，張氏拿了一塊抹額給她戴上，一邊戴一邊笑道：「當年妳母親的祖屋與我家便是隔壁，我與妳母親是自幼的交情了。」

容盼點點頭。「是，上次回府母親還跟我問起了您，說替我找了個好婆家。」

張氏引著她走過彎曲的花圃，繞過一片湖，笑道：「我原先便和妳父親看好妳，在妳十五及笄那年私下裡探過妳母親的口風，妳母親那時還搖頭說她心中有人選了。」

容盼停下腳步，詫異地看著張氏。

這些事她從來沒有想到大夫人會知曉，而且敞開了來說。

感受到容盼的不安，張氏安撫地拍著她的手繼續引路道：「我還不知是誰，後來給晉川定了姚家的小姐，家世與妳一樣，也是極為顯赫的，只可惜還沒下定姚小姐就死了。」

「姚小姐？」容盼輕唸這個有些熟悉的稱呼。

「是了。」張氏閉眼，了然點頭道：「就是現在的刑部尚書姚之章的大女兒。」

「哦。」容盼這才清楚了。

張氏緩緩道：「妳也知世族之家在未定親前，這些兒女的婚事從不對外公告，一來怕婚事不成惹人笑話，二來也怕日後對方若是出了什麼事被波及。」

憶起往事張氏也顯得有些沈重。「姚小姐去後，妳母親來找我，問我晉川訂親了沒？我與妳父親高興異常，當場就定下婚事。後來那年妳難產奄奄一息，只有我和妳母親陪在妳身邊，聽妳喊著沄湖的名字，我心下便了然妳母親當年屬意的是誰了。」

「母親……」容盼一怔，原來顧容盼喜歡的真的是黃沄湖，至死都未曾忘記。

這樣的一顆心，全部交付給了他人，最後連命都賠掉了，值得嗎？

容盼面色怔然，直到被林嬤嬤拉了一下長袖，才驚覺回神，張氏笑咪咪的看著她。「只是現在想來，這樁親事對妳來說又何嘗是好的？晉川這孩子實在太像老太爺了。」

又拍了拍容盼的手，張氏問道：「去那邊坐坐？」

容盼點頭，上前去，待到時蔡嬤嬤已候在那邊拿好了墊子，兩人坐下，又有侍女端來熱茶後一一退下。

容盼喝下暖暖一口，把玩手中蜜柚色的茶杯，沈思了下道：「您別擔心我，他雖對我沒什麼感情，但面子上總歸要給的。」說著笑了笑。「二嬸如今在我府上，要給他送一門小妾，叫紅燭。爺呢，自己在外面有個喜歡的，叫姚梅娘，也是姚家的小姐，只是不知他們是如何認識的了。」

「原來是她！」張氏蹙眉，見容盼探究的眼神，解釋道：「這姚梅娘的父親好像是工部的司官，與這姚家小姐倒是同宗，不過她父親是庶出，早年就分了家去。」說著沈默了下，才接著問：「按妳的意思呢？」

容盼抽出絲帕擦了擦嘴角。「我今兒個來，就是想請母親回去，也是快到年底了，終歸要回去主持老宅年歲事宜。」

張氏點了點頭，容盼繼續道：「紅燭和姚梅娘沒什麼差別，但爺並不喜歡二嬸安插丫鬟在他身邊，所以眼下還不用管。但這姚梅娘，我想還是納進府來。」

「為何？」張氏反問。

蔡嬤嬤偷偷抬頭看了一眼容盼，眼中飛快閃過一絲喜歡。

容盼道：「她新寡，身分與家世都不足以與我為敵，此其一。」

張氏示意她繼續，容盼站起緩緩道：「其二，既然爺如今喜愛她，那我又何必在這個關頭與他相悖？她如今在外，我不好管，可她若進府，一言一行皆在我眼皮子底下，若是有敢冒犯，定是逃不出我的手掌心。」

張氏眼中笑意越盛，容盼想了想又道：「再來，我也極厭惡二嬸安插人在我身邊。」

最後一點，她想知道，一個男人對一個女人的新鮮感到底能有多久？

容盼就是要將這朵梅花養在府裡好好欣賞，看看到底是梅花撩人，還是白蓮花惹人憐愛。

「母親，您看這事？」

聽完她的話，張氏已點了好幾次的頭，她挽起容盼的手站起。「妳想得仔細，可見這些年妳成長得很快，但這件事妳不可急辦，得緩緩圖之，妳得讓姚梅娘最後感激妳，懂嗎？」

容盼與張氏默默對視一眼，雙方眼中的意思都已明確。

擊敗對手還不夠，還要扼殺未來潛在的敵人。

姚梅娘從進龐府的那一刻起，便注定了她要走的路。

同時，姚梅娘也會很快成為某些人的眼中釘、肉中刺。

張氏望著遠處連綿不絕的山黛，緊緊扣住容盼的手。「最後妳要記住，男人永遠不是最可靠的，最可靠的是妳生的兒子，莫要像我這般，可明白？」

從別人家過繼兒子的痛，就像把自己的半壁江山拱手讓與他人。

還是她最討厭的吳氏！

容盼陪著她靜靜的站了許久，兩人皆靜默著。

在吳氏的身上，她恍惚看到自己的身影，如果她沒生下小兒，那長灃就是她唯一的兒子。長灃自幼在吳氏那邊照顧，與她不親近，且不說長灃若有個三長兩短沒了，單論他與自己不親，即便長大了，她顧容盼要想在吳氏所在的龐國公府立足恐怕也是不易。

以前是她先失了一局，可現在她怎麼還能容忍自己處於被動的地位？

容盼抬起頭望向遠處高飛的蒼鷹，點頭道：「是，兒媳知道。」

隨後將容盼送出院子，張氏看著她的馬車漸行漸遠，回過頭看向蔡嬤嬤。「妳說，她如何？」

蔡嬤嬤意味深遠地笑道：「太太眼光獨到，這顧氏卻是與咱們爺極配。」

「哦？」張氏挑眉。

蔡嬤嬤道：「大爺是面冷心冷，而顧氏曾經是熱的，但如今也冷下來了。大家太太理應如此。」

張氏古怪地看著她。

蔡嬤嬤微微蹙眉。「只是希望咱們家爺到死也別回頭，若回頭了怕是再也割捨不掉，您說是嗎？太太。」

「妳這眼睛還是這麼毒。」張氏瞥了她一眼，讓人闔上院門，拖著老態的身子往內院走去。

四周花草枯萎凋零，張氏明白，在她沒了兒子後，她的春天早已過去。而她兒媳顧氏的世界裡很快就會百花盛開。

一個女人若少了情慾，那誰還會成為她的束縛？

第七章

從寺裡回來，已是未時。

容盼替長澧、小兒、龐晉川以及吳氏都求了福，還給兩個孩子買了一些玩意兒，派秋菊一一送去。

到傍晚秋菊回來時，臉色極其難看。

容盼正和林嬤嬤坐在廊下做長澧冬天的寢衣。

水藍色的，V領狀，上面繡著月亮和星星。

小兒有一套，上次她見長澧十分喜愛，便記下要給他也做一套。

秋菊氣道：「太太，夫人果然往大公子房裡又塞人了。」

林嬤嬤問：「誰？」

「紅燭！」一提起紅燭秋菊就來氣，什麼人也不知道，妖裡妖氣的，看見爺恨不得化成一灘水纏在爺腳底上，她家太太都還沒這樣呢！

林嬤嬤與容盼對視一眼，心中了然。

看來姨娘暫時做不成，也要留下來在府中時常露臉來個預備。

秋菊掏出紅色香囊遞給容盼看。「我給大公子送進去，徐嬤嬤便說大公子在夫人那邊，然後把這香囊留了下來。我不放心，在外等了一會兒，就見一個丫頭抱著您送給大公子的玩意兒還有這香囊丟了出來，那些東西都踩壞了。

「太太，咱們去質問那個徐老婆子！」

林嬤嬤攔著。「如今夫人在這邊，她眼裡還有誰？若說不小心磕壞了，妳能拿她如何？反倒讓人捏住了把柄，說太太刻薄夫人身邊的奴才！再者她到底是侍候大公子的人，這般做了，讓太太和大公子好不容易有些好轉的關係又急轉直下，豈不是將大公子越發推向夫人那邊去了嗎？」

容盼微微眯眼，穿針引線繡好一顆星星。

秋菊委屈道：「太太，您就算繡好了，大公子也未必穿得到！」

「不會，這件衣服一定會穿到長澧身上的。」容盼抬起頭，挽好長袖，將衣服交託給林嬤嬤，帶著秋菊進了小廚房。

親手做了一碗羹湯，讓秋菊再送去。

秋菊有些忐忑。「太太，我瞧那個徐老婆子未必肯讓大公子喝。」

容盼專心低頭擦淨碗沿的湯羹，平靜道：「不管他喝不喝，妳都給我送去。」

秋菊想了想，咬著牙送了過去。

半個時辰後，秋菊紅著眼睛回來。「我送了湯去，又在大公子門口等了許久，一直沒見人出來。後來叫大公子院裡的阿蓉出來，她跟我說，太太您做的湯羹被徐老婆子和紅燭她們吃了！大公子今晚在夫人那邊用膳！」

這下連林嬤嬤也氣得發抖了。

容盼放下針線，推開窗戶坐下，目光望著遠處的星辰，凝眸許久。

真是死不悔改呢。

夜色濃厚，似撥不開的雲層，忽雷霆轟隆隆滾滾而來，閃電瘋狂的撕開夜幕，晃如白晝。

空氣中瀰漫著低沈的氣壓。

朱歸院中。

容盼猛地揪住胸口，奮力掙扎了許久終於醒來。

墨綠色的床幔在昏暗的小燭光中越發濃墨，容盼行動遲緩地從床上爬起，右手摸上後背，層層冷汗。

守夜的丫鬟春梅被她走動的聲音驚醒，揉搓著雙眼趕忙上前。「太太，您怎麼醒了？」一邊替她斟了杯茶。

容盼飲下一口，望向窗外。「剛才打雷了？」

「沒聽到，太太。」

「轟——隆隆——」話音剛落，一道閃電劈閃而下，雷霆之勢震耳欲聾。

春梅驚叫著捂著耳朵倒退一步躲到容盼身後，這時聽得外頭沙沙腳步聲。「太太，太太！」

慌亂的腳步聲由遠到近，驚起四周無數的燭光點亮，容盼心跳錯漏了一拍，緊張望去，兩個僕婦驚慌失措的叫道：「太太，不好了，大公子氣喘病發……」

「什麼！」容盼一怔，茶水晃動潑出燙得她一手，春梅連忙要接，容盼已匆匆往外跑去，待眾人回神時望去，只見廊子轉彎處飛快的閃過她的衣角。

從夫人來時，長灃就住在夫人的碧紗櫥後。

容盼飛快跑過，吳氏屋裡點了燈，紅燭出來喝問守門的婆子。「剛才誰在外面鬧？」婆子扠著手道：「姑娘，是太太。大公子病了，太太來看。」紅燭眼珠子一轉，連忙退回屋裡，將此事報給吳氏。

寒冬裡，容盼跑得氣喘吁吁，滿頭大汗。

直進到長灃屋裡，奶娘婆子見她來，一一上前請安，徐嬤嬤急道：「太太，大公子半夜發病，也不知是怎麼的，可見咱們大公子底子本就不好。」

容盼飛快掃過她一眼，目光落在床邊的太醫身上，稍頓，轉而退到紗櫥後。「怎麼太醫都來了，才通知的我？」

徐嬤嬤跟著她進去，撇撇嘴。「原只是以為舊疾復發，不是什麼大病，可哪知大公子忽就臉色鐵青喘不過氣來，所以才叫了太醫，奴婢瞧著該是沒……」

話音未落，容盼忽然轉身，還不待徐嬤嬤反應過來，清脆的一巴掌已經甩了過去。她指著徐嬤嬤的鼻子，厲聲呵斥。「賊婆子，給我聽好了，我兒若是出事，我定拿妳陪葬！」

徐嬤嬤被打得措手不及，連連往後退去，後面丫鬟都厭惡她已久，哪裡肯去攙扶？徐嬤嬤摔在地上當下哭道：「老不死的娼婦，怎麼造下孽了！說嘴打嘴，讓我還有臉去見夫人?!」

綠衣丫鬟阿蓉插著雙手啐道：「果真如此，倒叫咱們太太不費口舌，只怕妳這個老王八賴著咱們龐府不肯走是了！」

「妳這小蹄子，看我不撕爛妳的嘴！」徐嬤嬤氣得一蹦老高，拉開袖子就往上扯。

容盼目光冰冷刺過，口中道：「阿蓉，妳退下。」

徐嬤嬤一見她就覺得兩頰火辣辣的疼，哪裡還敢造次，低著頭退到一邊嘟嘟囔囔。

這邊太醫已經看完，施了針，開好了藥方，容盼連忙叫人給太醫搬了凳子，問道：「不知我家大兒可好？」

太醫微微抬頭，見紗帳中隱約坐著一個妙齡少婦，再聽她剛才厲聲呵斥，便知曉是龐府的太太，當下立馬肅下神色，恭敬道：「太太莫急，大公子乃是誤食用了引發哮喘的食物，才至昏迷。適才已施過針，大公子如今也已醒來。」

「吃了不該吃的食物？」容盼神色一凜，望向徐嬤嬤。「妳說，今晚大公子都吃了什麼？」

徐嬤嬤慌張跪下，支支吾吾。「今、今晚大公子是和夫人一處吃的，只用了米飯，怎可能誤用了芝麻？」說罷，忽想起什麼。「還、還有太太的羹湯。」

「妳說，是我害的大公子？」容盼怒極反笑。

阿蓉撇開眾人衝進來，指著徐嬤嬤怒道：「太太，她說謊，您給大公子做的羹湯是被徐嬤嬤自己吃了的，大公子根本就沒有吃過。」

「賤、賤人！」徐嬤嬤衝上去撕扯阿蓉的頭髮，阿蓉也不是吃素的，三兩下就和徐嬤嬤糾纏在一起，給她老臉上抓了三道血跡，把徐嬤嬤打得哀天叫地，跟癩皮狗一樣到處亂竄。

容盼沈下臉，對太醫道：「半夜把你叫來，叨擾了，只是不知這藥吃下，我兒病可還會復發？」

太醫道：「太太無須擔心。」

容盼心下才安，說著轉向秋菊。「給先生封五兩，送出府去。」

秋菊撩開簾子走出，太醫只見紗帳內人影浮動，一陣暗香幽幽襲來，說不出的好聞，再看向床上躺著的大公子，心中已知這龐府的太太也定是一絕色妙人。

他雖有心再看，奈何世家大族規矩極多，拿了銀子就被兩、三個婆子丫鬟請出了門。

剛一出門，只見不遠處一群銀奴俏婢環繞著一老夫人走來。

太醫哪裡還敢多看，連忙低頭隨僕婦出了內院。

這邊，徐嬤嬤跪在地上，渾身上下被扒得只剩下裡衣。

容盼坐在羅漢床邊上，用棉被將長灃緊緊圍成一團抱在懷中，秋菊站立一旁端著碗給長灃餵熱水。

容盼用帕子替他擦乾額頭上的汗，長灃用力推開碗，容盼輕聲問：「還喝嗎？」

長灃搖搖頭，累得閉上眼靠在她的肩頭。

容盼嘴角浮出一絲苦澀的笑，低下頭吻上他的額頭。

長灃睫毛微微一顫，卻沒有躲開她的親吻。

「夫人。」門外通傳聲響來，吳氏由紅燭攙扶著跨進來，見地上跪著的徐嬤嬤，立馬拉下臉來，責問道：「顧氏，這是怎麼回事？」

容昐淡漠地看去。「這個老奴仗著自己資歷深厚，又服侍過您和長灃，就倚老賣老，忤逆於我。」

「奴婢冤枉啊，夫人！」徐嬤嬤連爬帶滾的拉住吳氏的衣袖哭道：「奴婢對主子您可是忠心耿耿，還請夫人給奴婢作主。」

吳氏扳開她的雙手，厲眼瞪向容昐。

容昐將長灃交給秋菊，掃了掃裙子，走上前。「今夜長灃氣喘病發，她不曾告訴我，以致延誤長灃的病情，待瞞不住了才請了太醫，這樣的奴才要了又有何用？」

吳氏微微沈默了會兒，看床上躺著的長灃，對徐嬤嬤道：「可有這事？」

徐嬤嬤急道：「夫人也知曉，大公子自幼便有氣喘之病，奴婢怕耽誤了才先叫了太醫去。」

「呵，是嗎？」容昐冷冷一笑。「那太醫說長灃誤食了芝麻又是怎麼回事？妳明明知曉他不能吃，怎麼還在他飲食上如此的不小心？」

徐嬤嬤張了張嘴，轉向吳氏。「夫人明鑑，今晚的飯菜是在夫人那邊吃的，哪裡有芝麻？」

「是在夫人那處吃的？」容昐看向吳氏。

吳氏不悅的踢開徐嬤嬤。「我這邊定是沒有不妥當的地方，想來卻是這婆子輕慢了。」

頓了頓。「既是如此，那就罰她一月月錢便算了。」

徐嬤嬤知道夫人定是要拿她頂罪了。

容盼搖頭，朝吳氏行了個萬福道：「請恕姪媳不敢遵從。」

長澧猛地抬頭，目光在吳氏和容盼臉上流連。

吳氏細細看容盼，讓她蹲在地上足足有一盞茶的時間，才冷笑道：「怎麼，妳這是要殺雞給猴看吶？」

容盼直視回去，笑道：「二嬸誤會了，這徐嬤嬤不但照顧長澧不力，還將我親自煮給長澧的羹湯，以及給長澧去寺廟求的護身符和高價買的玉珮都私吞了，有長澧院中的阿蓉為證。」

阿蓉急忙出列，跪在地上。「回夫人，奴婢親眼看著徐嬤嬤將太太煮給大公子的羹湯喝了，還將太太送來的護身符和玉珮私吞。」

「妳、妳胡說！夫人千萬不要相信這個小娼婦的話！」徐嬤嬤凍得瑟瑟發抖，心下卻是一陣陣的恐懼。

容盼雙手抱胸。「若真是阿蓉冤枉了妳，那我就把阿蓉給治死！若是真有此事，我也定不饒妳！秋菊。」

秋菊連忙上前，容盼道：「妳領三個婆子，去徐嬤嬤屋裡給我好好翻查仔細了，看看可搜出什麼贓物沒？」

秋菊領命，連忙退下，吳氏使了一個眼神給紅燭，紅燭連忙也帶著三個丫鬟跟去。

屋內，吳氏居於主位，容盼右下，徐嬤嬤跪在地上，臉上被打得亂七八糟。

一盞茶的工夫，熱茶已新沏了一杯，容盼心下越安，吳氏越覺得她惹人討厭。

直到外面傳來聲響，秋菊興奮走來。「太太，沒搜到護身符，但卻搜到玉珮了，您看這裝著玉珮的香囊還是咱們屋裡出去的繡品。」

秋菊遞上來，容盼看了一眼，擺擺手叫她給吳氏看。

吳氏面色已很是不悅，紅燭低垂著頭走到她身後，俯耳細細說了一句什麼。

秋菊這邊又拿了一袋銀子上前。「夫人、太太，還從這婆子屋裡搜出二十兩黃金，一百五十兩的白銀，以及一本小冊，裡頭記錄了這些年她私下裡刮下的地皮，以及剋扣大公子的月例。」

容盼沈默了，只看著吳氏。「二嬸，您說呢？」

吳氏啪的一聲站起，指著徐嬤嬤怒罵：「妳說，這些東西是哪裡來的！蠢啊蠢！」

徐嬤嬤已經呆在原地，直到吳氏甩手怒道：「我不管了！」徐嬤嬤才驚覺過來，跪著爬上去哭道：「夫人救我，夫人救我啊！奴婢根本就沒有拿大公子的玉珮和香囊啊！」

奈何吳氏已領著紅燭腳步飛快。

徐嬤嬤回過身，只見主位上已換了一個人。

太太坐在上頭，神色莫測，昏暗的燭光更似一層漿糊，越發將她遮蓋得看不清神色。

這一刻，徐嬤嬤才覺得害怕，害怕這個從來沒有被她放在眼裡的太太。

「太太、太太，饒命。奴婢錯了，奴婢願意從此以後效忠太太一人，求太太開恩吶。」徐嬤嬤跪著匍匐在容盼腳前。

容盼低下頭，挑起她的下顎，看著她滄桑的神態，嘴角微咧起一絲笑。

徐嬤嬤心下正閃過一絲竊喜。

卻見容盼眸色閃動了一下，用輕得不能再輕的聲音在她耳邊輕聲道：「遲了，我很早之前就想除掉妳，難道妳不知道嗎？」容盼拍拍她下墜的皮肉，眼中露出一抹寒光，站起身對兩旁道：「抓出去，重打四十大板，所有衣物一律不許帶，給我淨身滾出府！」

「太太！」徐嬤嬤驚叫一聲，徹底昏了過去。

容盼閉上眼，深深呼出一口氣，回過頭看向床上也打量著自己的長澧。

容盼道：「以後，你就住在母親身邊。你弟弟他，他和你父親住在一起。」說著跨出門檻，下臺階時，林嬤嬤匆匆趕來。

容盼作了個手勢，林嬤嬤點點頭，隨她回了朱歸院中。

容盼靠在暖墊上，感受炭火的溫暖重新瀰漫她的全身。

許久才開口問：「全部處理乾淨了？」

林嬤嬤湊上前。「大公子喝完藥，阿蓉就已經將藥渣倒掉洗淨，查不出裡頭放了芝麻。」

林嬤嬤繼續道：「那塊玉珮是您剛進大公子屋裡時，奴婢命人放進去的，還有那二十兩的黃金。徐嬤嬤這回不死也得半殘！」

容盼側目，疲憊地閉上眼。

她知道自己這回做了什麼……

這是顧容盼穿越的第七年，在第七年，她對她的大兒子下了藥，引發胎裡帶來的哮喘，借此乘機剷除了徐嬤嬤，分化夫人的勢力。

如今坐在明亮無比的鏡檯前，屋裡點著明滅的火光。

容盼伸手撫上自己的臉，依舊年輕得很，但心態呢？心態早已不是當初那個單純的顧容盼了。

「太太。」林嬤嬤站在身後，正替她打理長髮，容盼淡漠地望去，林嬤嬤道：「太太不用擔心，阿蓉剛才來過，說大公子已經睡下，氣息也已經穩好，想來太醫的藥該是好的。」

幸好，長灃還好著，容盼舒了一口氣。

「這個徐嬤嬤是自找死路，太太一味寬讓卻讓她越發的放肆，竟忘了誰是主誰是僕！」秋菊端了夜茶進來，氣鼓鼓道。

容盼冷冷一笑。「趕出去了？」

「是呢，太太。」秋菊瞇瞇眼，見著容盼就笑得開懷。林嬤嬤說，太太心裡苦得很呢，所以就喜歡看著人笑，看著看著，她也就不覺得苦了。

秋菊吐舌道：「您送的護身符，誰叫她扔了，既是如此，在那份清單之中多加通靈的玉珮也是她自找的。還有那碗羹湯，太太您是早知曉大公子在夫人那邊吃，所以故意還送了過去？」

容盼點點頭，眼眸越發淡漠冷然。「我就是要叫她有苦說不出。長澧犯病，定是要細查飲食，我親手做的羹湯她既然敢吃，就要知曉有這個後果。照顧大公子不力，以下犯上，便是她有夫人做靠山又能如何？」

她要拔掉這顆眼中釘，就要拔得徹底！

林嬤嬤在鏡中讚賞的看了一眼自家主子，一手已經綰好入寢的青絲，最後用鬆軟的頭巾輕輕紮好，她想了想問：「太太，那個紅燭要一起除掉嗎？」

秋菊一同望去，容盼低眉沈思了許久。「不用。」

「為何吶？」秋菊著急得跳腳，現在不除掉，等她站穩腳跟就完了！

林嬤嬤最見不得秋菊這副模樣，連續送了兩個白眼過去，秋菊連忙往容盼身後躡手躡腳退了兩步，小手捏著帕子，低眉順眼站著。

容盼不由笑道：「秋菊，妳在龐府這麼久，什麼都沒學會嗎？」

秋菊抬頭，眨了眨眼，很是不解。

容盼摸了摸她的頭，耐心道：「夫人這是擺明著想在長澧身邊安插人了，再加上紅燭是她一力要推給爺的，此刻叫她收手她又怎會甘心？」容盼頓了頓，飲了一口茶繼續道：「就算我再擺下局設計，逼著紅燭離開，夫人還會再安插人進來，如此那何不將計就計，先讓夫人先失掉戒心？」

林嬤嬤合眼，接話道：「太太說得是，如此我便去告知阿蓉了。」

「慢。」容盼站起，雙手扠腰走了幾步，抬頭道：「妳明早再去，先去告訴帳房，從今日起阿蓉由二等丫鬟提為一等丫鬟，與紅燭同吃同睡。妳告訴阿蓉，只派紅燭處理長灃周邊事情，要緊的事不許她插手。」

呵，人進了她的府，怎麼用就是她說了算。

她就不信，拔掉了徐嬤嬤這顆眼中釘，紅燭隻身還能牽制她的勢力！

「是，太太。只是……」林嬤嬤還是有些猶豫。「如此留下紅燭雖能讓夫人放心，可如此一來不是正好讓紅燭有接近爺的機會？」

府裡那麼多狐狸精，外面還藏著一個姓姚的，再來一個紅燭，那更是攪得龐府一團烏煙瘴氣的，想著就煩心。

容盼目光一閃，斬釘截鐵笑道：「不會。嬤嬤妳忘了，在這個府裡，紅燭最大的敵人不是我。」

而是宋芸兒。

林嬤嬤立馬會意。「以宋氏這些年在府裡的經營，一個離了夫人的丫鬟她是不會放在眼裡的。」

試問，宋芸兒會讓紅燭來分她一杯羹嗎？無論是在夫人心目中的地位，還是龐晉川的寵愛，以宋芸兒貪婪的個性，她絕對不會允許紅燭爬上龐晉川的床。

秋菊長長嘆了一口氣。「太太，奴婢心中有個不解實在許久了，想問問您。」

容盼點頭示意讓她問，隨手揀了本書置於燭光下翻看。

秋菊走到她身邊，猶豫地開口問道：「既然、既然太太有辦法對付夫人，那為何不對付宋姨娘？」她討厭那個在爺跟前處處裝著楚楚可憐的宋姨娘許久了！

容盼正翻頁的手停下，鼻間是書頁泛黃帶著的特有香味。

記憶一下子回到了當年她流產的時候，龐晉川去了宋芸兒屋裡。

半夜她腹中疼痛難耐，要林嬤嬤叫龐晉川回來，龐晉川沒有來，孩子順著血水掉了，那時她一個人躺在床上，渾身冰得跟雪一樣，心裡除了對龐晉川的恨外，就只剩下鋪天蓋地的絕望了。

在這種複雜又難以抑制的情感中她做了一件事，這件事除了林嬤嬤，她誰也沒有告訴。

容盼正視秋菊。「秋菊，我給她下藥了。」稍頓，語氣越發的輕。「絕子藥。」

秋菊猛地一震，不敢置信。「可……可宋姨娘對飲食最是上心不過，輕易不吃別人送去的糕點，太太是如何辦到的？」

容盼諷刺一笑。「在我坐蓐（注）期滿後的一天，宋氏來請安，我親手給她端了一杯茶。」她以前最恨宋氏請安，因為那樣會不斷的提醒她，龐晉川除了她之外還有其他的女人。

可是後來，她恰恰就是利用了這一點。

裡頭她點的絕子藥，只要稍微吃進那麼小小一口，宋氏就再也不會有孩子了。

在長汀出生的那段時間，她曾經花了很多的心思讓龐晉川不進其他女人的房間。

直到孩子流掉了，她厭極了宋氏，也厭極了費盡心思留住龐晉川的日子，所以她就想了一個一勞永逸的法子。

宋氏，不該在那個時候絆住他。

夜晚，終於安然落幕，容盼起夜去了長灃屋裡幾趟，見他真的沒事，心才真正安了下來。

而龐晉川一夜未歸，聽回來拿換洗衣物的來旺說，是為崇文殿趕在年底前竣工，工部忙得無法歇息，就連尚書也透早才歸，洗漱了下，又匆匆上朝去了。

容盼熬好了藥，看著長灃苦著臉吞下。

小胖子窩在床沿，睜著極亮的眼睛一瞬不瞬地盯著，見長灃吃完，立馬從他抱著的蜜罐裡掏出一枚晶瑩剔透的梅子，吭哧吭哧爬上床，一把塞進長灃嘴裡，一邊嘴巴還念叨著：「大哥，吃。」

長灃面色古怪的含著，吐也不是，不吐也不是。

小胖子支著手，歪著頭問：「好吃嗎？」這邊嚥下唾沫嗒嗒聲。

秋菊捂嘴偷笑，又被林嬤嬤瞪了一眼，哀嚎一聲小媳婦似的低頭，但仍止不住的雙肩顫抖。

長灃緊抿著雪白的嘴唇，不想和小胖子說話。

他可記得顧霖厚說過：你弟弟賊精，小心防著那小子，他可是個會順杆爬的主兒。

長灃在他手裡吃過幾次虧，被小胖子炫耀過小金兔的事情至今印象深刻。

注：坐蓐，舊時婦女分娩時身下鋪草，所以稱坐月子為坐蓐。

往長澧的手移動。

「太太！」長汀嘟嘴，容盼正將藥碗遞給阿蓉。

「什麼事？」容盼問，小兒現在叫她太太越來越熟練了，可見龐晉川下了力氣培養的。

「大哥是不是不喜歡小兒？小兒不乖是嗎？」告狀了，小油嘴委屈的嘟下，小手悄悄的往長澧的手移動。

長澧有些手足無措地望著容盼。

容盼實在鄙夷的不想承認長汀這孩子是從她肚子裡出來的，對於博取同情這一套，他向來是無往不利。再加上長得又似個粉團一樣，簡直是奶奶爺爺級的終極殺手。

「吃飯了嗎？」容盼岔開話題。

小兒眼神古怪。「太太，大哥是不是不喜歡……」遇見容盼笑得親切的目光，長汀連忙改嘴，小雞啄米似的點頭：「嗯！吃了，有小米粥、蛋捲、土豆泥、南瓜牛奶羹……」

報出一長串的菜名，最後還拍拍自己圓鼓鼓的小肚子，以示自己有好好吃飯。

對於長汀，容盼從來不用擔心太多。

他就算坑了別人，坑了爹，也絕對不會坑了自己的。

「出去玩吧。」容盼摸摸他的頭。

長汀大眼不死心的瞥向長澧，最後咧開一個燦爛的笑。「太太最好了！」

容盼扶額，到底這個龐晉川是怎麼教的？長汀好像越來越老油條了，有話能藏得住，還能在她的目光下節節頑抗，溜鬚拍馬！

長汀撒歡兒的往外跑，一大群人跟在他後頭，但出了容盼的視線，長汀腳步漸沈，摸著頭，雙手背在身後，看著天，自言自語。「什麼嘛，妳不是喜歡嗎？還防我，哼！」
雖然他不喜歡太太看龐長澧的目光。
但是太太喜歡的，他都會很努力的去喜歡。
長汀踢著小石子走在小路上，忽然看見領著一群人趾高氣揚的如雯。
長汀揚手高呼。「雯姊姊，雯姊姊，妳快快來小兒這邊！」
「幹、幹麼？」如雯防備問。
但陽光下，小兒的笑容異常的燦爛，竟晃得人不由得朝他走去。
作為龐晉川的唯一女兒，雖然只是庶出，但是如雯在龐府卻是一個不容忽視的存在。
長汀甜甜地對走來的如雯喊道：「大姊姊！」
如雯不耐煩的瞪了長汀一眼。「幹麼！」語氣頗為不耐，甚而趾高氣揚的微低著頭，俯視只有到她肩膀的長汀。
來福不由得打了個寒戰，膝蓋發軟。
長汀嘟著嘴，緊蹙眉頭，小胖手指著來福氣道：「來福做錯事！我要罰他！」
「小的、小的不敢！」來福撲通一聲跪在地上，明明是七尺高的身材，跪在長汀跟前卻顯得怯弱。
如雯杏眼微眯。「他做錯什麼了？」
長汀糾結得很，嘟著小油嘴，奶聲奶氣道：「他把太太賞給我的茶偷吃了！」
如雯笑得溫柔。「如此的奴才，可見沒把三弟你放在眼裡！」

來福猛地抬頭，目光迅速從她臉上掠過，最後沈入眼底。

「大姊姊說的是，可是我不知道該怎麼辦？」長汀上前拉住她的手晃啊晃。

如雯右手抬起打開，後面站著的丫鬟連忙遞上馬鞭，如雯遞給長汀。「本來我是要去學騎馬的，不過看在你是我弟弟的分上，我教你吧，你用這馬鞭打得他痛改前非不可！」稚嫩的清澈雙眸迸出一絲狠毒，身旁眾人聽了不由紛紛抬頭看她。

長汀愣了半會兒，笑著接過她的馬鞭，一口應下。「好啊！」說罷交給另一小廝，惡狠狠道：「十下！」

小廝接過，面無表情地上前揮舞短鞭，一聲響鞭劃破空中焦灼的冷氣，聽得人刺刺的發毛。

長汀身邊的小廝都是龐晉川親自挑選的，有些奴才甚至是出身行伍，動起手來眼睛眨都不眨。

長汀站在如雯身邊，看著短鞭啪啪啪抽在來福身上，迅速冒出血珠，染紅衣物，小小的眉頭糾結的皺在一起。

一下，兩下，三下……足足抽了有十下，來福臉上血色已失了一半，大冬日裡血水又迅速與衣物凝結在一起，牽動間都似割肉一般疼痛。

如雯輕蔑一笑，雙手抱胸。「好了，我忙得很。騎馬完，還要去姨娘屋裡做新衣裳呢。」

長汀送她幾步，直到她走遠了，來福才從地上站起，又默然的站到他身後，自始至終連一句話都沒有。

「我……」長汀雙手置於背後，小小身板在雪地間站得無比筆直。「她時常在父親跟前告我的狀，今天我就是想小小設計她一下……沒想到她會提議用鞭子。」

來福與那小廝微微抬頭互視一眼，來福道：「無事，小的會妥當處理這傷口，務必讓它看上去似舊傷，大小姐這狀在爺面前是告不贏的。」

告他什麼？苛責下人嗎？

長汀沈默的點點頭，嘴角最終蕩出一個笑容，那眼神卻猶如這冰雪之地，清澈卻不見底。

他要讓這個大姊姊在父親眼中，變成一個撒謊成精的壞孩子！

傍晚，一夜未歸的龐晉川終於在晚飯前疲倦歸來。

沒有去任何妻妾屋中，只叫了長汀到書房。

長汀正坐在容盼屋裡吸肉骨頭，一聽人來報，擦擦手，蹬下小腿，拍拍屁股就要走。

容盼喊住他。「回來。」

長汀立馬撒歡跑回去，賴在母親懷裡，油嘴滑舌地笑問：「我才一走，太太就想我嗎？」

容盼白了他一眼，將他柔軟的髮絲從領子處挑出，一邊抽出絲帕擦著他的小油嘴道：「我不問你的事，但是我知道你的性格，不許胡鬧，今天好像沒見到來福在院子外等著，可是有什麼事嗎？」

小廝歷來是不許進內院的，長汀的貼身隨從除外，但還是只能守在朱歸院外。

長汀聞著母親身上香香的味道，享受著，邊哼哼道：「來福和別人比賽騎馬輸了，被打了十大鞭子。」

容盼點了點頭，蹲下來替他拉緊了領子和袖口，在他額頭上落下一吻。「你父親選的人，我不便說什麼，但來福他出身行伍，性格定然剛毅，你需好好學他身上的長處，可知了？」

「知了！」長汀昂頭聲音嘹亮，拉著容盼在她的紅唇上落下輕若蝴蝶的吻，飛奔出去。夜色中，銀白的袍衫似一道雷電迅速疾馳。

容盼知道，她的小兒在一步步的長大，用她所不知道的方法，她心疼卻不能阻止他，也無法再阻止了……

長汀推開龐晉川書房的門。

龐晉川正俯身凝眉看著長桌上的工程圖紙，見他進來，只稍稍挑眉看了一眼，又低頭用筆改了一處。

如雯已換了一身藕絲琵琶襟上裳，頭上梳著垂鬟分肖髻，用金絲做結絆住，側歪在右邊肩膀之上。她的五官融合了龐晉川和宋芸兒所有的長處，長得異常嬌美。

長汀打量了她一眼，朝她爽朗一笑。「大姊姊也在啊。」

早就被龐晉川叫來的來福見到小主子，堅毅的身板這才彎曲跪下。「小公子萬福。」

長汀一隻手背於身後，一隻手虛抬，漫不經心地點了點頭：「嗯。」只這一下，龐晉川納入眼底，眼中深意無限。

「你大姊說，今日她在花園中見你責打來福，可有這回事？」龐晉川問。

長汀眨眨眼，一口否決。「沒有！」

如雯頭搖得跟博浪鼓一樣。「他撒謊！父親若是不信，可叫來福撩開雙臂和背後的衣物，女兒清楚看見的，就是用馬鞭所抽！」

龐晉川一個眼神過去，來福低下頭，撩開雙臂上的衣物，果真出現幾道疤痕。

卻已結疤，不似新傷。

如雯一愣，咬緊牙關。

來福跪下道：「回主子的話，小人與人比騎射，輸了，自甘被打十個馬鞭，但並非大小姐所言。」

如雯氣得發抖，急切的望向龐晉川，龐晉川面無表情，目光緊緊停留在來福的疤痕上。

長汀低下頭，握緊雙拳，委屈問：「姊姊為何這樣誣衊長汀？上次還和父親說長汀調皮搗蛋、不守規矩。」

龐晉川側目，斜視如雯。

如雯後背只覺一身冷汗，撲通一聲跪下哭道：「父親，女兒沒有冤枉三弟。」

長汀大聲反問：「只因為姊姊與小兒不是同母，所以不喜歡我，才亂講我的壞話嗎？可是小兒一直很喜歡姊姊。」

長汀為嫡，如雯為庶，以庶誣嫡，實則重罪，這一條是當朝欽定的規矩。

如雯滿頭大汗瀝瀝沁出，明明是長汀睜眼說瞎話，可她不能說是她教長汀用鞭子抽的！面對父親，如雯一時竟不知該如何開口。

最後龐晉川開口道：「明日去妳姨娘處領十個小鞭，抄《女誡》一遍，扣三月月例銀子。」

如雯顫抖地應下，被龐晉川叫人送回宋芸兒處教管。

待如雯走了，龐晉川才將目光落在他的小兒上，單薄的雙唇緊緊抿著，黝黑的雙眸落在他身上，長汀心下已是有些明白。

直到龐晉川的視線又落回圖紙上，一句輕飄飄的話落入長汀耳中。「跳樑小丑。」

長汀小小的雙拳緊緊握住，龐晉川看都不看他一眼。「她於你不過是螻蟻，你卻用計在她身上。將三十六計中的打草驚蛇這一計抄與我看。」

長汀道：「師傅還未教到。」

龐晉川瞇了瞇眼。「那你可知，你還未斬草除根就已打草驚蛇了？」

長汀低下頭，微不可察地鼓鼓嘴，氣餒地呼出一口氣。

知道，驚的還是父親這條蛇嘛！

他的確是笨，雖然討厭如雯，但這些小伎倆在父親面前，就什麼都不是了。

長汀只好讓來福準備了筆墨，自己一人乖乖的坐在另一邊的圓桌上，問：「父親，小兒要抄幾遍？」

龐晉川嗤笑地看他。「抄到你不會沾沾自喜為止。」

待他轉身，來福已經備齊用品，氣得長汀狠狠的瞪了來福一眼，搖頭晃腦蹬上椅子，嬌嫩的小手握緊毛筆，一筆一劃異常執著。

龐晉川空閒時略微抬頭，神色依舊冷淡，但看向長汀的目光卻漸漸有了一些溫度。

小兒，從最初明目張膽的用狗撲人，到現在他已經懂得將自己藏在後面，讓他不得不承認，此子最為類己。

寬廣的書房內，瀰漫著淡淡的墨香，沒有燒地龍，屋裡比下著大雪的屋外更加冰寒，冷冽的空氣膠著著墨香，時間在這一對父子身上好似停歇了一般。

直到門口傳來小聲的噴嚏聲。

父子兩人雙雙抬頭望去。

「爺，夫人屋裡的紅燭姑娘有事求見。」

「進。」龐晉川嗯了一聲，話音剛落，只見一個妙麗少女穿著一襲紅衣，撩開門簾，清脆笑道：「爺，夫人聽說您回來了，讓您過去。」

只見她今晚梳著朝雲近香髻，頭上只簪著一支金釵，雖無華麗卻十分秀美，濃密的青絲再配上火紅的衣裳，美豔無比。

龐晉川眼中飛快掠過一絲冷意，慢條斯理的捲好圖紙。

剛走至紅燭身邊，紅燭突然紅著臉說：「爺，讓奴婢替您撩簾子。」說著上前微微踮起腳跟，羞紅著臉看他。

龐晉川跨出，紅燭緊接著就要跟出去，就在當口，她突然回過頭對著圓桌上的長汀笑道：「小公子可要聽話。」

長汀昂頭笑得天真，朝她搖手。「嗯！紅燭姊姊。」

紅燭頓時眉開眼笑。「真乖。」

待她心滿意足離開了，屋裡還守著自家主子的來福不由得對她露出了一個同情的目光……

轉過頭看去，果然那張粉嫩小臉又擺出面癱的模樣。

其實他家小公子除了在太太面前愛笑之外，其餘時候他侍候著，小公子基本是不笑的。

第八章

夜是黑的，路是暗的，陣陣寒風刺在人臉上猶如冰刀滑過一般。

四個僕婦在前頭打燈，龐晉川冷著一張臉走在中間，紅燭跟在他後面，總是想著要不要說些什麼話，但看龐晉川一副生人勿近的神色，不由得打起了退堂鼓。

一群人沈默的往夫人院中走去，兩邊是抄手遊廊，當中是穿堂，當地放著一個大理石的大插屏。轉過插屏，後面就是正房大院，打頭在外頭等的，是李嬤嬤。

李嬤嬤瞧去大約四十多歲的年紀，笑容可掬，兩鬢微微發白，身寬體胖。她是吳氏的陪嫁丫鬟，早年曾是龐晉川生父房裡的人，後配給了府裡的小廝生了一個兒子，但自己的兒子卻因一次發燒丟了性命，待龐晉川出生時又做了他的奶娘。

可以說在龐晉川十歲前，陪在他身邊最多的就是這個老婦人，但自從過繼給大伯，就已極少看見李嬤嬤，待他考取探花郎，自己開府後，更是有五、六年的時間未見過一面。

龐晉川走上前去，朝她作了個揖，溫和叫道：「嬤嬤。」

李嬤嬤一時竟不敢受這個禮，顫顫巍巍的不知將手放哪兒才好，只一味的看著他，滿口應著：「好，好，好，哥兒好得很。」長大了許多，也做了父親了。

紅燭努了努嘴，輕蔑的白了一眼。

「好得很。」龐晉川嘴角含著一絲笑，後轉過頭看向來旺，對方連忙恭敬的從懷中掏出一只質樸的木盒遞上。

龐晉川親手打開，道：「知道妳信佛，所以我讓太太去廟裡燒香的時候幫妳求了這串佛珠，妳看看。」

李嬤嬤頓時紅了眼眶，將佛珠小心的放於手心，珍重的撫摸良久，有些許哽咽。

「太……太貴重了。」這一聲也不知說的是這串佛珠還是其他。

「只是檀香製的。」他答道。

李嬤嬤轉頭悄悄拭去眼淚，作個了萬福。「奴婢謝過大爺，謝過太太。」

龐晉川頷首，李嬤嬤連忙趕上前去仔細的替他打開簾子，一群人魚貫而入，待紅燭跨過門檻上，轉頭溫柔笑道：「李嬤嬤，我都不知您和咱們爺這麼好呢，以後您可得多提攜提攜我。」

「不敢，姑娘自然是夫人極為看重的人。」李嬤嬤斂目，微微往後退去。

紅燭冷冷一笑。「不識好歹！」甩了帕子扭著水蛇腰往裡走去。

龐晉川進到房裡時，吳氏正坐於圓桌後用藥膳，見他來了，從旁邊丫頭手裡接過帕子擦了擦嘴角，走到正廳的主位上坐下。

一排丫鬟走來，端了漱口茶、痰盂、淨手盆、飯後茶等。

吳氏手一揮，紅燭婀娜的取了清茶，嫋嫋上前放於龐晉川跟前的案上，柔聲道：「大爺請用茶，是六安茶，皇上親賜給二老爺的貢品。」

龐晉川看了一眼，並不動，紅燭欣然上前替他抹開茶葉，微啟紅唇吹了兩遍遞上去。

「大爺若是不棄，便就著奴婢的手喝吧。」一雙俊眼含著春帶著羞，早已飛到龐晉川的眼眉上、骨指分明的雙手上、銀白暗紋的袍衫上。

吳氏端坐於上位，掀開熱氣騰騰的茶杯，嘴角帶著一抹笑，吃了幾口茶，待要放下，忽聽龐晉川硬邦邦道：「我不吃六安茶。」

吳氏手一頓，蓋上茶碗，紅燭垂淚欲滴，手足無措地看向她。

吳氏不悅道：「妳下去吧。」紅燭以手掩面，低著頭飛快的退出去。龐晉川依舊坐著，頭抬也不抬，等著另一丫鬟端上普洱。

打開茶蓋，見湯色紅濃明亮，香氣獨特陳香，吃上一口略苦，再細品回味無窮。

便是在衙門裡吃慣了宮中供的上好普洱，龐晉川也知未敵這一二，他這才抬頭打量去。

但見吳氏髮鬢青絲，珠釵環繞，額頭中間一條抹額鑲著通透的翡翠，熠熠生輝，四十多歲，眼角卻只帶一些細紋，可見平日保養之好，再細細瞧下，穿的是家常的貂鼠皮襖，極是保暖。

龐晉川稍頓，收回目光，斂目問：「不知二嬸叫姪兒來有何事吩咐？」

吳氏看著眼前這個「兒子」，暗暗咬牙，板著臉道：「看你娶的好媳婦，長澧身子不好，她不照顧也就算了，昨兒個反倒打發走了徐嬤嬤！」

龐晉川只是聽著，未語，修長的雙手沿著茶碗邊輕撫。

吳氏咳了一聲。「你是她夫君，平日裡她若是說錯了什麼話、做錯了什麼事，該你教導她才是，或打或罵自是隨你。可如今你看看她，這般的沒規矩，昨夜裡更是一味的頂撞我，我瞧是該找個嬤嬤給她教教規矩了！」

八吉祥紋銀酥油燈的燈芯突地跳躍數下，照得屋內更亮。

龐晉川雙手交叉環於胸前。「不知她怎麼頂撞二嬸了？」

吳氏滿臉的不悅，指著一個老嬤嬤。「妳說，我也說不出你媳婦說的那些話。」

老嬤嬤瞇著精細的眼，往那兒一跪，有力地道來。「大公子舊疾復發，太太說是大公子晚間在夫人這邊用膳時吃壞的，還當著夫人的面強行叫了奴才去搜大公子身邊管事嬤嬤的屋子，且……」

龐晉川手一揮，問：「您說，這些是太太做的？」

容盼何時有過這般強硬的一面？甚而在兩人最親密之時也從未見過她迷亂神智。

老嬤嬤拜道：「是，這些都是太太所言所做，奴婢不敢有半分隱瞞。」

龐晉川抿了抿嘴，眼眸沈沈看不出喜怒。

吳氏遞給他一張清單。「這是那日我這邊菜餚的單子，你可看看裡頭哪裡用了芝麻？長灃在我身邊多少年了？我又怎會記錯了？倒是來你府上就多病多災的！」

她不滿的繼續道：「我瞧著倒是你那媳婦陰陽怪氣的，說不定是她給長灃吃了什麼亂七八糟的東西引發哮喘。」

龐晉川慢慢打開膳譜，一目十行地飛快看下，待吳氏最後一句話落入他耳中，龐晉川的濃眉微不可察地一蹙。「大兒是她的嫡長子。」

吳氏冷冷一笑。「枉費你還是探花郎，難道你不知武后為奪權誅殺親女的事？」

龐晉川合目，眉頭皺成一個川字。

吳氏拍拍雙手，一個三十多歲的僕婦撩開簾子上前跪下。「請夫人、大爺的安。」

吳氏道：「你媳婦也太不知規矩了，枉她還是龐國公府的長房嫡媳，我瞧著連你弟媳都不如。這是我身邊一個得力的嬤嬤，便讓她去服侍顧氏了。」她說著，眉毛動得飛快，臉上露出一抹喜悅之色。

龐晉川緩緩的睜開眼，盯著她，許久道：「大兒是子非女，顧氏已是我的嫡妻，非姨娘之流。至於嬤嬤……」龐晉川一頓。「我看就免了吧。」

吳氏一怔，回過神後怒火油然中燒，蹭的一下站起，指著他厲聲呵斥道：「顧氏什麼人，你就知道了？她當年企圖獨占你，我便看出她是個不安分的，如此女人留在你身邊遲早會是個禍害！我是你生母，難道還會害了你不成！你且看當年顧氏難產，要不是我抱著長灃回去撫養，你如今哪兒來的嫡長子？」

龐晉川黝黑的瞳孔一眯。「二嬸。」

涼涼一聲，冰得寒徹心骨，吳氏忽然冷靜下來，不敢置信地看他。

龐晉川從長袖中掏出一封信讓來旺遞上。「二嬸，今日母親修書一封與我道，三日後回龐國公府主持年底事宜，二嬸可知曉此事？」

吳氏雙膝一軟，頹然坐於榻上，身旁的丫頭連忙扶穩她的身體，後悄悄望向座下的大爺，只見他神色不變、雙眸冷然，心下不由生起恐懼來。

「若是二嬸還要在這邊小住幾日，也好，那姪兒便派人告知母親和二叔了。」龐晉川站起道。

吳氏張了張嘴，眼中有些狼狽。「你慢著。我、我需回去，是到年底了。」

龐晉川冷冷一笑，往後退了三步，作揖。「是，若是無事，姪兒告退。」說罷，濃墨黝黑的雙眸淡淡一掃，往後退去，離開屋裡。

當年兄長歿了不久，父親還在擇繼位者，母親與二嬸明爭暗鬥久矣，自然不會選他，然二嬸卻當眾誓言以後與他斷絕母子情分，送與父親做子。

為了龐國公府的爵位，她都能將嫡長子送出繼承，在她心目中，什麼最重要，早已不言而喻了。

如今龐國公府是她掌權，二叔也已是家族族長，她要的都拿到了。

龐晉川掃了掃衣上的褶縐，跨步走出。

李嬤嬤不知去了哪裡，等在外面的是紅燭坐在廊上，兩頰凍得通紅，見他出來連忙迎上去，笑道：「大爺說完了是嗎？外面雪還沒停，讓奴婢給您打傘回去吧。」

龐晉川盯著她許久，單薄的嘴唇抿了抿嘴。「放肆！」

來旺心領神會。「主子的事豈是奴才膽敢妄言的！掌嘴。」

紅燭大驚失色，膝蓋一軟跪於地上。

還不等她回過神，兩個凶神惡煞的僕婦就已上前，一個抓住她的兩肩，一個揚起大掌。

紅燭驚叫。「大爺，我是夫人屋裡的人！」

龐晉川正要跨出的腳步一頓，回過頭，陰惻惻地看她。「是嗎？」

紅燭心下一驚，由衷的恐懼。
來旺對僕婦喝道：「還不將她拖到後院，塞了嘴巴再打！」
紅燭這下是欲哭無淚，連聲音都還來不及發出，就已被人連拖帶拉。
龐晉川眼中飛快閃過一絲銀光，復又很快消失。
一個賤婢，都敢在他的龐府胡作非為嗎？
他雙手背於身後，踩著皚皚白雪往外走去。
兩旁是欣欣向榮的梅花，迎風鬥雪，開得是奼紫嫣紅。
來旺跟隨其後，出聲問：「爺，去哪兒？」
那個小祖宗還在書房裡等著呢。
龐晉川摘下一朵放於手心細細打量，如此的凌寒獨放，就算束於高閣也寧折不彎嗎？
他道：「明日午後，你叫太太去書房。」
呵，武后，殺女……如此之人會是在他枕邊多年的夫人？
龐晉川冷眼盯著許久，忽想起一年，小兒還未出生時，他去宋氏屋中，顧氏攔住他，那種倔強的眼神，他已在顧氏眼中許久未見了……
午後，容昐用過膳往龐晉川書房走去。
昨夜下了一夜的雪，今天天氣倒是極好，陽光明媚，微風，比前幾日氣溫還回暖了些，容昐穿了件玄色穿花羅袍，外面罩著一條長襟沒膝的銀紅比甲，頭上飾樣簡單，青絲綰成凌虛髻，插著上回兄長送的梅花簪，面容微施些薄薄的胭脂。

聽說昨夜夫人叫了龐晉川去了屋裡，兩人不歡而散，說了什麼，她倒是沒探聽到，總歸不是好話就是。

容昐抿了抿嘴，梅花樣的墜子映著她凍得蒼白的耳垂，透著一股粉嫩。

走過月亮洞門，兩個丫鬟守在那裡，連忙向她請了個安道：「請太太安。」

容昐點點頭，一個穿紅戴綠、五官平凡的小丫頭笑道：「不巧，爺剛讓一個先生叫走議事，現不在書房中。」

容昐頓住腳步問：「屋裡可有人？」

小丫頭清脆笑道：「正是呢，小公子在屋中習字，太太可要進去瞧瞧？」說著迎著容昐往外走去。

剛過洞門，只瞧正中央一道假山似的石壁擋著，兩側是走廊，再往裡走去上了臺階便是書房。

小丫頭領到這兒就不敢再進去，連忙俯身行了禮後轉往外走。

容昐剛撩開簾子，就覺一股冷氣撲面而來，她不由得搓了搓白皙的雙手，呼出一口熱氣，回過頭對林嬤嬤等人道：「在這兒等著。」

龐晉川乖僻，書房內極少讓人進，侍候的人常年也就只有來旺幾人，眾人也熟知他的忌諱。

她穿堂而入，果真見小兒端正坐於一方桌之後，左手執筆，右手按紙，面容認真嚴肅，一筆一劃描摹著字帖。

「太太！」聽到聲音，小兒抬頭，見到容盼大眼頓時出彩。來福連忙低下頭，請了安，默然的倒退出門。

小兒蹬下高高的椅子，跑上前拉住容盼的手，驚喜問：「太太來看我嗎？」

容盼莞爾，搖頭笑道：「不是，來找你父親的。」

小兒臉上明媚笑容驟失，癟著嘴兒，歪過頭彆扭的哼了一聲。小樣兒好像吃醋的樣子，容盼忍不住摸了摸他鬆軟的頭髮，目光柔和地望他。

「我長大了！」他沒看見，背對著她，下巴微翹地哼道。

「嗯，我知道。」容盼點了點頭，繼續摸，小兒的頭髮柔軟，摸在手上的質感猶如錦緞一般，讓人欲罷不能，如果小兒是個女孩子就好了。

他明明享受著撫摸，但還是猶豫了下，躲開。「就要五歲了！」稍頓了頓，還要特別大聲的強調。「大了一歲！」

身後許久沒了回應。

小兒轉過身，只見太太眼角帶笑，目光柔和看著他，只這一眼再多的醋意早已煙消雲散！

他本來想說：大人，才不要太太看呢。但這話到了嘴邊，小兒撲上去，用臉龐蹭蹭，像隻順毛的小貓崽似的。「太太想小兒了嗎？」

容盼認真的點頭。「很想。」某人頓時眉開眼笑。

說到底，還是她的小兒。

小兒在母親懷中打滾了一會兒，自己掙開道：「太太等等，小兒得把字帖臨摹完。」邊說邊指著之前臨摹過的十張正楷。

容盼問：「累嗎？」每天看他回來總是精神奕奕的，卻從來不知道，原來小兒已經識得這麼多字了，這雙小手現在可以穩穩的把筆桿握住。

小兒鬆快的聳肩，雀躍笑道：「太太，我不累呢，小兒都能解決。」只是在旁人看不見的地方，緊握的左手上不知何時長出了繭，也留下了鞭子的痕跡，微微充血腫脹。

早上天還很暗，他就得從溫暖的被窩中掙脫出來，晨起識字讀書，有時認識的字還不夠先生就連著新章教他。

午時，休息半個時辰，吃個水果就要來點卯，先站在寒風的當口半個時辰，不許挪動半步，等著渾身的熱勁都被吹沒了，才允許回屋裡臨摹字體，便是錯了一字，板子就得侍候。世家小公子讀書，打的都是貼身的奴僕，而龐晉川告誡先生，若是長汀哪裡做得不對，不用客氣。

這些事，小兒總會委屈，在剛開頭的時候，哭過、鬧過，還摔了筆要找太太去。

然而龐晉川只是冷冷看他，等他筋疲力盡了，依舊還得學習。

龐晉川對於這個捧在手掌心寵愛了多年的嫡子，從來不會心慈手軟。

而小兒在父親那裡，第一件學會的道理就是：人為刀俎，我為魚肉。

這讓他懂得無論什麼事都得做得最好，什麼事都學得最快，克制了孩童天真爛漫的性格，漸漸變得冷漠和倔強。

小兒走到方桌前，稍有些吃力的蹬上太師椅，從筆山上拿下筆，正要落下，忽想起什麼，抬頭問：「太太，要做什麼呢？」

他練字的時候，父親或看書，或坐在大桌後沙沙寫著奏摺，或看著圖紙埋頭修改、批注。

容盼正從一處偏僻的角落裡抽出一本書，聽到他聲音，回道：「你父親藏書頗多，娘親看看。」

不得不承認，在龐府，龐晉川的書房是最大的房間，裡頭藏書之豐富讓容盼咋舌。

一排排的書架高聳挺立，經史子集密密麻麻分得有條不紊。

容盼抽出的是一本年代久遠的書籍，看著書名，似應試科舉的書，她放了回去，抽出旁邊一本，還未打開，唰地一聲，書中掉落出一張紙。

容盼心猛地一跳，蹲下撿起。

紙張已經泛黃，頁邊似帶著水痕的捲邊，容盼好奇打開，映入眼簾的卻是一幅畫像！

一個妙齡少女的畫像。

「咦？」容盼蹙眉，畫的是誰？

又看向題字，是崔護著名的絕句，人面不知何處去，桃花依舊笑春風。

落款處寫著一個川字。

看這筆法和題字明顯是龐晉川所做，只是如今龐晉川的筆跡周密，緊勁連綿，由她所見的畫中多是寫意山水，極少見著人物，便是有，也是山間避世的寒士和鄉間農夫。

然這畫中人，是一女子，首先就讓容盼感到新奇，再細細看去，這筆法卻尤為稚嫩，似強加所作，美人也畫得十分呆板，死氣沈沈，毫無畫出人物的韻致。

再看紙張完好無損，筆墨之間稍有牽連，可見是畫完後就隨意夾入書卷之中，沒有再拿出。

容盼細細審視，少女身上玉牌上雕刻著一個細小的姚字。當下了然。「原來如此。」再聯繫詩詞，估計是大夫人所說，當年差點和龐晉川定親，卻不幸夭折的姚小姐。

「太太，太太！」小兒看不見她，忽然叫起。

容盼慌亂之間連忙應道：「什麼事？」

小兒眼兒彎彎。「沒事。」知道她沒走，還在，就好，小兒笑咪咪的繼續寫字。

然而小兒卻不知，他的母親正在窺探他的父親年少時的秘密。

容盼將畫稿重新摺疊好收入書中。

忍不住，覺得好笑。

原來龐晉川那樣的人，竟也有一段如此青蔥的歲月！

為賦新詞強說愁，獨上西樓。

一個死的人，估計連話都沒說過三句，怎麼可能有了愛？容盼懷疑，估計連龐晉川自己都忘記曾經在那個歲月，他為夭折的姚小姐畫過一幅畫，並藏在書裡。

或許他對姚小姐的記憶也只剩下一個符號，就算現在再和他說這個名字，他也只是很冷淡的想，點點頭說：「哦，是她。」

然後繼續沿著他的路，經營著他的世族和官位。

容盼將書重新放回書架上，拍拍手間的灰塵，走了出去，一瞬間她覺得自己好像是從龐晉川的時空中走出。

小兒望著母親笑咪咪的模樣，問：「太太，您笑什麼？」

容盼眼珠子一轉。「唔，等你長大了，我可以考慮告訴你。」

「什麼？」小兒眨眨眼，十分迷惑。

「秘密。」容盼笑道。

套話不成功，挫敗感油然而生，小兒啊了一聲。「太太最壞了！」

容盼但笑不語，暖暖的陽光滑入窗臺，照在小兒蓬勃生氣的臉上，容盼在想。

如果當初這個姚小姐沒死，嫁給了龐晉川，那顧容盼就不會嫁他。沒了龐家，顧容盼或許還有機會嫁給黃沄湖。

那她還會穿越來到這個時空嗎？

這個時空裡還會有小兒的存在、有如茹的痕跡嗎？

容盼想著想著，不由低頭笑出聲，搖著頭，長長垂下的梅花墜子映射出奪目的光芒，似一滴珍寶掛於她耳邊，美得讓長汀一時竟移不開眼。

原來，太太一直是這樣好看的人吶。

龐晉川回來時，屋內散發著幽幽的梅香。

淡而不妖，媚而不俗，透人心脾。

長汀小兒趴在方桌上，睡得極香。

金黃的陽光投進，可以將他臉上細小的茸毛看得一清二楚，只是眼底泛著青。

他慢步走去，拿起桌上整整齊齊放著的十五張正楷，一頁頁細細看過，嘴角浮起一抹笑，低下頭，大掌攤開小兒的小手，整隻手都不過他巴掌的一半，卻已布滿了厚重粗糙的淡黃色小繭。

似察覺到動靜，小兒長長睫毛撲扇撲扇，打了個哈欠，雙眼望著被父親抓在掌心的手，帶著些迷茫。「父親。」

龐晉川風塵僕僕地正從外頭趕回，身上還披著未來得及解下的披風，手間帶著馬匹牲畜的味道，凜冽得讓人不喜。

他鬆開，另一隻手放下紙，又似平日裡一般冷淡的問：「你母親可有來過？」

小兒點點頭，抱著桌上已經涼了一半的茶。「嗯，後來林嬤嬤說大哥哥發燒，太太又走了。」小兒比劃著，還努力的將容盼在書架後發出的咦聲，和哦的一聲告知了他。

龐晉川沒聽懂，皺著眉。「太太為何要如此？」

待要細問，小兒兩手端於前，嚴肅的反問：「爹爹，您為何不直接去問太太呢？」

「……」龐晉川微瞇眼，挑眉。

小兒似有領悟，抬頭看他。「父親！」

「什麼？」

「您說，太太長得好看嗎？」長汀想起剛才母親的風致，只覺連那麼溫暖的陽光都黯淡了呢。

但是他和太太長得一點都不像，這讓長汀有些失落。

而龐晉川卻對長汀跳躍的思維頗為無語。

小兒不理他，自言自語。「父親喜歡太太嗎？」兩隻眼睛晶亮發光，若是他有尾巴，此刻定是搖得歡暢。

龐晉川伸出手，握拳，放於小兒頭頂，響亮叩下。

「啊！幹麼打人！」小兒抱著頭，蹲在地上痛哭。一旁的來福鄙夷地望向自己的小主子，他剛才看得真真的，一點都沒用力！小主子還演得這麼真！

龐晉川冷漠的聲調有了一絲溫度，細聽之下竟帶著窘迫。「你話太多了。」說罷將帶進來的一本書遞到他手上。「晚飯前，你需告訴我第一章是何意，若是有不解的地方可問你師傅。」

小兒嬉笑的神色漸收，雙手攤開鄭重接過。

嗜書如命，生性就從骨子血裡帶來的。

兩父子相像的地方極多，這一點更是與他父親如出一轍。

只是喜歡嗎？龐晉川想起她，這個世上沒有比她更適合為他操持後院、生兒育女的女人了。

她生的兒子，他很滿意。
和她在一起的情事總是讓他食髓知味。
那他該是喜歡顧氏的吧。

龐晉川換了一身常服，攏著披風去了長灃所住的院子。
腦中還想著剛才和長汀的對話。
他問：「我需去看你大哥，你要一同去嗎？」
小兒已經翻開書，看得認真，想也不想地搖頭。「不要，母親已經在那兒了。」
龐晉川不語，黑眸暗沈如墨。「如若他能長大成人，那他以後便會是龐國公府的繼承人，你需和他做好關係，與你未來仕途也有益。」
長汀這才緩緩的抬起頭。「他喜歡和母親獨處。」他去，會讓人討厭呢。
想著已經走到院中，他不許門口丫鬟通報，寬大的手挑了簾子進去。
屋內瀰漫著一股藥香，其間還隱約摻雜著淡淡的梅花幽香，和書屋裡一樣，讓人貪婪的香味。
容盼坐在床沿，面色焦急，正連被帶人地將長灃抱於懷中，林嬤嬤半蹲著餵藥。
龐晉川深思的看了許久，直到秋菊從外頭拿了燉罐進來，驚訝的高喊：「爺！您怎麼來了？」
容盼和林嬤嬤這才驚覺，他站在窗臺邊。

也不知是站了多久，只見從外投下的樹影籠罩了他半邊高眺的身影，月白色暗紋常服帶著低調的華貴，隱蔽於其間。

容盼欲要站起，龐晉川右手微抬示意她坐下，林嬤嬤見狀帶著秋菊退下。

「如何了？」龐晉川坐到床邊的錦凳上，修長的雙手覆於長灃額頭，不覺皺眉。「還有些燙。」又看去，只見雙頰兩側潮紅異常，嘴唇鮮豔如火。

容盼想著就覺得煩，她都不敢想，到底是長灃的身子不好，還是因為她給他用了芝麻的緣故，心下又是難受又是急的，不由得在他面前抱怨起來。「午後吃過飯就燒起來了，請了太醫說是感染了風寒，也不知到底該如何調養才能和小兒一樣好好的。」

懷中，長灃痛苦地扭動身體，因著發燒，渾身滾燙疼疼，容盼還未進來的時候還在床上打滾嗚咽，到她抱在懷中，這才小小的安靜下來，吃了藥。

容盼看著燉罐對龐晉川道：「您能幫我倒小半碗出來嗎？」見他詢問的目光，補充道：「是番薯燉雪梨，剛餵藥的時候長灃全吐了出來，等會兒腹中又得難受了。」

龐晉川頷首，上前。

手忙腳亂的倒了半碗，桌上的布還弄濕了一大片。

長灃窩在母親懷中，好奇的看他，對這個陌生又崇敬的父親一時的笨拙感到不可思議。

龐晉川轉過身，見母子倆的神情，頗有些尷尬的遮上去。「好了。」語氣很是呆板。

容盼努努嘴，將長灃轉了個頭靠在自己左手，舀了汁餵進去。

地瓜不甜，梨微酸，沒有加糖的，湯汁只泛著淡淡的清香。

許是藥實在苦，長澧對於這道湯倒是愛不釋手，連著吃了好幾口，還意猶未盡。

容昐笑著用嘴唇貼上他的額頭，見他吃得喜歡，心下稍安。

待一碗梨水用完，容昐放下碗，才發覺龐晉川不知何時坐到了桌邊，慢條斯理的用著。

「怎麼做的？」

容昐一怔，回道：「用番薯切成大丁，煮熟了再放入切碎的梨，滾上幾滾就可以了。」

龐晉川舀了一口，剛從外頭寒風中騎著烈馬回來的冷勁兒消失了一大半，只覺得喉嚨間、腹內被一股熱氣裹住，他回頭望著她。「妳做的？」

「是。」容昐點頭。

長澧略顯困倦，揉著雙眼。容昐輕拍了幾下，他再也忍不住閉上眼，陷入沈沈的夢鄉。聽著他沈穩的呼吸，容昐道：「等著過完年，讓大兒讀書嗎？」

她一直沒問，他對小兒的精心培養是何意？無論小兒再優秀，只要長澧還在，小兒注定繼承不了龐晉川的爵位。龐晉川此舉，對長澧不公平，對小兒又何嘗公平呢？

「嗯。」龐晉川點了點頭。「已經找好了師傅，過了正月十五就開始了。」

這個消息讓容昐焦躁的心略安。

那燉罐中的梨水已經喝完，可他猶如意猶未盡般，拿著湯勺。

屋內靜得很，對方鼻尖呼出的熱氣似乎都能輕輕聞到。除了床上的情事，容昐從未和他這般單獨靠近過。

明明自她來此，和他至今在一起七年了，她還那樣喜歡過他，但如今，過往的情愛和怨對早已煙消雲散，她對他無欲也無求，只因為他是她兩個孩子的父親，她的孩子還必須依靠在他這棵大樹下，所以她還得敬著他，和他好好過日子。

然而也只是敬了。

「太太。」龐晉川忽然道。

容昐從回憶中掙脫，回過頭，正色。「是，您想說什麼？」

「妳識字？」

容昐摸不著頭腦。「略識得一些，家中也請過一位女先生教導姊妹《女誡》、《內訓》和《女論語》。」

龐晉川點點頭，追問：「喜歡看史書嗎？」

喜歡的。

她大學時曾想報考過歷史系，但被爸媽阻止後學了外語，主修英語、德語、日語，畢業後進入外商公司。

七年前，就是在去總公司的飛機上失事的。

那些過往，就像前世一般。

那樣瀟灑快意的人生，不用依附於任何一個男人，她自己就能過得很好。

容昐攏了攏鬢角髮絲，笑著搖頭。「家中雖然有這些書，但都是哥哥、弟弟們在看，父親和母親不許先生教這些。」

龐晉川合眼，嘴角勾起一抹淡淡的笑意。「唐時，武后的事可曾聽過？」

武媚娘殺女嗎？

容盼縮緊瞳孔，止住牙根後的戰慄，終於知道龐晉川今天想問的是什麼！

她穩住氣息慢慢道：「這名字略熟，似在哪裡聽過。爺為何要問這個？」

龐晉川笑著望她。「無，只是忽然想起，應該是我多慮了。」

他不說，容盼自然不會再追問，兩人的目光直視，匆匆一瞥又迅速錯開，各有各的心思。

龐晉川站了起來，撣了撣身上的長袍，漫不經心道：「年前，咱們可能要回龐國公府住了，妳需準備準備。」

容盼笑著送他出了門口，待他走遠了，才拖著沈重的步伐回屋。

林嬤嬤連忙跟進來，見她神色異常，忙問：「太太這是怎麼了？」摸上她的手，冰涼冰涼的。

容盼只覺得一陣作嘔，再摸上內裡的衣服，不知何時已被汗水浸濕，瀝瀝冷汗。

「太太！」林嬤嬤連忙攙扶住她。

容盼癱坐在地上，搖著頭拉住林嬤嬤，低聲道：「他在懷疑我！」

「疑什麼？」林嬤嬤不解問，後望向床上熟睡的長灃，雙眸猛地一睜，頓時明白她的意思。

容盼連忙捂緊她的嘴巴，帶著哀求。「嬤嬤，別說，別說！」

別說，別說了，她知道她做過什麼。

「太太，您……」林嬤嬤連忙要拉她，容盼擺擺手，掙脫開走向床邊。床上，長灃臉色極其蒼白，卻仍酣睡著。容盼輕輕的坐在床邊，低下頭眼眶中含著淚水，她認真仔細的注視著長灃，俯下身在他的嘴角落下了一個吻，抽出帕子擦乾兒子嘴角的湯汁。

對這個孩子她沒盡過一天做母親的職責，可為了要奪回他，她先動了手。她自己再清楚不過，自己做過什麼。

讓阿蓉在長灃的湯藥裡下芝麻的時候，她就知道自己已經再也沒有回頭的路了。她覺得愧疚，在兒子面前無地自容，甚而連她自己都看不起自己，可她也知道她欠長灃的，一輩子都還不清了！

長灃的身體因先天不足而感染的風寒，在容盼精心照顧了兩天後終於好轉。這兩天，容盼簡直忙得跟陀螺一樣，腳不沾地。

龐府中的事務離不開，還要派人去佈置龐國公府裡他們住的院落。雖每日都有人在那邊看著打掃，但因常年極少入住，所以收拾起來還是得花上許多功夫。

龐晉川性格乖僻，書房一定要整潔乾淨；長灃身體不好，屋內地暖需特別注意；小兒倒是好打發，隨便他住哪兒，他都不介意，就算給他一個小屋子他都能鬧騰得好好的，不像他爹和他哥一樣挑食，但是就是這麼好養的小豬攤上一個強勢的爹，容盼表示壓力也好大。

「小兒的屋子定要乾淨、明亮。」龐晉川在她屋裡，喝著茶的時候說。

容盼點頭應下，並沒在意。

屋子能不乾淨明亮嗎？

「安排一間靠近我書房的。」再道。

容盼稍微考慮了下，有了適合的屋子選擇。

龐晉川站了起來，有意無意的補充道：「屋內陳設需與我書房相似。」說完，還看了她一眼，離開。

容盼呆坐著默然了許久，好吧，龐晉川今天來，是想要告訴她，小兒的房間是最難佈置的？

屋外，秋菊撩開簾子正捧著幾疋銀紅蟬翼紗進來，興高采烈問：「太太，我去庫房找了許久。您看這蟬翼紗顏色又鮮，紗又輕軟，圖案還是流雲蝙蝠的，不正適合給大公子和小公子糊窗嗎？」

容盼搖著頭，放下給小兒繡了一半的香囊，道：「換成明紙糊窗，採光性好。」

秋菊愣了下，疑惑不解，林嬤嬤拉她解釋道：「爺要將小公子的寢室佈置成書房模樣。」

這樣子，豈不是天才剛透亮，室內就滿堂亮了！這還怎麼睡呀！

秋菊想著有些替小公子辛苦了。

就這樣連續忙了三、五日，安妥好留守在龐府的奴才，容盼等人才回到龐國公府。

到時，天已全黑。冷風颳得窗紙嘩嘩的響，刺骨的寒似從腳底慢慢往上爬，直揪著人的心臟能少跳一拍。

出來的時候雪還沒下，到了龐國公府，這雪水已似絨毛般漫天飛舞，呼呼的北風讓高聳的屋簷結出了厚厚的冰柱，天暗沈沈的似快掉下來了一般。

幾個孩子下車的時候都有些精神不振，容盼趕忙叫林嬤嬤帶著他們先回院子，脫掉外層都結出冰渣的袍衫，泡個熱水澡，晚上請安也免了，直接喝一碗薑湯睡覺去。

宋芸兒想跟著自己的兒子長滿走，但又捨不得龐晉川，猶豫之際，龐晉川道：「你們也回屋吧，今晚我在太太處歇息。」

宋芸兒咬著下唇，期期艾艾地看他，冷風把她的鬢髮吹得歪到了一邊她也猶自不覺。

喬月娥心道這個宋氏真是不知好歹，做出這副樣子明白惹太太生氣，她心中有意攀附容盼，聽到這話，立馬挺著大肚擠開宋芸兒走上前，朝兩人行了個萬福，笑道：「那爺、太太，請先行。」

龐晉川頷首，容盼抽出錦帕捂住泛癢的喉嚨，點頭道：「去吧。」

喬月娥心滿意足，挺著大肚，在路過宋芸兒身邊時，得意洋洋的整了整鬢髮，隨後退在一旁等龐晉川和容盼先行。

容盼一到冬天渾身就跟供不了熱一樣，不知是生長灃那時候難產的緣故還是其他什麼，眼下，她凍得不行，多說一句話都是煎熬，哪裡還顧得上宋蓮花要上演依依不捨的戲碼？當下，便不悅道：「宋氏，妳也去吧。」

龐晉川雙眸轉向她，似笑非笑的模樣。

宋芸兒頓時羞紅了臉，連忙跪下哭道：「太太別氣，是芸兒的不是，還望太太責罰。」

宋蓮花啊，宋蓮花！

容盼簡直有一股拿磚拍死她的衝動，只是身邊還有一廝瞧著，容盼也不好不給他面子，遂緩和了神色。「無事，天色也不早了。」說罷瞧向秋菊，秋菊努努嘴，神色厭惡，心不甘地上前扶起她。

宋芸兒神色稍霽，但容盼覺得自己這些日子忙得顧不上龐晉川的小妾們，看來是得找個時間好好教一教規矩了！

從外院到二跨門，再進入內院。

龐國公府的面積大概是龐府的三倍還不止，雖已入夜，但華燈初上，府中的銀奴俏婢來往不絕，身上所穿僕服鮮亮，偶有幾個大丫鬟穿戴與外頭小戶人家的小姐竟也無差，待看見他們的車輛走過，迅速整理衣衫，大冬日裡露出皓白雙臂，蕩得銀鐲噹噹響。

倒真是簾外濃雲天似墨，九華燈下不知寒吶。

龐晉川對這些女人的誘惑，該不下於飛蛾撲火了！

容盼抿抿嘴，看向龐晉川。對面坐著的這個男人，雙眸濃墨黝黑，她好像從來沒在他眼中望見過盡頭，那裡沒有多餘的情感，和他面無表情的臉部一樣，也戴著厚厚的面具。

「怎麼？」龐晉川自燈下抬頭，目光直視她，修長的手指還停頓在書卷之上，發出的聲音比空氣還冷。

容盼遞上一杯茶，笑著道：「妾身無事，您喝茶。」

龐晉川不渴，但還是接過，溫熱的茶碗上還帶著她獨有的一抹幽香，龐晉川吃過一口，放下。

馬車行了大約有一盞茶的工夫，才停下。

龐晉川先下，容昐隨後跟上。

她住的院子依舊是叫朱歸院，裡頭佈置與龐府一致，進了大門，兩側是走廊，再穿過一道門，院中種著臘梅，臘梅已開，在皚皚白雪之中迎風鬥雪，紅似烈火。

院中站了一群僕婦、丫鬟，有眼熟的也有眼生的，龐晉川忽地停下，握住她的手，目光從未有過的柔和，在她耳邊輕聲道：「一起走。」

一股溫熱的氣息撲面而來，容昐下意識往後退去，卻不想被他抓得更牢。

耳邊是震耳欲聾的請安聲。

容昐無喜，也無憂愁，她的背挺得很直，下顎微微上挑，眼神帶著上位者的泰然，一步一步跟著龐晉川的腳步，從眾人之間各色的目光走過。

她知道，她的長媳之路從今夜起，開始了——

第九章

龐國公府的床鋪比龐府的鬆軟，連被子都是新的。

在龐晉川的執意下，一場異常漫長的性事撲面而來。

她累得很，一根手指都不想動，就想躺死在那邊。

可龐晉川不肯，她不得不滿足這個自私霸道的男人，那種突如其來的慾望。

但是當兩人的身體在闊別有半月之久後再次交融在一起，容盼又不得不承認，她已經能很好的適應他的索求。

身體已經不是她的了，被男人反反覆覆擺成不一樣的姿態。

龐晉川食髓知味，纏上了就不肯放手。

容盼眼中帶淚，洩憤似的抓破他的後背，留下一道紅痕，龐晉川眼眸深暗，一次比一次更狠。

也不知到底持續了多久，容盼只感覺被人抱著浸泡在熱水中，後來又沾染上鬆軟的床鋪。

容盼一沾上床就再也不肯睜眼，身子習慣性的往裡滾了滾，離開身後那個滾燙的懷抱。

龐晉川卻十分不滿，將她拉了過來，從後面摟上，一隻手沿著她的脊柱一路下滑，帶起容盼一陣陣的顫慄。

「小兒很像妳。」龐晉川顯然更願意做一次深層交流。

容昐緩緩睜開眼，想著四個字的成語。

同舟共濟，同床異夢，同室操戈，同歸於盡。

龐晉川繼續道：「我知道妳有能力替我打理好龐府。我相信，妳同樣也有能力替我處理好龐國公府的事。」

這是一句肯定句，容昐遲疑了幾秒鐘後，反應過來，嘴角露出一絲諷刺的笑容。

就算沒有今晚的歡愛，她該做的，還是會做。

不是為他，而是為了長灃和長汀。

容昐依言，點點頭。「是，妾身會努力幫爺打理好後院。」

龐晉川很滿意，將她摟得更緊，似她是他的無上珍寶一般。

容昐閉上眼，翻過身子，趴在他光裸的胸膛上，緊緊摟著他的肩膀，用輕得不能再輕的聲音道：「爺。」

龐晉川低頭看她。

「沒事。」容昐昂頭給了他一個燦爛的笑容。

青絲披在肩頭，白皙如雪的肌膚恰如皓玉，她身上殘留著他剛烙下的印記。龐晉川忽然想起那天小兒問的一句話：您說，太太長得好看嗎？

好看的。龐晉川心中暗道。

顧氏，極少這般妖嬈，只是這樣一個笑容就讓人酥麻進了骨子裡。

龐晉川低下頭，忍不住去含住那抹朱唇，輾轉留戀，輕易不肯放手。待他饜足了，放開時，容盼眼中只剩下睏倦。

龐晉川問：「高興嗎？」

容盼強撐著點了點頭。「高興的。」說得有氣無力。

龐晉川漠然地盯住她的雙眼，容盼猛地打了個冷戰，倏地全醒了過來，急忙解釋，聲音帶著嘶啞。「和您在一起，我是高興。只是，一夜了，睏倦得很。」

他依舊緊抿著嘴，直到容盼的軟臂主動攀上他的脖頸，他的臉色才稍稍好了一些。

他身上的溫度太過炙熱，容盼想要抽離。

但這個自私到了極點的男人，除非他不要了，否則今晚一夜都要睡在他懷中了。

曾經，她愛他時，還能為此心跳，為此雀躍。只要龐晉川一點的回應，她都感到極度滿足，所以她能騙自己，龐晉川也是喜歡自己的。然而如今，什麼都沒了。

他對她的要求僅是主母、長媳、妻子，她對他也僅剩下一丁點單薄的感情，那感情無關乎其他，只是在這偌大的龐國公府，他們是最親密的利益共同體，她所走的每一步都必須與他同進退。

容盼知道，也不再去想多餘的情感，既然他要恩愛，她就給他恩愛；他要和睦，她就給他和睦；他要性事來確保兩人的關係，她也從不吝嗇。

但也僅此而已。

容盼打了個哈欠，閉上雙眼。

外頭不知不覺，雪花已經停了半宿，朱歸院中早已熄滅了燈火，可依然有人在黑夜中行走。

長房長媳的到來，眾人皆知這意味著龐國公府的重新洗牌。

今夜，也不知有多少人要睜著眼睛等待天亮了。

翌日一早，天還沒亮，容盼就早早起床。

只要龐晉川睡在她身邊，她就很少能睡得安穩。醒來後，透著外頭白雪反射的光亮，容盼背對著，看著床邊牆壁。

她，她剛才作了夢。

夢中溺水了，她在水中極力的掙扎，卻忘了自己會游泳的事實。

就在她覺得快要溺斃的時候，突然一個人遞給她一支竹竿，她努力的爬上岸，想看清救她的人，可哪裡有人呢？四周巍峨的建築拔地而起，鋼筋玻璃構建的大廈多得看不見頭，就連她剛才落水的地方，也變成了擁擠的交叉路口，一輛輛車鳴笛穿插而過。

在這個時空太久了，久得她都忘記，自己過去的生活。

然而，夢醒後，卻感到格外的空虛。究竟是她穿越了？還是那些人、那些曾經所熟悉的現代文明，都只是她臆想出來的？抑或是那是她的前世，現在才是她真正的生命？

容盼覺得自己就像莊生，不知是自己夢到了蝴蝶，還是蝴蝶夢到了她。

「太太，太太。」床幔外傳來秋菊的聲音。

容盼嗯了一聲轉過身，才發現不知何時龐晉川睡的地方是空的。

秋菊問：「太太，您醒了嗎？爺去沐浴了。」

又是新的一天了，只是剛開始就要和龐晉川面對面，容盼覺得異常厭煩。

她拉開簾子，一股帶著乾冷的氣息撲面而來，這讓她不由得打了個哆嗦，一下子整個人都清醒了過來，再從窗外望去，天已經大亮了，傳來嘰嘰喳喳的鳥叫聲。

待容盼梳洗打扮好，龐晉川也走了進來。

他換了一件暗灰色的鑲金邊寢衣，輪廓分明的臉上還帶著沐浴後的潮濕，顯得比以往更加乾淨，甚而連他平日冷冽的威勢也消去不少。容盼上前，婢女連忙跟上去一一排開。

今天不是休沐，照例是要上朝的，但崇文殿臨近竣工，他的事也輕鬆了不少。

容盼從他微翹的嘴角看得出他此刻心情很好。

兩人之間都未言語，並排站於穿衣鏡前。

從裡衣到綢褲，蹲下替他穿上時，不意外見到了昨夜讓她咬牙切齒的東西。此刻正擱在綢褲間未顯山露水，但容盼感覺在她蹲下的工夫，那話兒卻蓬勃生機了起來。

容盼紅著臉，悄悄看了龐晉川一眼，對方卻不甚在意，緊抿著嘴唇想著什麼。

容盼趕忙替他繫好，秋菊送上朝服。

是四品的文官朝服，墨綠色，盤領大袍，胸前、背後各綴一塊方形雲雁補子，容盼替他穿上，他的肩膀很寬，從肩部到腰間漸漸變窄，很厚實卻已沒有讓容盼留戀的慾望。她替他披上罩紗，最後戴上羊脂玉鑲嵌的玉帶。

龐晉川這才從思考中回過神，幽深的雙眸注意到她，只見那眼睛深處，有一絲微弱的亮光閃了一下。

只見她今日梳著三環高髻，髮式難得的繁瑣精緻，每一髻上都簪著金絲線所製的流蘇，晃動間流光波動。髮絲正中間是一隻銜著藍色寶石的丹鳳，再見下去，婀娜的身姿全部都隱藏在獸朝麒麟補子緞袍下，只露出穿花鳳縷金拖泥的裙，和一雙小巧可愛的高底鞋。

龐晉川摸上她的耳垂，一小顆珍珠掛於上面，他摩挲著，笑道：「今日很是得體。」

容昐低下頭，眼中閃著淡淡的疏離，她道：「剛回府，總是得立威的，人靠衣裝不是嗎？」稍頓，抬頭盯著他雙眼。「您之前說，以後我們要在這兒住了是嗎？」

龐晉川看了她許久。「妳不喜歡？」

這叫她怎麼說？容昐但笑不語。

龐晉川這才道：「是，許要住下。」

聽他這句話，容昐也不問了，斂目肅手退到一旁。

龐晉川剛抬腳要走，一個面生的小丫鬟通稟了，含笑走進來，朝著兩人行了個萬福：「大爺、太太好，奴婢是朱歸院的一等丫鬟，叫巧雲。外頭早膳已備好了，主子可以用了。」

龐晉川很明顯的不悅。

那丫鬟猶然未覺，笑道：「剛剛二太太吩咐說，太太可以晚些起來，府中諸事她已打點完畢了。」

容盼看了一眼龐晉川，笑問：「二太太是幾時起的床？」

巧雲伶俐道：「二太太好不辛苦，寅時就已起床，剛剛將府裡大大小小的事都已經打理清楚。」

容盼哦了一聲，這才細細打量她，只瞧著是個伶牙俐齒的主兒，頭髮梳得和府內丫鬟不一樣，倒似小姐一般，髮鬟間簪著一朵俏麗的絨花，格外引人矚目，那俏生生欲言又止的模樣，容盼已經熟悉到麻木。

就是不知這丫頭是自己今兒個特意要裝扮著吸引龐晉川的目光呢？還是其他什麼的。許是二房那邊，龐晉龍貼身服侍的丫鬟也是這樣個個都貌美如花。

何淑香還真是賢慧。

容盼抽出絲帕，掩住紅唇，笑著道：「是辛苦了。」

一旁的秋菊上前問：「太太，這寢衣奴婢拿出去洗了？」

容盼正點頭，巧雲已經快手接過。「哪裡敢勞煩姑娘，這都是奴婢這些人做的活兒呢，給奴婢就成。」

秋菊咋舌，看著她麻利地拿走龐晉川的衣服。

容盼笑了笑，龐晉川這邊已經徹底不悅了。

「話太多。」他冷面冷聲，容盼覺得龐晉川這廝今天怎麼這麼順眼了？

巧雲噎住，龐晉川陰惻惻盯她，再扔下一句。「以後不許再進屋。」

巧雲愣了下，許久才反應過來，連忙跪在地上哭得梨花帶雨。「爺、爺恕罪！巧雲不知爺的喜好！就饒了奴婢這次吧！太太、太太……」瞧見龐晉川身上的威嚴，巧雲哭著跪趴到容盼腳下，磕頭求情。

幾個婢女連忙上前將她拉開，林嬤嬤喝道：「放肆！主子豈是妳隨意輕慢的！」說著，一個眼神，兩個婢女將她拉出屋子。

龐晉川臉色還未放緩。

容盼整了整被拉扯的裙襬，等著他先走。

卻見他停在原地，對她道：「以後妳屋裡的，大兒、小兒屋裡的人仍舊用龐府帶來的，這些眼生的就放在周邊侍候。」

容盼俯身。「我也是這般想的。」

龐晉川面色這才舒展開來，上前重重捏了捏她的手道：「我去上早朝了，晚上再來妳這邊用膳。」

「早膳呢？」容盼問。

龐晉川冷著臉，目光凜冽。「妳也不許吃。」說罷，撩了簾子往外走去。

她身邊的幾個侍女做事一向乾脆俐落，已經聽不到巧雲求饒的聲音了。

容盼知道，這個好不容易爬上這位置的大丫鬟，很快就會在龐國公府這個大宅內銷聲匿跡。

林嬤嬤湊上前，在她耳邊道：「太太，二房那邊那個心思難猜，您得小心，只是今天一來就打發走了她的人，您瞧著往下該如何？」

容盼沈下眸色，長長睫毛覆下。「該怎麼辦就怎麼辦。」記憶中的那個妯娌，有一雙倒三角的眼睛，也是隔著層層迷霧。

她現在還看不透何淑香。

秋菊努了努嘴，心直口快地氣道：「她身邊的丫鬟相貌平平，哪裡有這麼美豔的放在二爺身邊侍候？咱們一回來她就送來這些個人，這不明擺著司馬昭之心，路人皆知嗎？再說了，那群人，平日裡見不著主子爺，如今好不容易碰上一個，還不死命往上攀？」

林嬤嬤瞪去。「就妳話多！」

秋菊連忙捂嘴，睜著一雙大且明亮的雙眼，這才想起一個詞。

隔牆有耳。

容盼並沒有責罰她的意思，反倒是秋菊的話提醒了她。

在龐國公府的第一步，龐晉川不是已經替她先走出來了嗎？

肅清她身邊的人，她現在需要的是一個有力的篩子！

今天小廚房送來的菜容盼沒用，林嬤嬤親自下廚給她煮了一碗熱騰騰的菜麵。

雞蛋煎得半熟盛出，加入少許油爆炒蔥頭，加入料酒和鹽巴，放入高湯，麵過一下湯就撈出，最後燙了綠油油的青菜，雞蛋蓋下。

小兒吭哧吭哧吃了整整一大碗，容盼飯後還給他盛了碗杏仁露，讓人帶了回去讀書累的時候喝。

小兒隨龐晉川，不喜吃甜食，但對杏仁露有著獨特的偏好。

容盼卻不喜歡吃杏仁，這點大兒的口味和她一樣。

打發了黏得不行的小兒，容盼又去看了長灃。

見他雖還是懨懨的裹在被窩中卻睡得黑甜，便也放下心。

她才剛出長灃的院子，拐角就見一個紅衣少女躲在牆角。

是東瑾，大房庶出的女兒，也就是龐大老爺姨娘所生之女。對大紅色有著偏執的喜愛，容盼就沒見她穿過其他顏色的衣服。

「二妹，妳過來。」龐家子息不厚，不但男嗣艱難，便是姑娘也寥寥無幾。

除開龐晉川的過繼身分，單單大房來說，一子夭折，龐府大小姐四年前出嫁，東瑾排行第二。

龐東瑾歪歪扭扭地跑過來，像小狗一樣，濕漉漉的大眼看著她。

容盼忍不住伸手摸了摸她的頭，問：「知道我是誰嗎？」

東瑾只是笑著，眼睛比她見過的所有人都乾淨，她的世界裡好像從來沒有污穢，也沒有權力的鬥爭，更沒有常人所易見的慾望。

容盼拉起她的手，東瑾微微掙扎了下，又不敢動了，就讓容盼緊緊握住，可拳頭卻握得很緊。

容盼盯著她的眼睛，輕聲道：「我是大嫂，大嫂知道嗎？」

東瑾十六歲了，世族家的女子早在這個年紀都被其他家族下定走，可東瑾沒人要。

她姨娘出身不高，以前是龐府的丫鬟，她爹爹不用說，常年修道，想來都不靠譜，然而更讓人難過的是，東瑾是一個癡兒。

聽說東瑾之前十分聰穎討喜，但十歲的時候，她姨娘和另一個妾侍爭寵，把人家害得流產。後來那個妾侍就將東瑾哄到河邊，大冬日裡推下，當時就發起了高燒，腦子燒壞了。都如今算來，都傻了六年了。

母親因為不喜歡東瑾的姨娘，所以也不喜歡東瑾。

在龐國公府，沒有主母的庇護，東瑾的身分甚至比不上有地位的丫鬟。

容盼彎下腰。「妳來這邊幹什麼？」

東瑾逃避她的眼睛，怯生生的想躲。她身後的奶娘朝容盼抱歉一笑，推著東瑾向前。「小姐，這是大公子的母親呀，您不是聽說大公子回來了，來找大公子玩的嗎？」

她眼睛亮了亮，偷偷看了一眼容盼，又飛快轉開，連連看了好幾次，才打開緊握的雙拳，小小的掌心裡赫然是一只繡得歪歪扭扭、讓人不忍直視的香囊。

如果這也叫香囊的話。

容盼展顏一笑，取出放在掌心。

長灃這孩子，和東瑾一樣都是寂寞的吧，所以兩個人才成了好朋友嗎？

看著她，容盼覺得自己像看著長灃一個人獨自住在龐國公府的日子，想著心下不由發起酸，眼眶也覺得癢癢的。

東瑾嚇得很，不知道為什麼美人突然哭了，她有些無措，手腳不知該如何安放。

待容盼想要去拉她的手時，她逃得飛快。

「東瑾，東瑾！」容盼高聲喊她名字。

前頭跌跌撞撞卻堅持要跑得飛快的小鹿，怯生生的停住了腳。容盼朝她揮了揮手。「慢點跑，走路吧。」

東瑾眨了眨眼睛，又飛快的跑開。

漫天的雪地裡，只有那一抹紅，炫得人滿目的癡迷。

肅清朱歸院中的第一件事。

將小廚房和漿洗的婆子全部革除，換上她相信的人。

漿洗的婆子很重要，她的月事來否，除了她貼身服侍的人知悉之外，便是漿洗衣物的婆子最清楚。不管她以後有沒有打算再為龐晉川懷孩子，她也不能忍受如此私密的事抓在別人手中。小廚房那就更不用說了，她的避子湯每日還在喝，她現在還不想和龐晉川鬧翻臉。

那個男人，翻臉起來，有多無情。

容盼瞭解，若是知道她一直在用藥，不肯給他生他要的小孩，不但她有罪，林嬤嬤和秋菊第一個逃不過這個「死」字。

容盼坐在炕上，靠著暖墊，凝神看著手中的花名冊。

一排排一行行細細看過，都是熟悉的人管著每個單位，她心下才安。但是不管如何安排，根據龐國公府的規矩，她屋裡一等丫鬟有三人、二等丫鬟五人、三等丫鬟七人，再算上外頭侍候的僕婦，七七八八算下來也得二十來人。
她一向不喜歡這麼多人侍候，帶來的也就十來個，如此還有一半的人，需從龐國公府的丫鬟中補充。
容盼細算了一筆帳下來，她屋裡是這樣的排場，那再算上府裡住的老爺、夫人、太太、哥兒、姊兒七七八八，龐國公府一日的開銷便讓人咋舌。
如此大族若不精打細算拱著，便是金山銀山也會敗得精光。
「喲，大嫂，怎麼也不出去走走？」屋外院子中響起一陣歡笑，伴隨著嘈雜的腳步聲。
「太太，二太太來了。」緊接著通報的丫鬟聲音這才響起。
何淑香連忙按住她的手，笑道：「去，我和妳家太太是親妯娌，哪裡還需要什麼通報，顯得生分了！」
話音還未落盡，何淑香已經撩了簾子走進，屋外的鸚鵡不高興的鬧騰了幾下，嘰嘰喳喳大叫：「吵死了！吵死了！快閉嘴！」
何淑香掃了那鸚鵡一眼，回過頭對容盼笑道：「這隻鸚鵡毛色不大雪白，哪裡配得上您的身分，我那邊還養著幾隻毛色似雪的，送來給妳把玩把玩？這隻便隨便扔了給下面的人得了。」
容盼將名冊遞給林嬤嬤，拍了拍身邊的暖墊對何淑香說：「妳不知道，這是我家小兒在我生辰時送的，若將牠扔了，他定是要鬧得沒完沒了！」
何淑香捂嘴一笑，紅翡滴珠鳳頭金步搖搖晃不止，靠著她坐下，嘆道：「好在大嫂也回來住了，連這畜牲也多見了一頭。」

容昐笑了笑，替她斟了一杯茶道：「這些年多虧妳打理，咱們也許久未見，只是今兒個我剛發配了一個叫巧雲的丫鬟，妳知了？」

容昐直插正題，她這個妯娌，娘家也是世族，父兄官職不高，但在皇上格外喜歡的雍王手下為將，守著京畿的防護，自是看不起一頭畜牲的。

何淑香聞言，長眉一挑，臉色略顯不悅。「大嫂不知，這龐國公府家大業大，難免生出幾個小妖精的人物。二夫人雖看我還能用，叫我幫著管，可我到底年輕，哪裡事事都能打點得一清二楚？看來，莫不是送了個妖精來了這邊？」

說罷，微耷的三角眼精光閃爍，容昐還未開口，她又興沖沖問：「可是那妖精勾引了大爺去？如此便要打死了！」

看她眼神明亮，容昐笑道：「不是，那丫鬟被大爺打發走了。」

何淑香頓了下，笑問：「為何？」

容昐道：「大爺說……」

容昐一頓，何淑香目光緊盯著她。「說什麼？」

見她興趣滿滿，容昐靠上前去，輕聲笑道：「說那丫頭呀，話太多，還問我，府裡是不是丫頭話都這般的多？」

阿彌陀佛，龐晉川毒舌慣了，又不走親民路線，容昐不介意再給他添上一條。

反正他也不怕得罪這何淑香，拿出來給她當當擋箭牌也不過分吧。

秋菊聞言，忍不住噗的一聲，又堪堪拿帕子捂住，大爺可沒說過這話！但是太太補得恰到好處，可不是話太多了嗎？遠遠就聽到她的聲音，一進門就罵罵咧咧，真把這兒當自個兒院子了不成？

想著，她的目光不住的在何淑香身後幾個丫鬟身上徘徊。

只見她身後的幾個丫鬟個個容貌平凡，穿紅戴綠的，好不俗豔，便是其中還藏著一、兩個拐瓜劣棗的、斜眼歪嘴的，倒是把這個原本就姿色平平的二太太襯得不凡。

何淑香笑了笑，心中暗啐不已。

想起那個皮笑肉不笑、目光又陰冷的大伯，她心底就一陣惱火！明明都是二夫人肚子裡出的種，憑什麼大的就襲爵還位列四品？倒讓這個顧氏生生壓了自己一頭。

她的娘家也不比顧氏差多少，雖顧氏的祖父是開國功臣，家世顯赫，但她家父兄也皆為雍王親信，如今太子無能，雍王深受隆恩，便是以後誰繼位也未可知！

何淑香借著喝茶掩住眼中不悅，細品容盼屋裡的茶，吃著覺得是普洱，心下便不大喜，又放下，抽出絲帕擦嘴問道：「大爺今兒個去上朝了？」

容盼點點頭。「年底事也多。」

何淑香略顯無意的道：「大嫂可知姚家小姐？」

姚小姐？哪一個？

容盼挑眉不解。「妳的意思？」

何淑香淡淡道：「我以為大嫂是知道的，大爺在外養著一個外室，聽聞這些日子肚子都顯懷了。」

姚梅娘懷孕了？

容盼淡淡一笑，不置可否。

昨兒個夜裡還在她床上的人，今天別人就跑來和她說，妳男人在外面養著個女人，那個女人還懷孕了。

你說，想跟他好好過日子怎麼就這麼難呢？

收到何淑香注視的眼神，容盼斂目，止住微抖的肩膀，抓著香囊道：「弟妹好厲害，我竟不知有這等事。」

何淑香盯著她的眼睛，笑咪咪問：「大爺未曾告知大嫂嗎？」

還真以為她日子過得有多好呢。

容盼忍住想甩臉的衝動，昂起頭，笑臉以對。「大爺的性格弟妹許是不知，今晚我便問問好了。」

何淑香扳回一局，心下止不住的高興，但見容盼臉色淡淡，心下不由嘲笑，裝什麼沒事。

如此她便越發留了下來，拉著她扯東扯西，卻始終不說龐國公府管治權的事。

容盼也不提，只是應付。

待她走時，還要了兩疋軟煙羅。

秋菊送她出去，回來時呸道：「原以為是什麼世家的小姐出身，眼皮子竟這般的淺，太太昨晚派人送去一套吉祥如意簪還不夠，連這做帳子的軟煙羅也要！」
林嬤嬤想的卻不是這個，問道：「太太今日為何不與她說管家的問題？」
容盼正想著姚梅娘有孕的事，這才回道：「我不說，到最後這權柄不還是得移到我手上嗎？只是如今母親還病中休養，府中二嬸站在她身後，便是我要了，她們也會下絆子，還不如先將咱們自己院中的勢力剔除乾淨來得輕快。」
何淑香知道，所以有恃無恐嗎？
林嬤嬤了然點頭。
容盼從炕上爬下，扭著痠軟的腰對兩人問道：「妳們說，我該如何處置這姚梅娘？」
林嬤嬤沈默了下，秋菊變了臉，委屈問：「太太，大爺這是什麼意思？」
「嗯？」容盼一下子沒回過神，秋菊氣道：「我原以為大爺回心轉意了。」
容盼已經走到了門口，外頭難得的好天，陽光燦爛，配著紫檀的香味，瀰漫在冬日，把天地間一切空虛盈滿。
秋菊口中的龐晉川嗎？
回心轉意？便是他想要回心轉意，她也要不起了。
如此不曾將她放於心上的男人，她又何必多勞神？
容盼轉過身，一身華服眩目不已，秋菊看得迷離。
容盼啟開紅唇，不緊不慢道：「姚梅娘，他不開口，我絕對不問。」
林嬤嬤蹙眉，有些不贊同她的做法。「這般小公子又有一庶弟了。」

不，不對。

小兒沒有弟弟，她沒有生，那些只是他龐晉川的子嗣而已。

卻說這邊，如雯帶著弟弟在園中玩，乳母幾人站於身後攀談。

如雯已經六歲了，宋芸兒開始教她針線，今天繡的這個是做給龐晉川的，樣式簡單，只繡著一叢蘭花。

長滿和幾個丫鬟在比抽陀螺。

他看一個小丫鬟抽得比他還好、還快，花樣還多，立馬就不高興了，上前撞去。「膽子好大！」

旁的嬤嬤上前就甩了一臉過去：「小蹄子，妳哪裡的膽子敢贏公子！」

小丫鬟被抽了臉，止不住的哭哭啼啼，正被兩奴僕壓在地上用陀螺的鞭繩抽去，欲要求饒，但見不遠處走來的二房嫡女如芬，立馬哭道：「大小姐救我！」

聲音淒慘無比，話剛落就被甩得嘴角流血。

「叫誰大小姐！」如雯聽到，喝問。

小丫鬟左右開弓被打得兩頰紅腫不堪。

如芬聽到有人叫她，停下腳步，見不遠處有陀螺玩，立馬提著長裙跑過去。

身後一群僕婢忙跟上。

如雯有些見識，忌憚地看她。

如芬卻不見，指著長滿的陀螺命令道：「這個給我！」

長滿立馬撿起地上的陀螺，護在懷裡。「妳誰呀！不給！」

「喲！」如芬身上有股子蠻橫，挽起袖子就上前搶去，嘴巴裡唸著：「給不給，給不給！我看你還給不給！」說著一巴掌也蓋了過去。

長滿一下子吃痛不及，狠狠咬住她的手。

如芬沒個防備，後腦勺磕地，頓時撩開嗓子哇的一聲哭出。「你好大的膽子！」

長滿傻了眼，這不是他的話嗎？

跟來的侍從嚇得臉色慘白，連忙上前去扶，如芬賴在地上，小腿大踢，指著長滿鬧著。「你們給我狠狠收拾他們！」

「妳是？」如雯變了臉，這才記起問。

如芬身邊的奶娘不悅道：「這是二房的嫡小姐，你們又是何人？」

如雯臉色驟白，這才記起昨夜姨娘告知的。這二房的嫡出小姐是個難與的，她與妳年紀一樣，妳見著她多與她好好打關係。

那現在是？鬧僵了！

剛被長滿痛打的小丫鬟掙脫開兩邊的僕婦，撲上來對如芬道：「大小姐，我是您之前屋裡陪您打陀螺的巧慧，您可記得？」

如芬正哭得死去活來，一定要打長滿。

奶娘問巧慧。「他們是何人？」

巧慧眼中洩漏出怨毒，恨恨道：「是大房的，庶出，生母是宋氏。」

如雯最忌旁人說她庶出，因容盼無女，所以她在龐府一直以大小姐自居，也無人敢和她提身分這件事。

如今被一丫鬟指出，如雯頓時氣得咬牙切齒。

奶娘哄著抱起如芬，輕蔑道：「我道是誰呢，原來是庶出的哥兒和姊兒，不知道的還以為是大房正頭太太生的公子和小姐，如此氣派，倒是大太太氣量大呢。」

話音剛落，如芬看見何淑香遠遠走來，便從奶娘懷中掙脫出來，一邊跑一邊哭。「娘親，有人打我！」

何淑香摸到她後腦，感到起了一個包兒，臉色立馬變下。

奶娘怕擔責任，推諉道：「太太，這是大房庶出的哥兒姊兒，剛便是他們打了大小姐，奴婢等不敢替小姐出氣。」

何淑香走來，冷冷一笑，面孔猙獰，揚起巴掌，甩向如雯的臉，呵道：「妳是什麼東西，嫡庶之分竟都不知嗎？」

朝廷，對嫡庶之分涇渭分明，嫡便是嫡，庶便是庶，若敢覬覦，定不寬恕！

第十章

宋氏聽到消息匆匆趕到時，如雯已經挨了何淑香兩巴掌，左右兩頰紅得刺眼。

一見到她，長滿撒開丫子往她懷裡撞去，肥胖的臉頰五官都擠在了一堆，大哭道：「姨娘，她們打了姊姊，還要打我！哇——」宋芸兒的心都被他哭碎了，再見女兒端的花容月貌卻被壓得氣都不敢吭，心下又是心疼又是怒的。

她再瞧去，見到被眾人簇擁在亭中的何淑香，忍不住上前，雙目微斂。「不知二太太為何要打我兒？」

何淑香正陪著女兒抽陀螺，鮮橘色的長裙拖曳至地上，這種綢緞是各方主母才供的，宋芸兒只覺得刺眼無比。

「妳便是宋氏？」何淑香頭抬也沒抬，嘴角閃過一絲冷笑。

她聲音偏粗啞，並不好聽，宋芸兒眼中閃過一絲厭惡，亭亭立於院中笑道：「正是大房的宋氏。」

「嗤——」何淑香冷笑，放下鞭子，將如芬交給奶娘帶下去，她漫不經心道：「我有話單獨與妳說。」

一個是二房的當家太太，一個是大房的侍妾，一年兩面都見不到的關係，何淑香竟有話與她單獨說？宋氏原本只是氣惱，但漸漸被何淑香臉上莫名的嗤笑給弄得有些心慌，她稍頓，叫奶娘帶著哥兒、姊兒下去。

如雯拉著她的手，搖頭不肯走，鬧了幾次，見宋氏態度堅決只得離開。

龐國公府有許多處園子，這處園子不是頂好的，但勝在地處空曠，兩面都環繞著假山和亭臺，風被阻隔在外，吹不進來，在裡頭的談話聲也傳不出去。

何淑香打量著她，踱步走下階梯，宋氏不由後退。

何淑香看她，倒是個柔柔弱弱的俏佳人，便是一件柳黃遍地金裙也給她穿出婀娜。

她走上前，粗黑的手摸上宋芸兒的削肩，笑問：「妳可記得，兩年前你們家發生過一件大事？」

宋芸兒臉色霎時慘白，身子止不住的顫抖。

何淑香笑笑，滾著兩手邊上的金鐲。「不記得了？那我告訴妳吧。」何淑香微微一頓，出聲極其的輕柔，似在她耳邊呢喃一般：「妳家太太當年流了一個孩子，其實是個小公子呢，只是她身邊的嬤嬤為防止她過於悲傷，便哄騙是個女娃，妳說，我說的對嗎？」

宋芸兒哆哆嗦嗦回頭看她，像見了鬼一樣。

何淑香大笑。「宋氏啊宋氏，妳真是被鬼迷了心竅，她在這之前就已經生下兩個男嗣，便是這個再生下又有什麼區別？」

宋芸兒徹底崩潰，整個身子軟成一灘，跪坐於雪地之上，毫無冰冷的感覺，只剩下驚恐，她顫抖問：「妳、妳說什麼？我不懂。」

「賤人！」何淑香反身一巴掌打過。「妳真當我什麼都不知道嗎？當年妳給妳家太太下的藥，還是過的徐嬤嬤的手！徐嬤嬤是母親身邊的人，被妳家太太責罰出府的時候，把什麼事都告訴母親了！」

宋芸兒只覺一股力氣壓得她不能再喘息。

哪裡還有嫋嫋動人？哪裡還有楚楚可憐！

何淑香問：「妳說，要是這件事被妳家太太知道了，妳會怎麼樣呢？」

呵，顧氏表面看著好說話，但那手段厲害起來不死也讓人半殘。當年她與大爺如膠似漆的時候，讓二夫人看得咬牙切齒，花了多少的代價插人進去，都被她輕而易舉的化解。

這個宋氏看著是心狠，但何淑香明顯感覺，一個只會使手段爭寵卻不會使腦子的女人，能聰明到哪裡去？

倒不如她家那位太太，什麼都看得一清二楚，必要時才狠狠咬上一口，讓人防不勝防！

「太太、二太太！」宋氏驚恐地爬過去，抓住她的裙襬，驚叫道：「不，不要，不要告訴她，千萬不要讓她知道！」

若太太知曉當年那事是她做的，那她……她和她的長滿、如雯，就死無葬身之地了！

何淑香蹲下身，噗哧一聲笑出，冰冷的雙花鎏金銀簪打在宋芸兒臉上。「我問妳，當年妳怎麼膽子就這麼大了呢？若不是她那胎先時就不太穩，妳能有得手的機會？」

宋芸兒囫圇地吞下唾沫，失神地晃動著。

當年……當年爺那麼寵愛太太，甚至看都不看她一眼，她能怎麼辦！她恨太太，夜夜都恨不得讓太太早死。

所以徐嬤嬤給了她一包藥，她就鬼使神差的下到太太喝的藥膳裡。

這些是她做的，是她做的！

可是爺和太太終究是冷了下來不是嗎！

宋氏猛地撲上去，扒住何淑香的衣袖，哭道：「二太太，您……您饒過我一命吧！放奴婢一條生路，我、我不能讓太太知道，不能！」

何淑香忍不住要歡呼了。

顧氏，她這些年到底知不知道，她身邊侍候的人，是一個賤人！

如此卑賤之人竟敢對主母用藥，簡直是不知死活。

與她同為正房太太，何淑香似乎有一瞬間能體會到她這個大嫂的苦楚。

有多難啊，一個世家的嫡長媳壓下來，就算厭惡姨娘，就算厭惡庶子庶女也不得不接受。

如此，竟碰上了一個白眼狼？

何淑香從後抓住宋氏的髮髻，咧著嘴厭惡笑道：「我可以不告訴她，但是妳得答應我一個條件。」

宋氏彷彿看到了一線希望，眸色一閃：「二太太，您說。」

何淑香貪婪笑道：「我要妳從此做我的人。」

宋氏愣在當下，身子忍不住的往後滑去。

何淑香道：「怎麼？妳不肯？那咱們就沒什麼好說的了。」說罷要走。

宋氏回過神，連忙抓緊她的裙襬，一滴眼淚滑落。「我做，我做，您讓我做什麼我都做！」只要這件事不被太太知道，只要不被她知道就好。

何淑香冷冷的一笑。

京城西邊，一處不大的四合院中。

龐晉川叩了門扉，一個四十來歲的老媽子開了門，見他來，連忙將他引進去笑道：「大爺，太太在屋裡歇著呢，早起又吐了。」

龐晉川眉頭微皺。「什麼太太？」

王媽子一怔，笑著連忙打嘴。「看我這嘴巴，說錯了話。太太是當家主母，咱們家姊兒是姨奶奶。」

龐晉川淡淡的點了個頭，撩開暗色簾子進門。

姚梅娘正往銀瓶中插梅，見他來，杏眼一亮，跑下地，拉住他的手撒嬌道：「爺，您有半月多沒來我這邊了，小公子都想您了，不信您摸摸。」

說著拉著他炙熱的大掌覆蓋在她微隆的小腹上。

才剛顯懷，沒能感覺到什麼。龐晉川只摸了一下就沒了興趣，倒頭疲倦的躺在鬆軟的炕上。

姚梅娘紅唇微嘟，上前拉他的長臂。「您好久沒見妾身了，難道都不曾想嗎？」

龐晉川右手遮在雙目之上，敷衍道：「嗯，怎麼樣？聽說妳今天吐了？」

姚梅娘瞬間便高興起來，紅潤盈月的臉蛋蕩起一抹淺笑，靠著他的胸膛臥下，畫著圈兒道：「今天，我去街上了，和王媽媽買了燒藍鑲金花鈿，還買了赤金嵌翡翠滴珠護甲。您說……姊姊她會喜歡護甲嗎？」

龐晉川睜開黝黑的雙眼，眼中並不見喜色，只是道：「她不戴護甲。」

姚梅娘失望的哦了聲。「我以為姊姊會喜歡呢。聽說姊姊是個脾氣溫和的人？那以後我進府了，她會喜歡我吧。」

她頭上的珊瑚珠排串步搖隨著她說話搖晃得刺眼，龐晉川忽然覺得自己不太喜歡從其他女人口中聽到顧氏的身影。

這讓他莫名的有些煩躁。

他抿了抿嘴唇，問：「妳今天還買了什麼？」

姚梅娘歪著頭想了想，爬下炕，左邊右邊搜羅出一堆東西，一個個展示給龐晉川看。「這是新買的消寒圖，我見屋裡這幅畫得不好，所以特意買了好看的，您看足足花了我五百錢呢。還有，還有這鸚鵡摘桃的鞋面，綁襯身紫綾小襖兒，白由子裙一件……」

姚梅娘滔滔不絕，各色商品從她的小嘴中綿綿不絕蹦出。

他忽然覺得好笑，自己當初怎麼會喜歡這個女人？

只是因為長得像姚小姐？

只是因為當年她在過小定前夭折了，就讓他念念不忘？

不對！龐晉川努力的回想姚小姐，卻發現腦中哪裡還有姚小姐的身影，倒是隱隱約約出現了一個模糊的影子。

龐晉川看去，那抹窈窕身影的主人，是一個從來都不會讓他覺得麻煩，不用他說，她都能辨得一清二楚的女人，甚而一些重大的事她也能自己下決定。

他覺得自己的口味好像變了許多，從楚楚可憐的宋氏到膽大心細的喬氏，再到小鳥依人的姚氏。

好像只有顧氏，他想不出什麼詞形容她，只是看她站在那裡，就覺得一切都是好的，不用他再操心。

夜半好遲了，容昐已陷入夢鄉。

忽覺身後一道炙熱的懷抱緊貼上來，將她的腰緊緊摟住不能透氣。

容昐嗚咽了聲，要掙脫，不一會兒就被對方鬧醒。

龐晉川埋在她雪白的脖頸之中，喘著粗氣。

容昐迷糊中問：「回來了？」

「嗯。」龐晉川答了一聲，將她拉扯進自己懷中，緊緊鎖住，不由得解釋道：「我最近都在修崇文殿。」

頓了頓，龐晉川又道：「太太。」

容昐被鬧醒，有些不爽，心道這什麼人啊，半夜不睡覺，也不讓人睡了是怎麼回事？

龐晉川半晌得不到她的回應，一口咬下她光潔的鎖骨。「妳也不問問是什麼事？」

「嗯，什麼事？」容昐從善如流。被窩實在是太溫暖了，相對於聽他今日幹了什麼，她更有興趣和周公約會。

龐晉川得了她的回應，語調輕鬆了許多。「妳知道，崇文殿本是修給太子讀書的地方，但如今聖上偏喜雍王，還免了他藩地的稅，並叫工部給雍王在京都重新蓋王府，規模甚而踰越了。今早朝廷內吵翻了，幾個閣老也連連上書。」

容昐瞇著眼，想也不想問。「雍王不也是皇后娘娘所出？」

太祖在開國時定下規矩，雍字乃皇后之子所能分封。皇后所出長子為太子，若皇后仍有出嫡子，則由皇上擇其中之一封為雍王，駐守京郊，拱衛京都。

龐晉川忍不住咬了一口眼前玲瓏剔透的耳垂，笑道：「是，就是如此，所以眾閣老才頗為忌憚。」

自古除了嫡庶之爭外，便是嫡長子與其他嫡子鬥爭最為激烈。

容昐想著，皇上啊、太子啊、雍王什麼的離她還太遙遠，睏覺間，便胡亂應了聲：「嗯。」

然而身後那人的氣息漸濃，容昐掙扎了下，被他緊緊扣住腰部，不得已才開口哼道：「我、我今兒個那個來了，恐是不行。」

後面許久沒有響動，待她以為龐晉川要離去時，他忽道：「還沒有消息？」稍頓，道：「再生一個，小兒需要人幫忙。」

容昐沈默了下，沒有回應。

她不想再生了。

當年她對他有感情所以才想生兩人的孩子，可是如今她已經沒有那份衝動再為龐晉川孕育一個新生命。對於新來的孩子，她不知道還會不會再存有對長汀一樣的感情。

如果不能愛，還不如不生。

身後很快響起了鼾聲，容昐回身，看他。

七年之癢，七年之癢，她不知道龐晉川癢過沒，或許他根本就沒有這個概念，但她卻已經到了這個關口。

龐晉川，龐晉川，離她遠一點吧，不要再干擾她的安閒生活。

翌日，一早，容昐還沒醒來，龐晉川就已經去上早朝。

不是她不想起，而是昨晚和龐晉川同睡一張被子的結果就是，她感冒了！

「太太有些發燒。」林嬤嬤的聲音。

「還醒不過來嗎？」似乎是龐晉川在她耳邊低聲問。

「是，叫不醒。」

容昐迷迷糊糊間感覺一個溫熱的物體靠近她額頭，下意識的想躲開，但哪裡還有什麼力氣？喉嚨間不悅的哼了一聲，無法掙開。

龐晉川額頭抵在她頭上，稍頓，聲音有了一些起伏。「是有一些，去傳太醫。」

林嬤嬤連忙應下，轉身往外走。

龐晉川輕輕拍著她潮紅的臉蛋。「太太，妳醒來用些水。」見容昐沒反應，依舊咬著牙，蹙著眉似在忍受什麼痛苦一般，龐晉川遲疑了下，喊道：「容……容昐？」
秋菊被這一聲容昐驚得不成，圓溜溜的大眼不住的在龐晉川身上徘徊。
她還從未見爺這般體貼過呢！
容昐重重呼出一口濁氣，緩緩睜眼。
龐晉川眼神一亮，剛要開口，只見她又疲倦閉眼。
林嬤嬤通傳完走進來，手上已經捧著一碗濃濃的薑湯，小兒緊跟進來，快步踱來，小臉繃得緊緊的，眼睛就看著容昐，緊張得很。
「你來做什麼？」龐晉川雙眸掃過，有些不悅。
小兒不得不停下腳步，朝他作揖，叫道：「父親。」說罷看著容昐，斂目道：「小兒來請早安，太太病了嗎？」
「嗯。」龐晉川微微頷首，讓出床沿邊一角。「過來看看。」
小兒連忙過去，撲到床邊，握住容昐的手。「太太。」
龐晉川道：「按理，你母親病中，你需要親自侍候。但你年紀還小，你大哥身子骨也不大好，所以這些日子你們就無須來，免得過了病氣。」
龐晉川一板一眼交代道，小兒嘟嘟嘴並沒有拒絕，直到太醫看完了病，他去詢問病情時，小兒才聳聳肩對林嬤嬤哼道：「什麼嘛，太太都病了，還要我讀書嗎？」
在小兒的印象中，每次生病，睜開眼第一個看到的就是太太，這次太太生病，他也想陪著她。

林嬤嬤慈祥地看著他，笑道：「大年下的，別過了病氣。否則讓人說咱們大房一屋子都是病懨懨的可不大好。」

小兒嘟嘟嘴，粉嫩的小臉上露出一個無奈的神情。

生病什麼的，真是麻煩。

大哥是個病秧子，現在太太也病了，他好不容易和父親爭取的每天午飯來看太太的福利也要沒了嗎？

小兒看門外龐晉川越來越近的身影，忍不住撲回床上，狠狠的在容昐的額頭上重重蓋了一個吻，輕輕哼哼。「快點好起來，太太。別讓那個小氣的男人霸占妳！」

容昐睫毛撲扇顫抖，但終究沒有張開。

屋外頭，龐晉川叫了小兒。

小兒連忙走出去，跟在他身後。

大風呼嘯，聒噪得很，颳得人耳根子直泛疼。小兒從香囊袋裡掏出手套，吭哧吭哧戴上。

他戴得認真，誰都沒叫幫，卻忽略了前方父親投下的視線。

「哪兒來的？」沒見過這東西，像是用羊毛那一類的東西編成的，套在他手上，五個手指都能包起來，密切得很。

小兒嚇了一跳，手連忙往後縮去，卻被龐晉川緊緊抓住。

「太太做的。」小兒這才老實回道。

龐晉川大掌覆蓋在上面，覺得那質地柔軟異常，再勾手伸進去發現裡頭小兒的手被包裹得嚴嚴實實，熱呼呼的。

沒想到，太太竟然有這種心思，那她怎麼沒給他也做一個？忘了？還是……

收到小兒探究的目光，龐晉川冷著一張臉放開。「剛，你在你母親耳邊說了什麼？」

小兒狡黠的目光一轉。「我讓太太快快好！」又補上一句。「也讓太太給父親織一個手套。」嘴角笑意明顯。

龐晉川冷哼一聲，負手走於前。「我需去上朝了，你呢？」

小兒知道自己安全過關，心下大喜。「給太太請安，便要去書房等先生來上課。」

龐晉川點點頭。「好好學，今晚我抽查你。」

說罷，父子兩人走到岔道，兩人一前一後分道揚鑣。

小兒小跑了幾步，來福追上，他隨意抓起地上的白雪，撒去。

來福沒敢動，大塊頭站立於雪地中，忍受著他突如其來的脾氣，直到冰冷的雪進入眼睛，化成水滴下。

小兒踩著前頭人落下的腳印，鹿皮靴堅硬的阻擾雪水的進入，他道：「別以為你能管束住我。」

來福沈默，看著他小小背影走於雪地間，他落後五、六步才跟上。

北風呼嘯著，作弄著厚重的冬衣啪啪啪直響。

小兒單獨行走於其上，抓緊手套，用著別人聽不到的聲音道：「總有一天，我要讓你知道！」

知道，我不是你能夠管束得住的！

海闊憑魚躍，天高任鳥飛，他龐長汀也絕不會輸給他……

容盼病了，宋芸兒也病了。

如雯的兩頰還留著一些紅痕，因為姨娘說長滿和她被二太太責打的事情絕對不許被父親知道，所以她已經在房裡窩了兩天沒有外出。

她現在有些怨，為何姨娘不給她報仇了！

那個二太太，有什麼厲害？不過是個二房，不如父親襲公府的爵位。

如雯繡了一個上午的花了，煩躁讓她變得心浮氣躁，在修錯兩個針腳、拆了兩次線後，如雯氣得將繡架摔地。

宋氏恍然驚覺，回過神，眼中帶著不耐煩，尖聲問：「妳又怎麼了？」

如雯不甘示弱地瞪去。「姨娘自從那天回來就怪怪的！」

宋芸兒心跳漏了一拍。

這幾天，和太太有關的事，二太太都沒交代她做，只叫她和二老爺的杏姨娘打好關係。

那個杏姨娘仗著自己年輕貌美，從二夫人的一個洗腳丫頭一路爬上來，如今獨占二老爺的恩寵。

聽說除了初一和十五，二老爺會去夫人屋裡略坐坐，其餘時間都在這杏姨娘那邊。

宋芸兒想，二太太叫她和杏姨娘打好關係，很有可能是因為二夫人快要坐不住了？

「姨娘！」如雯氣得大叫。

宋芸兒嚇了一跳，反手給了她一巴掌。「叫什麼！」

打完了，見如雯捂著臉，雙眼怨毒的看著自己，宋芸兒連忙上前摟住她。「我……哪裡疼了？給姨娘看看。」

如雯不讓她碰，掙脫了，坐到炕上，哭問：「妳憑什麼打我！妳憑什麼對我凶？」

「我是妳娘！」宋芸兒怒極，口不擇言。

如雯冷笑，星眸大眼瞪著她，諷刺問：「能被我叫母親的只有太太一人，妳又是誰？」

宋芸兒不敢置信的看著她，嘴巴張了又張，竟沒有一句話回她。

如雯驕縱慣了，繼續問：「誰叫妳當初要做了人家的妾，如今連我和長滿都叫人看不起！嗚……」抹掉眼淚，將案上的香爐掃在地。「妳還教我，太太無女，老爺定也是喜歡我的，害得我那日被那個賤婦嘲笑，我若投生在太太肚裡也不會這般了！」

「我、我！」宋芸兒氣得上前，五指剛揚起，如雯昂頭看她，亮晶晶的雙眼迸發出異樣的仇視。

「妳打、妳打，妳打死我算了！下輩子，我寧願為奴為婢也不願再為妳的女兒！」如雯尖叫。

一道風撲來，啪的一聲，清脆的耳光聲再起，宋芸兒哆哆嗦嗦的指著她。「妳這個賤骨頭！那妳滾出去為奴為婢啊！」

厚重的簾子唰啦一聲被打開，如雯捂著臉衝出院子。宋芸兒看著遠去的女兒，忍不住痛哭出聲。

「哭什麼？」臘梅走進來，冷笑著問。

宋氏淚眼矇朧，急忙擦乾眼淚，對方毫不客氣，一屁股坐在炕上，抓過瓜子一邊嗑一邊道：「妳與那個杏姨娘結交得如何了？」

宋氏嘶啞著聲。「還好，杏姨娘收了我一雙鸚鵡摘桃鞋面的高底鞋了。不知今日姑娘來，可是二太太有何吩咐？」

臘梅是何淑香跟前的一等丫鬟，她拍拍瓜子皮，從袖子中掏出一包紅色藥包，推給她。「我家太太說，大夫人快回來了，但大太太如今病著，看樣子是無法主持年底的祭祀了。」

宋氏心領神會，將紅藥包藏入袖中。「告訴二太太，我知曉了。」

臘梅涼涼看她一眼，眼神中帶著輕佻，當著宋芸兒的面抓起一把瓜子，一邊嗑一邊吐的，走出了房門。

第十一章

容盼連著兩天昏沈，午後醒來，陽光照入窗臺，外頭天氣很好的樣子。

「嬤嬤。」容盼嘶啞著聲音喊道。

林嬤嬤聽到聲響，連忙湊近，將她扶起，一個丫鬟替她整了整靠墊。容盼按住額頭，披上一件大褂，秋菊走了進來，手上端著藥。「太太醒啦？正好，藥剛熬好呢。」

容盼嘴巴裡一陣苦澀，揮退侍候的丫鬟，要了一杯水。

林嬤嬤一邊替她整理凌亂的髮絲，一邊道：「這次太太感染風寒，也太過厲害了，連著睡了兩天兩夜。」

容盼嘴唇離開茶杯，愣住問：「幾天？」

「兩天呀，太太。」秋菊擔心地摸上她的頭，還燙得很，不會燒糊塗了吧。

「兩天？」容盼喃喃重複著，眼中波瀾起伏，林嬤嬤微微一驚，似察覺到了什麼，屏住呼吸等著她開口。

「嬤嬤。」容盼道：「這兩天太醫來把脈，可說是什麼症狀？」

林嬤嬤細細回想著，道：「剛開始只道是小感風寒，無什麼大礙，吃了藥，兩、三天便好了，但昨兒個晚上您突然又燒起來，太醫連夜趕來把脈說燒得厲害，氣得小公子鬧得不成，若不是爺在，估計當場就能掀那太醫的鬍子了。」

「不對！」容盼堅決搖頭。「這症狀不是。」

若只是發燒，最多高燒一天，吃了藥，休息便好。可這次，她昏昏沈沈之間甚至已經都沒有了意識，更別提昨晚小兒來她屋裡，她卻一點都不知道。

「太太的意思是？」林嬤嬤用詞都謹慎了許多。

「我這幾日都用過什麼？」容盼問。

秋菊扳著手指數。「都是白粥和藥，還有水。」

林嬤嬤補充。「白粥是我熬的，水都是我餵的，藥是小廚房裡熬的。」

水和粥沒問題的話，那就是藥有問題了！

容盼招手叫林嬤嬤過來，在她耳朵邊細細交代了幾句話。

「知道了，太太。」她神色嚴肅，飛快地出去，秋菊不解。

容盼瞇著眼，淡淡道：「有人給我下藥了。」

府中，與她有利害衝突的有誰呢？

容盼細細排查，何淑香、吳氏、宋芸兒、喬月娥……每一個都有可能！

晚間，容盼沒吃藥，只吃了粥，灌了一肚子的水。

龐晉川回來，看她精神好了很多，眼中也多了絲溫暖。丫鬟服侍著他沐浴後，龐晉川爬上床將她摟在懷中。

容盼小貓兒似的，任由他抱著，兩天裡人瘦得鎖骨特別明顯。

龐晉川嘆道：「這次病了許久，快臨近年底了，母親不日就要回來，妳可不能再生病。」

容盼聞著他身上的味道，點點頭，望向他。「父親什麼時候回來？」

龐晉川摩挲著她的手指。「大約後日就要到。」稍頓，補充道：「這幾日妳病著，有一事我沒告訴妳。」

容盼等著他往下說，嬌嫩的小臉還有些蒼白，卻越發惹人喜愛，龐晉川不由得低下頭，將她紅唇含入口中，用舌尖仔仔細細來來回回的臨摹勾勒，容盼被吻得氣喘吁吁，不承想竟無意被他撬開貝齒，凶猛闖入她口中。

「今晚怎麼這麼乖？」龐晉川心滿意足，撫摸著她的背部。

容盼淡淡一笑。「不好嗎？」

龐晉川但笑不語，卻將她摟得更緊。「病好後，龐國公府就交由妳了，二弟他，二叔替他謀了個外省的差事。」

「爺。」容盼沒有接話，笑道：「是該管了，特別是咱們院子裡，如雯和長滿都這麼大了，怎麼可以再放在宋氏身邊呢？」

龐晉川靜靜看她，看得容盼心底開始發涼了，龐晉川才嘆道：「妳是主母，這些事便由妳安排。」

容盼點了點頭，繼續窩在他懷中打圈圈。

容盼習慣性的動作，輕易的就勾起了龐晉川的慾望，他咬牙切齒哼道：「妳在玩火燒身。」

容盼乾脆就趴在他身上，杭絹製的寢衣微微撩開一角，露出精緻的鎖骨和底下一抹若隱若顯的銀紅色肚兜。

龐晉川喘著粗氣，將她撩開的衣服重新綁好，按捺住極度想要她的衝動，在她耳邊啞聲呢喃道：「等妳好後，我再給妳，先養病。」

容盼似沒聽見，他穿他的，她脫她的，很快龐晉川的上衣已經被她解開，露出古銅色的胸膛。

她低下頭，狠狠咬上他的胸膛，昂起頭，燦爛笑問：「疼嗎？」

龐晉川搖著頭，大掌一揮將她拉上來，束縛在她懷中。「想要了？」

容盼點頭。「晉川、晉川，我……我下面熱熱的……」

龐晉川倒吸一口氣，眼中已泛著猩紅……

這是一場極致的盛宴，容盼用盡全身的力氣去餵飽龐晉川這頭餓狼。

為什麼這麼做？容盼覺得自己大概是燒糊塗了，可今晚她就是想這麼做。

龐晉川已經睡熟，容盼從床上爬下來，隨意披了他的紫黑色貂皮斗篷，穿著小繡鞋，打開門。

寒風呼嘯而過，冷風如刀。

朱歸院中，今晚的梅花有點蔫，不知龐晉川發覺了沒。

容盼戴上絨帽，冒著風，拐彎進了一個月亮洞，再往裡是荒廢的院落。

秋菊等在外頭，見她來，連忙迎上去。「太太怎麼這麼遲？」

容盼剛從歡愛場中下來，身上還帶著龐晉川的味道。

「事情多，耽擱了。」她推開門。

大紅並蒂蓮繡鞋踏入布滿灰塵的地。

一個四十多歲的僕婦被打得奄奄一息躺在地上，半邊臉已經布滿血跡，半邊臉泛著青紫，她虛弱地抓住她的腳，艱難的喘息著。「太、太太。」

林嬤嬤制止。「太太，來金家的嘴巴硬得很。」

「是嗎？」容盼面無表情地蹲下，猛地拉起她的下巴，使力往下一拉，只聽得嘎吱聲伴隨著尖叫聲，來金家的下巴脫臼了。

「妳說，妳還不知道我為人嗎？」容盼看著她疼得滿地打滾。「我最恨人欺騙。這七年了，我把妳當成心腹，分到廚房裡，掌管我的飲食，妳就這樣報答我嗎?!」說著接過林嬤嬤手中的打嘴板子，啪啪啪打了三下。

來金家的疼得嗷嗷亂叫。

兩個僕婦連忙按住她，將她提溜起來，容盼點了個頭，其中一個微微用勁，將來金家的下巴重新接回，林嬤嬤拿了一塊絲帕擦淨她嘴角的血。

容盼喘著粗氣靠在椅子上，蒼白的雙手緊捏住兩邊扶手。

「我給妳一個機會，來金家的，妳給我聽著。」容盼一字一句從嘴中迸出。「聽著，有人已經看見妳這幾日與宋氏有來往，我只告訴妳，這是我房裡的爭鬥，我是妻，她是妾，而妳只是一個奴才，妳若是想參與其間，我保證讓妳粉身碎骨，妳好好仔細掂量掂量。」

來金家的漸漸停止了掙扎，卻仍舊未語。容盼真是好奇了，宋氏到底給了她什麼好處，讓她這般死心塌地。

容盼等著，冷眼看她，沒關係，現在離天亮還很早。

「太、太太。」她沈默了許久，終於開口叫了聲。

容盼點了點頭，來金家的眼中忽流出渾濁的淚水。「我無能，七年前服侍太太之前，我便是她的人。如今我人已在您手中，無言以對，只一條，您若能答允，我便告訴您。」

「妳說。」

來金家的哭道：「我只有一個女兒，是做雜役的，求太太開恩放她出府吧。」

「好，我會給她兩百兩，讓她出府。」容盼稍頓。「妳還有什麼要求？」

來金家的使勁搖頭。「太太是個慈善人，奴婢一直都知曉。宋姨娘是我舊主，她求我，我跟她說這是最後一次。」

容盼眼神微瞇，心中顫顫。

來金家的擦了淚，道：「她說只要把太太的病拖到年底就可以了。她答應、答應放我女兒出府。」

容盼怒極。「妳為什麼不來求我？還是我在妳心中就是這般冷心冷面的人！」不自覺的，眼角也有些發酸，來金家的跟了她七年啊，如何沒有感情！只是這般親密的人，竟置她於這種境地！這叫她如何不恨？

來金家的哭著從地上爬起，雙腿跪於地上，悲憤叫出聲：「太太！我對不起您，如何敢再求您，只是這一次，我真的是打算收手了。」

眾人皆對她的話感到驚詫。

來金家的足足給容盼磕了三個響頭才繼續道：「我家本來是個破落戶，是太太這些年賞臉讓我做了人。可兩年……兩年前，您還記得您那未能出世的小公子嗎？」

容盼愣住了，林嬤嬤和秋菊臉色大變。

容盼呆呆的坐在椅子上，反問：「什麼……什麼小公子？不是、不是一個女娃嗎？」她看向林嬤嬤，看向秋菊，看向屋裡所有的人，可所有的人都躲避她的目光。

來金家的已哭成一個淚人，她緩緩舉起她的手狠狠給了自己一巴掌。「當年，那藥是我給太太下的！每日就那麼一點，直到最後生生把已經成形的小公子打了下來！」

容盼渾身戰慄，耳邊都是茫茫的聲音，轟隆隆。

難怪，難怪龐晉川會一直要兒子，原來，根本就沒有女兒，她連肚子裡是什麼也不知道，這些年放在心尖上想念的都是她的妄想。

原來，原來不是女娃，一直是個兒子吶。

「太太、太太，我有罪，我是個罪人，您打我罵我吧！」來金家的爬到她腳邊。

容盼緩緩的站起身，盯著她看了許久，揚起了巴掌，落下，打掉了去年她賞給每個主管的一支簪子。「噓。」

來金家的黑髮瞬間散開，還要再抱，容盼厭惡地撇開頭。「聽著，別在我跟前哭。」

林嬤嬤見她無神地走出去，連忙追著：「太太，來金家的怎麼辦？」

容盼回過頭，面無表情的看著來金家的。「妳女兒我會放出府的，只是妳欠我的，如何還？」

來金家的，痛嗷一聲。「下輩子，做牛做馬再報答主子的恩情。」說罷，一頭撞向白牆，眾人拉都來不及了。

容盼看著鮮紅的血跡，露出一絲諷刺的笑容。

秋菊叫道：「如此死了，怎麼舉證宋氏?!」

宋氏！容盼瞳孔微縮。

死太簡單了，她要宋氏好好的活在這個世界上，好好的活著，眼睜睜的看著宋氏所珍愛的、守護的，是如何被她一一奪走，踐踏在腳下！

夜裡去了雜院一趟，加之情緒波動極大，在受打擊回來後，容盼的病更重了。

龐晉川和小兒各發了一次脾氣，前者氣勢凌人，冷風陣陣從跪著的眾人頭頂颳過；後者總嬉皮笑臉，卻板起臉來一天都不講話，就盯著你看。

長灃和東瑾來時，屋裡侍候的丫頭剛被小兒削過一頓，打著蔫兒。

東瑾湊到床邊，低著頭，盯了容盼許久，她圓溜溜的大眼四處一瞧，咬住下唇戳了戳容盼的臉，嚇了一大跳，連忙收回手端正坐好。

不一會兒，又轉過身，偷偷戳了一下，笑逐顏開。

美人真滑，跟她喜歡吃的蛋羹一樣！東瑾小手忍不住摸上，嘴角咧笑得高興。

長灃剛詢問完母親的近況，一見東瑾這樣，連忙拉住她的手，搖頭制止。「不可以，姑母。」

東瑾眨眨眼，食指戳在嘴角，眼中迷茫。

「她是大太太，比二太太還厲害，妳不能這樣胡鬧。」長灃一字一句說給她聽。

東瑾一聽二太太，驚嚇得立馬縮到角落裡，大眼撲扇撲扇的看看長灃，又看看容盼，許久委屈說道：「就摸摸。」意思是，她什麼壞事都沒幹，大太太不能生氣。

長灃扶額，拍拍她的手。「別怕，我們去外面玩，太太在養病呢。」

東瑾點點頭，正要走，忽覺自己手被拉住了，不能動！她順著望去，是美人的手！東瑾眨眨眼，無辜的看著長灃。

「太太。」長灃上前，輕聲喚道。

容盼仍舊閉著眼，卻喘著粗氣連咳了十幾聲，屋裡侍候的丫鬟連忙上前，將兩人擠到外頭，忙叫問：「太太？太太可是醒了？」

東瑾穿著大紅的褂子，很是顯眼。她一邊擠，一邊不忘對長灃大叫。「不要怕，不要怕，我會替你搶回太太的！」

一瞬間，長灃面紅耳赤，努努嘴。「咳，咳咳……誰、誰要妳搶了。」

容盼掙扎起身，使出吃奶的力推開眾人，咳了又咳，直到吐出一口濃痰才睜開眼，看清了眼前的人。

東瑾歪著頭，恰與她面對面、眼對眼，一雙大眼撲扇撲扇使勁瞅她。

「妳？」容盼有些迷糊，指著她蹙眉回想。

東瑾慌不擇路，急忙往外退，卻不料猛地踩著一雙皂底黑靴。她抬頭望去，臉上表情奇怪。

龐晉川往後退了一步。「二妹，妳如何在這兒？」說著望向身後的長灃，濃眉微挑。「是大兒嗎？」

長灃被他冰冷的目光盯著，不由得心底發虛，連忙上前作揖請安。「請父親的安。」

東瑾這時才記起要請安。「大哥哥安。」手上胡亂擺了左邊，又錯了換到右邊，最後左右都分不清，無措地看著長灃。

龐晉川對這個庶妹也並不親，只是略微點了個頭。「去吧，出去玩。」

長灃連忙拉著她起來，恭恭敬敬倒退出門。

直到退到門外，他才回過身看向母親。

只見父親正摟著母親消瘦的肩膀扶她坐好，凝眉問：「可醒了？」

母親疲倦的點頭，拉住父親的手。「累得很。」稍頓，目光在巡視，長灃不由得拉著東瑾走到簾後，隔著碧藍色的綢布，他隱約聽到母親在說：「我……我剛才好像在夢中聽到大兒的聲音了，咳咳咳……」緊接著又是一串急促的咳嗽。

父親輕輕拍著她的背。「妳病中，切忌操心。」

那柔和的聲音，聽在長灃耳朵裡是極其的溫柔，乃至他似乎感覺從來沒有比那更好聽的聲音了。

長灃還想再待，卻被來旺找到。

來旺笑咪咪道：「大公子，爺讓您出去。」長灃微微一怔，心下便有了許多不樂意，他想，他想好好的上去問問母親，問問她病好了沒有。也想讓父親看看他，他最近身體好了很多了。

只是看著父親身邊這位雖然笑著，但不容反駁的模樣，長灃知道，這裡沒有他說話的分。

他拉著東瑾，最後一次看向床邊的那對夫妻，眼中露出些許羨慕，最後輕踏著腳步，悄悄跨出了屋門。

容盼靠在床邊，喝了一口熱茶，丫鬟端了藥湯上來，行禮道：「爺、太太，太醫說，等太太醒了得把這碗藥喝了。」

龐晉川接過，攪動著湯勺，待熱氣不再騰騰，遞上去。「喝吧。」

容盼下意識推開，搖頭。

龐晉川問：「不吃如何會好？」今日他穿著一件寶藍色外褂，整個人看上去乾爽清靜。

容盼笑道：「哪裡是不吃，只想起一件事需和你講講。」

龐晉川將藥遞給丫鬟，容盼這才綰起耳邊青絲，靠在軟墊上輕聲道：「我便在想，宋妹妹到底是服侍咱們兩人多年了，如今也回了龐國公府，怎麼也不能再像以往那般屋裡總共只有四個丫鬟、兩個婆子服侍，我看倒不如將她月例銀子提二兩，丫鬟和粗使的婆子各加一個，您看可好？」

龐晉川低頭沈思，許久，將她的小手牢牢握在自己手中。「妳替她考慮得周全。」

容盼眼中閃動著幽光，抿抿嘴笑道：「也因宋妹妹有了一子一女，到底也要看顧著些面子。至於喬妹妹，暫時先這樣，等生了哥兒我再看看，您看可好？」

「這些事妳看著處理就好。」龐晉川點頭道：「倒是有一件正經事，需要告訴妳。」

「什麼？」

龐晉川正色道：「過了年，父親就要上報皇上，讓我襲爵。」

容盼低頭沈思了會兒。「爺的意思？」

「父親年事已高，且常年修道。皇上不會不賣他這個面子，我估計這事能成。」龐晉川看她，眸色幽深。

容盼想著，這就意味著，龐國公府將徹底回到她手中？

龐晉川已經爬上床，半靠在床邊，容盼滑下靠在他堅硬的大腿上，任由他揉著自己的長髮。

她問：「如此這樣，年底的祭祀便得由我和母親兩人親自主持了是嗎？」

「是。」他點頭，鄭重道：「所以，妳要趕快好起來。」

是，她是要趕快好起來！只要一想起昨晚，她就抓心撓肺的疼。

容盼用力地緊咬住自己的下唇，錦被下的雙手緊緊按在胸口上，努力保持語調的輕柔，她道：「爺，長滿也需讀書了吧。」

只這一次，別顫抖。

龐晉川翻了一頁書卷。「嗯。只是妳近來事情多，加之如今又病了，所以不想拿這事煩妳，宋氏教養得還好。」

容昐笑了笑，接話道：「是，宋妹妹教養得很好。」容昐迷迷糊糊之間又沈沈睡去，龐晉川看著她的臉，眼神專注。

算了，等她好了，再叫她給做一個手套。

翌日，龐晉川上朝後，容昐才醒來。

今早精神好了許多，吃了一碗燕窩粥，喝了一碗火腿鮮筍湯。

林嬤嬤端來藥，容昐接過問：「是妳親自熬的嗎？」

「是，太太。」

容昐這才一口喝淨，秋菊在旁遞上帕子。

林嬤嬤見她小口的吃著蜜餞，精神比昨日好了不知多少，心下便安，道：「太太，那夜裡來金家的撞牆想要自殺，好在已經先用石灰粉撒上去，救下，對外只說是摔了頭，讓阿蓉的媽來掌管廚房，您看可好？」

阿蓉如今是大兒身邊的一等丫鬟，也是家生子。

容昐點了點頭。「妳思慮周全，倒是還有一人也可用。」

林嬤嬤認真聽。「何人？」

容昐道：「便是原來管咱們小角門上老媽子的女兒，叫翠兒，我觀察了許久，倒是聰明伶俐又忠心耿耿的，妳將她插入宋氏屋裡。」
一旁的秋菊這才恍然大悟。
原來昨夜太太要提拔宋氏竟是為了這個，她望著容盼的目光不由得越發敬佩。
容盼用熱帕擦了擦手，無意道：「我在他跟前做了賢慧的老婆，宋氏後頭若是倒了楣，可就不關我的事了。」
林嬤嬤看她笑道：「昨夜，喬氏在屋裡發脾氣。」
「呵。」容盼但笑不語，按照喬氏好強的個性，宋氏得寵了，她怎能甘心？
林嬤嬤又道：「只是近來宋氏與二房的杏姨娘走得極近，按理說二夫人如今心頭上最恨的就是那個杏姨娘，一來宋氏改去抱一個姨娘的大腿不靠譜；二來，宋氏一直是二夫人的人，這事定是觸了二夫人的禁忌。太太您看呢？」
容盼揉著眉間，緩緩的吁出一口氣。「嬤嬤，一口氣吃不了大胖子，我固然恨宋氏，可若要出手定是要將她一擊擊倒。」
林嬤嬤點頭。
聽她繼續道：「叫人替我盯緊她，是驢是馬出來遛一遛不就知道了？」
她要埋下尖刀，等著收盤。
屋外，陽光普照，北方天難得的帶著濕氣。
容盼靠在牆邊，手上拿起一本話本，看了沒幾頁，腦中滿滿的都是那晚來金家說的話。
她將書放下，從一旁的木櫃上抽出一本塵封的黃色書皮的經書。

她從不讀經，便是當年剛穿越過來迷信神佛，那陣子孩子流掉，她也從不看。因為怕看多了，心智就渙散了。

只是如今，她想，是要給那個無緣的孩子好好抄上一篇，只求他來生投得一個慈父慈母的好人家，切莫……切莫像今生這般沒有緣分，再被人生生從腹中墮下。

容盼抄得仔細，一個個纖細的小楷在白紙上躍然而出。

金黃色的陽光斜照入內，將她臉上的肌膚照得晶瑩剔透，然也因這幾日的病重，消瘦得指骨猙獰。

小兒悄聲撩開簾子進內，看見母親如此，嘴角便這樣往下一塌，不悅哼道：「做什麼？病才剛好，便要唸著那勞什子嗎？」

容盼抬頭朝他一笑，小兒板著臉道：「見您不愛惜身體，我這幾日很是不悅。這經書不許您再唸，只交給我抄吧。」

真真一副小老頭的模樣，語氣還那麼嚴肅，容盼樂得不成，逗笑問：「不知先生今年幾歲了？」

小兒潑墨似的黝黑雙眸緊緊盯著她。「太太只以年歲看人嗎？」那模樣像極了他父親。

容盼嘴角彎彎。「是，謝謝您了。」

小兒微微一怔，抿抿嘴沒再說話……

在徹底的休養了幾天後，容盼的病才徹底好全。

只是太醫給她問脈時交代。「太太體質虛弱，可是生產所致？可否告知在下？」太醫是個六十多歲的老者，穿著一身深藍色袍衫，鬍鬚還黑亮著，看上去精神抖擻，聽秋菊說是民間找來的醫科聖手，涉獵頗廣，婦科一脈成就頗大。

是龐晉川特意囑咐底下人找來的。

林嬤嬤看向容盼，收到她示意的目光，才緩緩道：「七年前生我家大公子時難產，似有血崩跡象。兩年前流過一胎，也是如入鬼門關，血水津津。」

太醫點頭。「如此便是了。」撫鬚片刻繼續道：「在下不敢隱瞞，太太乃氣血兩虧之症，需好好保養才是，這三年不宜孕育新胎。」

林嬤嬤不由上前一步，語調都拔高了。「如此嚴重？這次不過是風寒而已。」

容盼也看著太醫，太醫蹙眉道：「實則已是內虛了，若是強行有孕，輕則胎兒不保，重則二者性命皆有危機，望太太三思才是。」

送走太醫，容盼並未說什麼，躺下望著窗外發呆，林嬤嬤看著她嘆了一口氣。「您子嗣怎麼如此艱難呢？也只有小公子生得輕鬆。」

容盼笑道：「我已有兩個兒子，生不生也無所謂了。」

林嬤嬤聽到這裡，臉色才好了一些，但卻越發的注重替她調理身體。

晚上，等龐晉川回來時，容盼替他脫掉青黑色祥雲暗紋大襖。

隔著一道門簾，大兒在看書，小兒在逗鳥，兩兄弟時不時對看一眼，又彆扭地轉頭。

容盼心底不由輕快起來，看向鏡中的龐晉川，道：「今天，太醫來了，問了脈。」

「嗯。」龐晉川疲倦得很，還沒回神。

隔間裡暖呼呼的，燒著地龍，案桌上一株紅梅開得灼灼，散發出淡淡的幽香，這一縷冷香遇著地暖竟混合出別樣的味道，聞著讓人心尖子上癢。

容昐遞過一杯茶去，繼續說自己的。「太醫說，我身子不大好，這兩、三年不要有孕。」說著將雲腳珍珠捲鬢簪取下，遞給身後的秋香，秋香低著眉上前收好，轉身拿出她常用的碧玉簪。

龐晉川凝眉，隔著燈火看不清他的神情，只聽他問：「如此嚴重嗎？」

「倒不是，只是需一段時間給我休養。」她解釋道。

龐晉川站了起來，捏捏她的手。「如此，那避子湯便先用著吧。」說著率先出去，容昐斂目跟在後面，眼中神色淡淡。

晚上，龐晉川沒有宿在這裡。

容昐坐在熱呼的床上，吃著牛奶茯苓霜。林嬤嬤堅持要加餐，阿蓉的媽又是個會折騰的，單取了這茯苓的汁液和了藥，本來說要用人乳和著，每日吃一盅最養人，但容昐堅決不肯，最後折衷用了牛奶，只滾了白水，弄出白霜兒來。

「太太，睡嗎？」秋香已經鋪好被子，秋菊的媽昨天來人說病了，容昐便讓秋菊回了家。

她屋裡本是秋菊最大，然後依次是秋香、秋涼、秋意。

容昐剩下半碗給她，笑咪咪道：「我只碰了我吃的那一半，剩下的妳吃。」

秋香趕忙看向外頭，見林嬤嬤正教訓秋涼，回過頭虎著臉道：「可不敢，林嬤嬤要是知道了，饒不了奴婢。」秋香膽子極大，比秋菊更會講，但因是龐家的家生子，而秋菊是顧家陪嫁來的，所以秋香不如秋菊受林嬤嬤的信任。

容盼笑笑說：「吃吧，昨晚妳守夜，我聽妳咳嗽了，可不是我傳給妳的吧？」

秋香連忙搖頭，容盼再遞過去，她也便從善如流的接過玻璃碗了。

秋香小心舀了一小口放入嘴裡，甜滋滋香噴噴的，她一邊吃一邊看容盼，見她已經拿了一本書在看，秋香不由道：「太太，您別擔心，我們不像來金家的吃裡扒外！」

容盼驚訝地抬頭看她，但見她目光誠摯乾淨，這才笑道：「妳今晚話有點多，小心我告訴林嬤嬤去。」

秋香作賊心虛，嚇了一跳，急忙搖頭。「別、別，主子，我不敢了。」

容盼哈哈大笑，滾進床鋪裡頭。

夜色就此朦朧，睡夢間似乎很快就聽到竹梆子敲打一更天。

第十二章

一早，容盼送走龐晉川，宋芸兒和喬月娥跟著她回了屋。

喬月娥臉色不大好，宋芸兒卻是滿面春風，依著龐晉川昨夜的去向，容盼想宋芸兒應該挺高興的。

她吃著香茶，抖了抖穿花鳳縷金拖泥的襖裙，對喬月娥笑問：「妳這胎眼下幾月了？」

喬月娥起身應道：「入了十二月，眼下已有五月。」

容盼朝她招手。「過來，給我摸一摸，衣服太厚看不大出來。」

喬月娥小走幾步上前，容盼搭著手摸上。

底下坐著的宋芸兒，捂嘴笑道：「太太是個好眼光的，且給喬妹妹看看這胎是男是女？」

秋香等人暗自握緊雙拳，忍耐著。

容盼眼中冷光一閃而過，柳眉微挑，看著她笑道：「男女都是爺的子嗣，喬姨娘都有功。只是今兒個叫妳們來，是有件事與妳們說。」說著，容盼看向喬月娥。「妳先坐。」

宋芸兒問：「太太要說何事？」

容盼轉過身，朝她道：「之前因為大公子身子不好，所以未曾入學。如今我與爺商量了一下，長滿也到了讀書的年紀，和大公子一起入學最是好的。」

宋芸兒喜得不行，一下子站起來，連忙上前行禮，笑得合不攏嘴。「如此，妾身便謝謝太太了。」

喬月娥正為這幾日她屋裡處處比宋芸兒低一等的事惱火，眼下涼涼道：「二公子本來就是叫太太母親，不知宋姨娘有什麼地方好謝太太的？」

宋芸兒一下紅了臉，侷促地站著，眼眶微紅道：「知道妹妹這幾日為了太太偏疼我的事惱火，可我這不是一時高興忘了。妹妹大人有大量，等會兒與我回去，什麼喜歡的妳隨意挑便是了。」

「妳！」喬月娥臉色一轉。「太太哪裡是偏疼妳，不過看姊姊妳年紀大了，得多個人侍候，否則哪裡禁得住這風裡來雨裡去呢？」

喬月娥好毒的嘴，宋芸兒一下子被說得惱紅了整張臉。

她欲要反駁，容盼沈下聲，茶碗蓋重重蓋上。「好了，別吵了。今天叫妳們來，是想告訴宋妹妹，長滿入學便不能在妳身邊，得像長澧和長汀一樣另外擇屋。」

「太太？」宋芸兒撲通一聲跪下，猶似不信。「這……這二公子也才五歲，如何離得了人？」

容盼不悅地呵斥。「長澧一出生便離了我，小兒四歲就搬出去另過，如今長滿又為何離不了妳？」

喬月娥一旁補充諷刺。「真當自己是金玉做的人?呵呵。」

容盼瞪她一眼。「妳這邊也有一事，到來年這孩子生下，也不能在妳旁邊，我這邊也是沒空，所以便交給宋妹妹照看了。」

一句話猶如平地驚雷而下，頓時將眾人震得不知如何言語。

喬月娥好不容易回過神，跪趴著拖著淺藍水紬的裙兒到她腳邊哭道：「太太，求求您，這孩子讓妾身自己來養，旁人養著妾身不放心吶。」喬氏哭得淒慘，一會兒上氣不接下氣。

宋芸兒還沒回過神，痲木地站起，雙膝已泛著軟。

容盼道：「不是我不願意交給妳養著，而是妳初次生育，沒有經驗，還不如讓她帶著好。」

「太太、太太，求求您！」喬月娥整個人撲到她腳邊上。

容盼轉過頭看向宋芸兒，她人站得直直的，帶著笑意看向喬月娥，眼中淬著她自己都不曾察覺的毒。

容盼問：「宋姨娘，妳可樂意？」

喬月娥回頭看她，面上哪裡還有不屑和高傲？

宋芸兒在她絕望的目光中，點下頭。「妾身願意的。」

喬月娥頓時癱軟在地，兩腿顫顫已無力走動，容盼連忙叫秋涼、秋意先扶她回去。

秋涼、秋意回來時，容盼正喝藥，林嬷嬷立在她身旁問：「如何？」

秋涼快嘴，搶著回道：「她孕中哪天不是好吃好喝供著？哪裡能真暈過去？」

秋意心思細膩，補充道：「咱們兩人一出了屋，就聽她屋裡哐噹哐噹響。好像是春宵勸了幾句，她越發不能容，罵春宵是胳膊肘往外拐，合著宋姨娘是賤人，和春宵聯合欺負她。」

秋涼聞言噗哧一聲笑出，容盼掃去，只見秋涼頭上梳著翠花雲髻、戴羊皮金沿的珠子箍兒，身著藍綾對襟襖。

秋意繫著翠藍銷金汗巾，身著藍綢子襖，外一件玉色雲緞皮襖兒，模樣比秋涼稍差，但瞧著卻是個穩妥的。

容盼道：「秋涼與春宵結好，以後妳就多多注意喬氏屋中。」

秋涼站直了身，連忙朝她一俯。「是，太太。」

容盼嗯了一聲，轉頭看向秋意。「秋涼性情活潑，私下易結交各房丫頭，但妳性情卻是穩妥，辦事仔細，且留在我身邊與秋香一同侍候。不日大夫人就啟程回來了，我需上街一趟採買。」

姊妹兩人得了差事，莫不笑逐顏開，手牽著手一同朝容盼行了跪拜。

「去吧。」容盼窩在榻上，腿上蓋著羊絨毛的毯子，秋香正端藥進來。

林嬤嬤瞧她們走了，上前問：「太太不擔心宋氏與喬氏聯合起來對付？」

容盼接過藥碗，纖細的右手因病了數日骨節突兀。她一口喝下，苦著臉漱了口，又含了蜜餞，含糊著道：「有什麼可擔心的？喬氏善妒，宋氏綿裡藏針，我如今將喬氏的軟肋送到宋氏手中，妳且看著吧，她豈會是坐以待斃之人？」林嬤嬤這才安心，要替她擦嘴角的藥汁，容盼擺擺手，自己抽出絲帕擦好。

秋香接過空的藥碗放在一邊，取了軟布鋪在她腿上，拿著木槌席地一邊輕捶一邊道：

「翠兒已經進了宋姨娘屋中，宋姨娘將新來的兩個姊妹和一個粗使的婆子都安排在外院，只叫做些粗使的活計，其他貼身之事依舊是舊人來做。」

容盼輕輕蹙眉，食指輕叩黃花梨桌面，一下一下發出清脆的聲響，她道：「怕是再侍候個幾年未必就能靠近她身邊，倒不如投好宋氏身邊的丫鬟。」

秋香心領神會。「如此，我便告知翠兒去。」

容盼疲倦的揉了揉兩邊太陽穴，膝蓋上安置的《金剛經》已經讀了一半。這是小兒昨夜送來的，聽他身邊侍候的丫鬟說：「只睡了半宿便起來抄了，白日都是沒空的。又要上學，還得練字，爺抽查又得耗去半個時辰的時間，除了每日用膳時半個時辰的休息外，其他便不見得他有空了。」

容盼細細撫摸著這上頭流暢剛毅的字跡，一股酸麻、酥暖的感覺溢滿她的心頭。她將經書遞給林嬤嬤。「把這些書都收起來吧。」

林嬤嬤愣了下，雖不解但還是依言接過。

容盼重新拿了一本世俗話本，嘴角含了一抹笑。

他想要的，她都會給。以後再不讀這類傷神隱世之書了。至少現在，她還得替她的小兒撐起這半邊的龐國公府。

昨夜裡，龐晉川沒有回府，連二老爺也沒回來。

聽說，朝廷之上掀起一股立嫡與立賢之說。

皇上今年六十了，與皇后伉儷情深，因皇后賓天時太子已經十歲，而雍王不到五歲，皇上親自教養於宮中。雍王為嫡子，皇上舐犢情深，加之二十歲時曾隨皇叔與瓦剌開戰於飲馬河，頗有軍功，所以呼聲頗高。

容盼隱隱的感覺到，一場暴風雨即將來臨，但龐國公府站於哪一邊她不知。

太子妃是顧家女，是她的堂姊，顧家的態度很早就不言而喻了，私下裡她是希望龐國公府能站在太子這一邊，對她有利。

「太太，該買的都買了，只剩下之前在榮寶齋替爺定下的玉扣還未取回。」馬車外，秋香輕聲道。

容盼被馬車搖晃得舒坦，許久才回過神，連忙坐直了應道：「那去榮寶齋吧。」

今日風和日麗，出門最好，容盼去看過長澧問他要不要一起去，長澧宿疾，喘得厲害。東瑾眼淚汪汪的一直摸長澧的頭，已經可以和她說一、兩句話了，東瑾說：「不要去，大嫂也不去。」

東瑾想要她留下來陪長澧。

長澧看著她，欲言又止，容盼蹲下與他平視，目光極其柔和。「要不，我留下來陪你，你看可好？」

他猶豫了下，搖頭。「不用。太太忙得很。」

小兒也來請早安，他肯定是沒空的。

容盼出來的路上就在想，如果今天是小兒病了，她會怎麼樣？

想來想去，大概是不會出來的，應該會陪在他身邊。越是這樣想，容盼越覺得羞愧，她從來不知道，原來自己這般的偏心。她恨不得立馬有一把斧頭把自己劈成兩半，一半給長灃，一半給長汀。

馬車一路搖晃，許久才停，秋香撩開簾道：「太太，榮寶齋到了。」

容盼下了馬，一路從後花園走進去。

花園裡打點得十分乾淨，沿途種著梅花，香味撲鼻。

掌櫃是個四十出頭、戴著西洋眼鏡、穿著藏藍色袍衫的中年男子，他親自在門口迎接，見著容盼上前就半跪下請安。「小的請主母安。」

榮寶齋是京城第一大珍寶店，是龐國公府名下的一處店鋪，長灃和小兒的金墜子就是出自這家。

容盼手一抬，笑問：「我給大夫人定了一套五蝠捧壽簪，替大爺定了一套玉質的扣子，可做好了？」

掌櫃低頭哈腰，連忙側身上前引路，一邊回道：「自是給主子們做好，只是今天店裡來了一名女客，身分倒有些奇特，小的不敢隱瞞，需告知夫人。」

容盼停下，美目望向他，曹掌櫃越發恭敬斂目。

秋香上前問：「不知是何女客？」

曹掌櫃抹了一把額上的細汗，道：「是姚司官家的小姐，聽她與她身邊丫鬟的對話，似與咱們家大人有些淵源。」

姚家？容盼了然。「原來是她。」

「是，太太。」曹掌櫃不敢隱瞞，補充道：「這位姚家的小姐已經來了一炷香時間了，在裡頭挑選飾件，似不大滿意，至今未買什麼東西。」

兩人已走至一小閣樓前，這小閣樓共分三層，每層主打不一，分別接待大家閨秀和名門太太。

容盼停下繡鞋，回頭對他道：「你告知下人，莫要讓人知道了我的身分。既是女客小心侍候就是了。」

對於一個作不得準兒、且還未納入後院的女人，容盼沒有心思管教，更沒有心思聽她叫太太。

姚梅娘若是有手段，大可讓龐晉川幫她提了身分、除了外室，可若是沒這本事，那就不關她的事了。

因是午後，閣樓裡人不多。

容盼被眾人簇擁著上了二樓，二樓主要置辦簪、釵、環、玉等物件。

偶爾有幾個散客，但其間被眾人簇擁著坐於正中央的少婦頗為引人注意。

但見她梳著凌雲髻，穿著大紅焦布比甲，用羊皮金滾邊。細瞧上去，尖尖的下巴、方形的下顎，眼睛上方，兩道墨黑的濃眉向上翹起，雖是裹著厚襖，但小腹微隆，瞧著似與喬月娥差不多月數的模樣。

容盼絲帕捂唇，微咳，讓人迎著往另一邊去。

然在她剛上來，姚梅娘便注意到她，在容盼打量她時，她也悄悄看她。

只容盼身上穿的大紅遍地錦袍兒，便讓她心下羨慕，不由得多看了兩眼，又見她坐在東面的主席上，一個體面的小童替她取了一副金簪和一玉扣。

姚梅娘的目光一下子便讓那玉扣吸引過去，想都沒想就走了過去，坐在容盼左手旁問：「這玉扣價錢如何賣？」

小童有些猶豫，這位太太平日雖不大來，卻是個大顧客，便是掌櫃對她也恭恭敬敬的，小童僵著臉笑道：「姚小姐，因是這位太太之前就預定的，做成銅幣大小，此外便是沒了。」

姚梅娘紅了臉。「你……你這小廝好無禮。我只問你價錢，你與我說這些許多做什麼？怕我無力購買？」

「小的沒這意思，姚小姐是我們大人的人，小的怎敢？」小童嚇得臉色慘白，立馬對身邊低聲說：「快去叫掌櫃過來。」

容盼已全部檢查好十二粒玉扣，放入木盒子中交給小童，輕聲道：「沒有錯，替我包好吧。」

容盼手伸出，半空卻被另一隻戴著金鐲的圓潤玉手攔住。

秋香、秋意立馬變了臉色。「何人如此無禮！」

姚梅娘直視容盼，目光自信。

這眼神吶，容盼幾年前她曾在宋芸兒眼中見過。

姚梅娘看都不看她們兩人，翦水秋瞳直盯著容盼的眼睛：「太太，與我看看吧。」

容盼盯著她看了一會兒，嘴角勾起一抹淡淡的笑意，遞給她。

姚梅娘如獲珍寶，捧於手心，掀開，驚喜道：「不瞞您說，過了年開春便是我家夫君生辰，這玉扣精緻可愛，太太便捨了與我吧。價格隨意您開。」

「一顆二十兩，十二顆您算算？」容盼笑道。

姚梅娘目光射向身後丫鬟，丫鬟也不識數，最後還是那個被她凶過的小童哭喪著臉道：「共二百四十兩。」

這玉扣說來也不貴，但勝在精緻，是掌櫃親自監督人畫了圖，趕著做出來，又細細打磨了，才有如此成色，本一顆要三十五兩，只聽掌櫃的說這位太太是貴客，只收了玉石費和工人費，其餘費用都未分擔在其間。

姚梅娘一聽這價格便咋舌，這二百四十兩夠她一年開銷了。

只是她如今急於找一件龐晉川喜歡的東西，所以切切實實選了這麼多日後，遇到這樣晶瑩剔透的寶貝，叫她如何放得開？

她糾結了許久，對容盼道：「且不知太太可否割愛？」

容盼想了會兒，點頭。「倒是可以。」

姚梅娘大喜，又看著容盼跟前的五蝠捧壽簪。「那這副簪不知太太也否割愛？」

秋香忍不住白了一眼，這個姚小姐莫不是太太看上的，她都要搶去了不成。

秋香剛想進言，容盼已經合下木盒，搖搖頭，拒絕。「不行，這是買與我婆婆的，不可割愛。」

姚梅娘見此頗為惋惜，但見容盼起身連忙問道：「不知姊姊夫家貴姓？以後若是有機會見著了，定叫我家大人拜謝。」

容盼想了想，回道：「夫家姓氏不大適合告知您，但我娘家姓顧。」

姚梅娘還要再說，容盼已經拿了那副木盒，看也不看玉扣一眼，轉身離開。

待曹掌櫃來時，聽小童那般講，猛地一拍膝蓋。「糟了！」

小童懵懂不解。「便是顧客間的轉賣，不是什麼大事，咱們以前不也有過？」

掌櫃氣得不成，狠狠拍了他一個響頭。「你不知，那是咱家的主母，龐國公府長房嫡媳，育有二子，那日大人帶來的小公子便是出自她腹中！便是以後咱們這榮寶齋也是她的！」

小童這才恍然大悟，但下一刻便傻了眼，小、小公子的生母……

小童想起那日自己亂中出錯，被那小公子的眸子一掃，似毒蛇一般陰冷的感覺瞬間又爬上他的脊椎。

那，那個姚小姐……

夜晚，龐晉川回府。

本來昨晚說是去宋芸兒屋裡的，所以容盼看到他很驚訝。

但瞧他不耐煩的挑眉模樣，便知今晚他心情不好。

的。

容盼信奉一個準則：龐晉川惱怒時，最好不要在他面前出現，否則當炮灰的機率是很大的。

她走上前去，替他脫了朝服，換上家常的便裝。

鏡中兩人都繃直了身子，屋裡眾人更是大力喘氣都不敢了。

容盼飛快的扣好翡翠扣子，退到後面，秋香遞來一杯熱茶，龐晉川看她，容盼自覺地盯著秋香，被兩大主子盯著，秋香頓時壓力很大。她有點後悔今晚為什麼要給秋意替班了！

「太太，茶。」秋香忍著身上陣陣飛過的飛刀白眼，對容盼道。

龐晉川回過頭看她，容盼整了整心神，接過，素手端上，目光一如往昔溫柔如水。

「爺，您喝茶。」

龐晉川口味刁鑽得很，只吃普洱，容盼卻從不喜歡濃茶。

他面無表情的嗯了一聲，就著她的手吃了一口淡紅色茶湯，問道：「前幾日妳不是給我定了玉扣了？拿回來了？」

容盼眨了眨眼，微微咬牙。「今天午後親自去拿了，只是遇到一人，她喜歡，問我肯割愛不？」

「妳呢？」龐晉川呼吸有些不暢。

容盼惋惜道：「我見她極喜歡的模樣，便先給了她，又叫曹掌櫃另做一套，您看，急用嗎？」容盼小心看他，棕褐色的眸子全部都是他的投影，龐晉川甚至能在裡面清晰的看見自己臉上的不悅。

是，他不悅。

他抿了抿嘴，從香囊中掏出一枚玉扣放在寬大的掌心之中，問她：「可是這樣的？」

看來，他是去了姚梅娘那邊才回來了。容盼拿起細看了會兒，斂目蓋住眼中的冷淡，昂頭笑道：「是，便是這枚，我本想你是喜歡的。」

容盼病好後，林嬤嬤就特別注意在她保養這一塊，如此養了三、四日了，雖還是瘦，但臉色卻比以前嬌豔紅嫩。

龐晉川不覺撫上她的面，粗糙帶著繭子的大掌細細摩擦著，輕聲問：「妳見過她了？」

容盼低下頭，不想讓他看到自己眼中的厭煩。

她從來沒想到會是這樣，和姚梅娘的見面。第一印象，姚梅娘給她的並不好，她不喜歡驕縱的女人。

容盼頓了頓道：「見了，我看她似有孕在身了？」

龐晉川幽眸之中飛快閃過一絲尷尬，在她平靜的目光下，頷首。「六個月，我已告知母親，這幾日本來想告訴妳，但妳在病中。」他突然不想讓她看見自己眼中的狼狽和一絲歉意，龐晉川側身摟住容盼。

是不是所有男人和自己的正妻說起其他女人時都這樣？

容盼其實並不在意。因為她這幾日好不容易勸告自己好好跟龐晉川過日子的心思，因此莫名的輕鬆起來，不用自己逼自己的感覺真好。

她柔軟的雙臂順著他的脖子環繞而上，側臉靠在他胸膛上。

感受他有力的心跳聲，容盼道：「雖有些驚訝，不過這幾日，母親和父親就要回來了，我沒空處理這件事，可能需要往後拖一拖。」

龐晉川道：「妳看著處理就好。」低頭俯身吻去。

看著他越來越近，容盼閉上眼。

屋外忽然響起一聲刺耳的貓叫聲。

龐晉川緊皺著眉，不悅道：「何人喧譁？」

容盼連忙抽離他的懷抱，整著被他壓得有些凌亂的青絲，一邊走一邊問：「外頭怎麼了？」

林嬤嬤趕上來，回道：「太太，是小公子抱了一隻剛出生的小奶貓來，但恰巧進院子時與宋姨娘屋裡的ㄚ鬟撞到了，貓兒被嚇得亂跑。」

一聽是小兒，容盼撩開簾子就往外走，看都不看後頭的男人。

只見小兒也已抓回貓兒進來，眉目彎彎。「太太，是小奶貓，如芬給我的。」

如芬？小兒和那個刁蠻的小ㄚ頭竟能玩到了一起。就容盼知道的，如芬最寶貴的就是她養的一隻波斯貓，聽聞前陣子剛產了崽子，誰來說都不給，誰來說要，定是揮著拳頭打出去。

小奶貓才剛睜眼，喵喵直叫。

容盼小心的捏起，鳥籠裡那隻雪白的鸚鵡撲騰撲騰直鬧。

容盼拉著他的耳朵。「怎麼回事剛才？」

小兒眼睛眨了眨。「沒什麼，就是一個丫頭走路沒看路，衝撞了我。」

容盼不信。

容盼背對著隔間的門，沒看見龐晉川，小兒卻看得清清楚楚，跑上去興高采烈的朝他請安。「父親，這是今天剛默的。」說著掏出一張紙。

龐晉川淡淡點了個頭，將他抱起。「重了些。」又親了親他的額頭。

小兒喜笑顏開。

容盼出去，在外頭問林嬤嬤。「妳看見了？」

林嬤嬤點頭。「哪裡撞了的他？」又道：「宋氏身邊的丫鬟，說是等了咱們那位許久，卻不見人，便過來請了。」

容盼回過頭，往屋裡看去，龐晉川正坐於圓凳上，小兒坐於他腿間，兩人一同看他默的書。

似察覺到她的目光，父子兩人同時抬頭，驚人相似的眼眸一個淡漠一個燦爛。

容盼回以一個微笑，回過頭對林嬤嬤說：「既是如此，該怎麼罰就怎麼罰。」

林嬤嬤明白。「宋氏這幾日動靜不大，但今天喬姨娘已經去求了爺，不過爺沒說什麼，只道聽太太的。」

容盼想了想，抓住她的手囑咐道：「她們二人本就不和，如今更是勢同水火，這些倒不用擔心。只是林嬤嬤，我細想著妳前幾日說的話，宋氏與杏姨娘交好，估摸著有下招，妳需比平日更仔細盯著她倆。」

「知道的，太太。」林嬤嬤又道：「這幾日宋氏經常約杏姨娘在院中閒逛。」

容盼笑道：「我猜想，可能下一個倒楣的會是這個杏姨娘。」

月上中天，夜已深了，龐晉川今晚留下來，沒有要行歡的意思，容盼鬆了一口氣。

他只是從後面將她摟住，納入自己懷中，她能清晰的感覺到他胸膛的堅硬。

習慣了一個人獨睡，每每只要他在，她就睡得不安穩。

感覺到他綿長的呼吸，容盼悄悄的移開他的手，躺到另一邊，想著今早見到姚梅娘的情景。

姚梅娘和姚小姐完全不是一個類型的。

一個楚楚動人，一個大家閨秀。

龐晉川，龐晉川，你的心思到底是什麼樣的？她該把這個姚梅娘當作是新寵還是替代品呢？

容盼好奇的盯著床邊的男人。

他似從未睡般，仍舊閉著眼，嘶啞著聲。「還不睏？」

容盼嚇了一跳。「就睡了。」

容盼覺得他的心思一向難猜，與其把時間浪費在這裡，還不如想好下一步。

她自然還不會那麼天真的以為，吳氏和何淑香的手段就只有這些。

越是平靜下，越是處處伏擊。

第十三章

姚梅娘的事很快因為忙碌的年底在容盼和龐晉川之間消散。兩人好像從未提過這個話題一般，依舊如恩愛夫妻出現在眾人面前。

十二月初二，大夫人回府，容盼和龐晉川親自去莊上迎接。不過月餘不見，她似乎又清瘦了許多，但瞧著精神頭依然充沛，見著他們，含淚拉起笑道：「我的佳兒佳婦。」

龐晉川朝她拜了三拜，感慨道：「兒子迎母親回府過年。」

母子兩人和和氣氣的坐在炕上對話，容盼冷眼看著。這大夫人面上雖親切地對龐晉川親暱，但還不如對她有感情呢。

也是，面對一個冰冷冷的便宜兒子，是誰都產生不了感情的！

十二月初六，在大夫人回府的第四日，大老爺也終於在萬眾矚目中欣欣然回府，容盼站在迎接隊伍的前頭，難得的看見了這個一年才見一次面的公爹。

大老爺叫龐厲官，長鬍鬚，身形健壯，穿著湖藍色道袍，隨他回府的還有一群道士。

容盼只在二門內迎接，大門外的事情倒不太清楚，但聽出去的丫鬟說，二老爺看見大老爺帶回來的道士，當場臉就沈了下來，大老爺卻老神在在地拉住二老爺的手，親切道：「二弟，今年辛苦你了。」

二老爺是個和龐晉川一樣的正統士大夫，平生最厭惡兩件事，一是耽於美色；二便是修道。

容盼私下裡和林嬤嬤吐槽，這二老爺平生對小妾卻最是寵，向皇上進獻丹藥也是最勤的。

由此可見，二老爺果真是時下最炙熱的正統人士，一樣的虛偽，一樣的衛道。

十二月初八，冬至後的第三個戌日。

天大寒，往外潑水立馬就能結成冰，府裡多增了半數的小廝鏟雪和除冰。容盼和龐晉川一起出了朱歸院，她呼著手，纖細的小手凍得又紅又腫，今年毫無意外的又長了凍瘡。

府內有官職的男人都要進宮叩謝皇恩，女眷則留在府裡整治府內。

龐晉川旁若無人的拉起容盼的手，放在唇邊呼了一口熱氣，使勁揉搓著，對她道：「以前我小時讀書練字雙手也時有凍壞，祖父便是這般與我取暖。」

容盼似在他眼中看到難得的動容，但她對於龐老太爺已經沒什麼印象了。

兩人且行且走，多半沒聊天，直到大門外分道揚鑣。容盼等著他的轎子消失了，才收起笑得僵硬的臉，往大夫人院中走去。

「太太，來得正好。」一個綠衣裳的小丫鬟和一紅衣少女迎上前，行了禮。

容盼笑問：「夫人可醒了？」

小丫鬟捂嘴偷笑，對容盼說：「還好您來了，不然奴婢們眼下得過去找您了，太太且進去看看。」

容盼撩開門外鏨銅鈎上懸著的大紅撒花軟簾，跨進門檻，進了內間。

南窗下是炕，炕上大紅氈條，屋裡暖和極了，沒點香，卻有一股淡淡的水果香。一個大鐘靠著牆，下面有個秤砣搖搖晃晃，容盼繼續往裡走，見大夫人張氏戴著秋板貂鼠昭君套、圍著攢珠勒子站於穿衣鏡前，兩邊丫鬟侍候著，蔡嬤嬤也蹲著替她捏裙角。

張氏見她來，笑著招手。「過來孩子。」

「請太太安。」

容盼跨進門檻朝她先行了個萬福，餘下丫鬟婆子也朝容盼行禮。

容盼手虛抬，張氏看她道：「我許久沒穿這些勞什子了，妳且替我看看，可有哪裡不對？」

因今兒個是臘八，是祭祀祖先神靈、祈求豐收吉祥的大日，須得長房長媳親自主持，故以她今日格外鄭重。

容盼替她上上下下細瞧了一番，道：「這玄丁香色織金的裙雖好看，且不如換一條大紅洋縐銀鼠皮裙來得華貴。」說著又指著金簪笑問：「母親怎麼不戴我送的五蝠捧壽簪？」

張氏這才恍然。「便是你們這些年輕人會打扮，經妳這一提點倒是好多，妳以後且多來我屋裡與我說說。」說話間的工夫蔡嬤嬤已經捧著裙子和簪子上來，張氏見了又笑道：「我身邊便也只有她最合我心意了。」

容盼捂嘴彎眉，含笑看向蔡嬤嬤。

蔡嬤嬤五十出頭，比張氏大上五、六歲，顯得富態。

張氏說：「以後若是有事，妳可與她商量了去，且知？」

容盼知曉這才是主題，連忙應道：「知了，母親。」

蔡嬤嬤精明地打量著她，眼中露出淡淡的喜歡。

主母祭祀一年僅一次，加之這次是張氏與容盼一同帶著府中眾人，因而較往年盛大。

張氏領著容盼踱步走去。

累絲金鳳簪、碧玉金步搖、玄色鸞鳳穿花羅袍、鵝黃縷金裙，容盼在眾人的目光中昂頭走過。

僕婦紛紛拜在地上，請安。「請大太太安，大太太萬福。」

容盼斂目，在大夫人身邊坐下，看向張氏，張氏目光如炬，面色嚴肅，微微頷首。

容盼虛抬一手。「皆起。」

眾人異口同聲跪了再拜，這才起了身。

待眾人起來時，二夫人吳氏才帶著何淑香姍姍來遲。

二人穿得亦是華麗，甚而吳氏鋒頭蓋過了張氏，只一個氣焰掠奪，一個波瀾不驚。

吳氏笑問：「今日來遲了些，但還未到吉時，主母不會怪罪吧。」何淑香朝容盼二人行了個禮，帶著散漫。

眾人皆至，唯她二房女眷獨獨遲到，不是不敬祖宗，而是沒把大房看在眼裡。

張氏神色沈凝地盯了吳氏一眼，冷淡道：「二弟妹雖遲，但妳年紀已大，自是沒什麼，妳家的兒媳卻要管教，如此目無祖宗尊長嗎？」

何淑香連忙跪下，委屈道：「大夫人不知，如芬今早著了涼，是以來遲了，還望夫人寬恕。」

亭下鴉雀無聲，眾人紛紛盯著兩邊鬥陣，對吳氏婆媳，他們在她們淫威之下許久，此番哪裡敢出頭？

只等著望著風聲，看哪邊風颳得強勁，就往哪邊倒。

容盼冷眼旁觀，上前到張氏耳邊。「母親，吉時已到，該捧碟了。」

張氏心領神會，對吳氏道：「既是如此，二弟妹，妳便來侍候吧。」說著領著眾人往正殿走去。早前已經開了宗祠，著人打掃，供器早已收拾好，又請了主神，打掃好了上房，只待懸供祖宗的遺真了。

吳氏微咬住牙，眼中幾近噴火，死死地盯著容盼的後背。「這個死丫頭！」

年年祭祀她都要落於張氏之下，心中如何能甘！

何淑香起身扶著她。「母親。」

吳氏怒瞪而去。「妳是個沒用的，就不如她會說話嗎！」

「吉時到——」禮樂聲響。

各位龐家祖宗依次列席，牆壁上正居中懸著龐家祖先遺像，皆是披蟒腰玉。

張氏帶著眾人一一捧碟。

先是素盤，裡頭裝著素菜，由後往前依次從家中最小媳婦傳進，到何淑香，到容盼，到吳氏，最後由張氏捧碟進奉祖宗。

後是葷菜，如此一一捧了十來桌，張氏才拈香下拜，眾人方一齊跪下，階上階下兩丹墀內，人塞得無一隙空地，場面極為肅靜，只聽得鏗鏘叮噹，金鈴微微搖曳之聲。

張氏與吳氏一句話都未有，容盼本就不是話多之人，何淑香想講話，但見三人如此，也只憋著心中一團怒火。

祭祀完畢，眾人退到正房花廳內，按輩分敬茶。

張氏為當家主母，坐於正堂，容盼站於她身旁。

吳氏立在堂下，捧過一盞清茶遞給張氏，咬著牙一字一句迸出。「大嫂請用。」

張氏接過，抿了一口。「二弟妹辛苦了。」蔡嬤嬤立馬上前打開手中一精緻盒子，裡頭是一支仁風普扇簪。

吳氏不甚在意，看都不看一眼。

待到容盼捧茶給張氏，滾燙的熱茶摸著連杯壁都是燙，容盼跪於暖墊之上，雙手高舉。「母親、二嬸吃茶。」

張氏嘴角帶笑，慈愛地望著她，吃了一口，親自送了仁風普扇簪。「妳且要為大爺開枝散葉、教養子女。」

容盼應下，秋香連忙上前收好禮物。

待吳氏吃茶時，她正要接過，若有所思地看了容盼一眼，只這一眼，端茶的手忽地一錯，滾燙的茶水劈頭蓋臉澆下。

眾人驚呼，連忙上前詢問。

「沒事，沒事。」好在容盼退得快，只是燙了手，撩開袖口，手掌上紅了半片，起了水泡，注意到張氏焦急的目光，容盼安慰道。

「怎麼這般不小心！」吳氏冷著臉喝道：「便是長媳怎如此毛躁？」

何淑香笑道：「大嫂許是見著母親緊張了吧，呵呵。」

容盼目光幽幽往二人臉上一轉，又落在張氏身上，見她未出言幫忙，便知她在看自己如何行事，眼下對吳氏又再一拜。「且嚇著二嬸了，是姪媳的不是。」說著又忍著痛給她敬了一杯。

眾人目光紛紛落在那杯微溫的茶水上，吳氏嘴角一抿，揮著手，一個丫鬟上前遞給容盼一個裝著羊脂色茉莉小簪的盒子。

容盼含笑接下，斂目起身，去了後院用涼水沖手背。

因耽擱了下，手上已起了水泡，密密麻麻一大片，剛燙下還不知覺，眼下卻生疼得緊。

秋香含淚給她抹了膏藥，氣道：「二房也太欺負人了。」

容盼只道：「等會兒回了屋，用針幫我把水泡一一戳破。」

「豈不疼死了？」林嬤嬤有些猶豫。

容盼說：「哪有那些時間給我好好養著？過來臘日便是年下，各府的夫人禮品都要一一打點，我還需與他親自去他幾個上司家中送年禮。」

吳氏這一燙給她惹了多少麻煩！

雖知，吳氏是故意的，但剛堂上人那麼多，她若發起脾氣，便是死一百次眾人也道她是悍婦；若是單靠張氏救場，她以後又如何服眾？

吳氏，吳氏！

容盼稍整衣冠，換了一套鬆髻和臥兔（注），耳邊戴了青寶石墜子。

張氏見她回來，問：「可有事？」

容盼藏起手背。「無事，讓母親和二嬸擔心了。」說著似笑非笑地看向吳氏。

吳氏道：「如此，以後小心些，接個茶都不清楚嗎？」

容盼合眼。「是，謹遵二嬸教誨。」

說罷，坐於張氏右手下，由何淑香敬茶。

「大嫂請。」何淑香端上，她站著有些遠，容盼不得不伸手來接。

一瞬間，她掩蓋的手背，裸露於眾人眼前，耳邊抽氣聲不絕，密密麻麻看著讓人噁心。

容盼似有若無的看了她一眼，面無表情接下，袖口越發拉開了，何淑香幸災樂禍。

她袖子拉得越來越開，茶到手了。

容盼忽吃痛一聲。「哎。」

眾人看去，她端茶的右手一個哆嗦，滾茶頃刻間潑向何淑香的臉。

何淑香捂著臉滾到地上殺豬一般的大叫，滿地的打滾。新做的大紅錦襖、柳黃金錦裙瞬間沾染灰塵。

吳氏驚叫。「淑香！」

容盼被眾人擠到後面，慢條斯理的拉下袖口，掩蓋住滿手的水泡，已經面色平靜。

幾個看得真真切切的女管事，不由得打了個冷戰。

林嬤嬤上前問：「太太沒事吧。」

容盼搖頭，她從來不會姑息敵人，吳氏她暫時無法，難不成何淑香還想爬到她頭上？

何淑香不該挑戰她的耐心，她若是要下手，這公府之大，何淑香真以為就固若金湯萬無一失了？

湘掬院中，婢女來來往往送來涼水。

何淑香躺在榻上殺豬似的不住叫喚。龐晉龍扶著吳氏進屋，臘梅連忙迎上前，行萬福。

「夫人、二爺萬福。」

臘梅是何淑香屋裡長得算是稍有姿色的婢女了，龐晉龍不由多看了她兩眼，惹得榻上何淑香沈下臉來。

吳氏略顯得著急，問：「妳家太太如何了？可千萬別毀了容才是。」

一旁聽著的龐晉龍咧嘴諷刺一笑，她哪裡還有容？不過是一武將之女，占著她家是雍王的親信，讓雍王親自來保媒，害得他不得不娶她！

這個妒婦，竟還不許他納妾！

龐晉龍比龐晉川小三歲，五官與他相像，卻比龐晉川長得秀美。他似剛睡醒的模樣，寶藍色袍衫鬆垮垮的掛在身上，趿著鞋後跟。

注：臥兔，皮帽的俗稱。

何淑香一見兩人來，連忙讓人放下床幔，哭道：「母親，二爺。」

吳氏坐在床榻邊，要撩開看看，卻被她攔住，吳氏輕聲道：「好孩子，快給娘看看，莫要留了疤痕才是。」

龐晉龍不由得也跟著探頭，心下不住好奇。

不知成什麼樣了？

「母親，兒媳無顏見您。」何淑香抽噎著，吳氏蹙眉，連叫臘梅給掀開。

臘梅有些猶豫，不知聽誰的，最後還是吳氏親自上前撩了一半的床幔，這才掀開一角，只見裡頭半露出黑黢黢紅丹丹的一臉，從左臉側一直到下顎，好不恐怖。

龐晉龍厭惡極了，只看了一眼連忙轉頭。

何淑香滿心都是他，見他如此，心下不由大慟哭喊著：「顧氏！顧氏害我！」

吳氏剛開始也是驚恐，一聽她說容盼，沈下臉捶榻。「這個賤人！」

何淑香翻滾著從床上爬起，拉住吳氏的手。「母親、母親，顧氏如此定是在報復您先前對她的行徑，可見她心思狠毒。以後若是她當家，絕對不能容您我二人了！」

龐晉川的奶娘李嬤嬤恰巧撩簾進來，手上遞上一盒藥膏。「夫人，太太。這是朱歸院送來的，說是大太太手燙得厲害，無法來探望二太太，特此送上藥膏，對燒傷祛疤最是好。」

吳氏厭惡地瞅了一眼，何淑香一把手抓住，狠狠擲向窗外。「她如今還要做什麼假惺惺！」

李嬤嬤不悅地低頭，卻仍問：「夫人可要去看看大太太？聽聞朱歸院的丫鬟說，大太太的手化了膿，整隻手紅得厲害。」
吳氏冷哼。「她的好手段，哪裡需要我去看？她若死了，最得我心意了！」
李嬤嬤聞言，想了想勸道：「夫人，如今大夫人也在那邊，若是不去豈不讓大夫人越發拉了大太太去？且大太太送來了藥膏，先低了頭，咱們何不就此下臺？」
何淑香最不能聽到的就是有人幫著容昐，眼下哪裡能容李嬤嬤說完話？伸手啪的一聲就蓋了一巴掌到她嘴上，一頓臭罵噼哩啪啦從嘴裡跟豆子一樣迸出。「好個賊僕婦！別仗著當年妳奶過大爺，就真當自個兒是個人了！妳家大太太如今是大房的人，眼中哪裡有母親？哪裡有二爺？妳若是想給顧氏說好話，以後揀了高枝飛去，莫怪我和母親容不得妳一個棲息的地！」
吳氏眉頭淡淡一皺，本不高興她當著自己的面打她的人，但聽她後面一句話說出，心頭猶如涼水傾盆而下，瞬間打了個激靈。
大爺和大太太，是大房的人！
李嬤嬤被打了個悶，一側的髮絲全部散了下來，卻不敢縮。
龐晉龍不悅道：「何氏，妳也太過放肆了，李嬤嬤怎麼說都是母親身邊的人，哪裡容得妳打罵？」
何淑香翻臉就扯了帕子撒潑滾起來。「二爺便是喜新厭舊了，母親可要幫幫兒媳，若不這樣，我今晚就得死了，好讓二爺重新娶個人回來！」
吳氏瞪了兒子一眼，拉著她的手拍道：「莫要擔心，他不敢。」

龐晉龍縮了頭，乾脆攤手。「好好好，我說什麼都是錯的，那我不說得了。」說著走到床上，往那兒一躺，二郎腿一蹺，搖著腳。

「你，你……」何淑香一句話竟哆嗦著說不出來，指著他又是氣又是急。

吳氏拉住她的手，搖頭。「好了，他不是那種人，妳和他置什麼氣？」說著又看向李嬤嬤，極不耐煩。「妳且下去吧。」

「是，夫人。」李嬤嬤肅手退下，出去時，忍不住抬頭看了一眼自家的主子。

真是沒福氣呀，明明大太太性情是那麼好的一人，偏不被她放在眼裡，時不時的就想著如何敲打，可真是把珍珠當了魚眼，魚眼當珍珠了。

何淑香見她走了，回過頭怨毒地道：「母親還看不出來嗎？顧氏今天如此對我，便是對母親有了怨氣撒在我身上，可見平日裡壓根兒就沒把您放眼裡，如今您親兒子、親兒媳也就剩下二爺和我了啊。」

吳氏猶豫了下，拍著何淑香的手一頓，看向床上哼著曲的兒子。「她……她還不敢。」

「母親，您可看錯她了。再說咱們家老爺哪裡比不得成日就會修道的大老爺了？您哪裡又處處比不得那個大夫人？何必要忍氣吞聲這麼多年？」何淑香語調飛快。

字字句句直撞吳氏胸口。

吳氏緊拉住拳頭問。「妳要如何？」

何淑香眼中極快的閃過一抹陰森。「把大爺拉下來，那大房就什麼都不是了。」

龐晉川經營多年，若要將他拉下，那定是嚴重的過錯，除了不能襲爵之外，他的仕途基本也算完了。

「這……」

吳氏閃了閃目光，何淑香緊緊捏住她的手。「夫人，您甘願一輩子都為大夫人捧碟嗎？當年您送宋氏給大爺，又奪走顧氏的親兒，她早就對您心生怨懟，若大爺掌權，顧氏定能讓咱們不得好死的！」

吳氏瞳孔猛地一縮，想起那個冰冷冷的大兒子。

一陣冷意從心頭爬上。

「二爺、二爺，您過來。」何淑香叫龐晉龍過來。

龐晉龍耷拉著一對桃花眼，腳步略虛的走來，一屁股坐在她身邊的榻上，抱怨。「叫我做甚？我都快睡了。」

何淑香笑笑問：「二爺，若是您襲了國公府的爵位，您當如何報答母親？」

龐晉龍眼一亮。「大哥經營了這些年也不過才四品，我若襲爵了，定是讓母親風風光光做一品誥命夫人！」

吳氏兩頰有些紅，不知是給這屋裡的熱氣給熏的，還是聽龐晉龍的話給激動的，她哆哆嗦嗦拉住龐晉龍的手道：「兒啊，娘只有你一個兒子了，你定要給為娘的爭一口氣啊！」

龐晉龍不甚在意，嬉笑著：「母親放心，大哥能做的我也都能。趕明兒我便求父親替我謀一個好差事，戶部南北檔房的活兒我都做膩了，又沒個什麼油水撈。」

何淑香滿眼只看到了她的丈夫，她問：「二爺謀劃什麼職務？」

龐晉龍笑道：「兵部的武選清吏司專管人員調動，倒是個好差事，父親與兵部尚書大人不正交好嗎？」說著對吳氏道：「母親且看著吧，我定會做得比大哥還好上千倍百倍！」

吳氏打了個哆嗦，對他們兩人道：「那，那你們大哥的事……你們就看著辦了吧。」說罷，起身，匆忙之間撞倒了雕漆痰盒。

何淑香心滿意足的望著床頭的白梅。

她起身摘下一朵，放在鼻尖輕輕嗅著，忽眉毛一挑，整朵白梅被她搓成細渣。

顧氏，我要妳從此被我踩在腳下，此生永不得翻身！

朱歸院中，容昐手上的水泡被一一挑破。

膿水黏黏答答煩得膩人。秋香替她打了一捧微涼的水，容昐伸手將整隻手浸沒其間，刺痛得厲害，她倒抽一口氣。「嘶——」

「疼嗎？」林嬤嬤心疼問。

容昐安慰道：「也還好，剛開始有點疼，眼下好了許多。」說著目光看向秋香。「藥膏送去了嗎？」

秋香沈下臉。「秋意送去的，她特意等在外面，李嬤嬤出來說二太太給扔了出來，秋意看她頭髮都鬆散了，嘴角好像也被打了。」

容昐稍頓，哦了一聲。

意料之中的事，何淑香若是收下這藥膏，那她就當以前的事沒發生過，若是不肯收下，那就再來鬥一鬥吧。

她不會蠢得認為，何淑香這頓脾氣發得情有可原。

何淑香做了什麼，她自己清楚，若是還想在她這裡拿喬，那別怪她下手。

秋香又給她換了一盆溫水，撒了藥粉進去。

容昐浸泡下去，這才感覺一陣陣揪心的疼痛。

也不知道這是幾度燙傷了。

容昐站著有些累，讓秋香給搬了一張椅子，獨自坐下，看著發紅的手問：「嬤嬤，妳把東西交給李嬤嬤了嗎？」

秋香奇怪地看了兩人一眼，剛秋意去見李嬤嬤，為何太太不讓秋意給？

林嬤嬤抿著嘴。「太太，給了。」

秋香問：「給了什麼？」

容昐似笑非笑地看她一眼，看向自己的手，感慨道：「妳們的手還是乾乾淨淨的吧。」

穿越的第七年，她變了很多，可現實不由得她軟弱。

龐晉川，她不能指望什麼，兩人同床異夢就好，再多她也給不起了。

她一切只能靠自己，既然何淑香有膽子給她下藥，那就不要怪她依葫蘆畫瓢。

何淑香是厲害，能把自己屋裡的人安排得密不透風，那些個丫鬟哪個不是服侍她七、八年，甚至還有許多是從娘家帶來的？

她是安插不進人，可李嬤嬤呢？她在龐國公府亦是經營多年了。

容盼冷酷笑道：「若非人不知，除非己莫為。」

不過她也沒有何淑香那麼狠毒，她只是讓李嬤嬤把活血消腫的藥換成既不會消腫卻也不會毀容的藥膏，延遲何淑香恢復。

她需要的只是時間，對付宋芸兒的時間。

一盆溫水很快涼掉，容盼接過軟帕擦拭雙手。

「小公子，小公子，別跑。」秋意的聲音，連秋意都攔不住他，看來是已經知道了。

今年她時運不好，發了一次燒瘦了不少，又被燙了手，如今這纖細無肉的手指扎破了水泡後，坑坑窪窪一片，就是她自己看了都覺得厭惡。

容盼沾了藥膏細細塗抹上去，正想今晚如何跟小兒解釋，忽聽得外頭一陣喊叫。

她連忙將手藏入袖口，林嬤嬤趕快拿了一塊白色絲布替她蓋上，打了一個結。

剛做好，只聽小兒喊：「太太！」

容盼抬起頭，不知他站在那裡多久了，看到這隻醜惡的手了沒？

只是她許久沒見小兒哭了。

容盼朝他笑道：「你來啦？」又問：「今天沒跟先生讀書嗎？怎麼這麼早就下課了？」

小兒臉上都是汗，身著湖綠色的袍衫，膝蓋一處似還沾了雪水，顯然是從課堂上疾跑過來，摔了一跤的。

他進門，飛快的走到她跟前站定。

小兒只到她大腿高一些，卻昂著頭目光灼灼，拉住她的手，用極冷的語調問她：「太太，有人欺負妳了？」

她忘了，小兒容不得任何人碰她，就連龐晉川都不可以。

容昐在想，要是長汀沒有養在龐晉川身邊，那該有多好啊？可現實從來不是一帆風順，龐晉川也不會和她談什麼母子情分。

在這個公府，是權力滋養的母床，沒有權和勢就不要妄想談感情。

龐晉川是這樣，她也是這樣，但她在小兒身上付出了什麼，龐晉川可能永遠都不會理解，可她的兒子會懂。

在大多數人而言，小兒是個難纏的人，他的性格更像龐晉川，喜歡追究到底。

容昐為了應付他，往往要花掉很多時間。

可吳氏這件事不一樣，她不需要長汀的衝動，她自己能解決了。

「沒有，沒被欺負。」容昐蹲下身，笑咪咪地望他。

小兒卻不語，手臂一揮擦乾淚，板著臉走上前抓住她的手。容昐縮回手，並沒有打算給他看這個傷口，因為連她自己都覺得醜惡的東西，怎麼會給他看？

只是這樣一來，他連嘴角都耷拉下來了。

「我就看看。」小兒道。

容昐小心的問：「你別生氣？」

他嗯了一聲，既不表示肯定也不表示否定，只是依然固執又認真的解開那塊白帕，打開，纖細瘦弱又滿是坑窪的肌膚映入他眼中。

小兒呆住，臉色漸漸下沈。

容盼忽然覺得此刻的小兒身上有一種莫名的氣壓，她忍不住安慰道：「是我不小心燙到的，你看就是紅了一點皮，不礙事。」

小兒低著頭，無聲的翻轉著她的雙手，檢查得認真又仔細。

「妳不要騙我！」小兒似一頭小獸忽然朝她低吼，小小的雙肩微微顫抖。

容盼不由得長嘆一口氣。

小兒不同於他年齡的成熟，讓她莫名的感到辛苦和安慰。

「是二夫人！」

小兒眼眸中布滿陰霾，只有那日龐晉川誤推她時曾見過。

容盼不由得拉住他的小手，僵硬笑道：「你別生氣。」她真怕他發火。

小兒推開她的拉扯，小臉憋得極紅，赤紅了的雙眼緊緊盯著她，不斷的倒退，直到了門口，容盼尖聲叫住。「小兒，你要去哪裡！」

他猛地回過頭，似困獸一般低吼。「妳不要把我當成傻子！」

他做的所有一切都是為了她，為了他的太太，對父親屈服也是為了她，可是今天，當他發現原來他是如此的弱小，這叫他如何能忍？

容盼眼眶不由一紅。「走，走，走，你快走！走了你就不要回來！」

小兒回過頭不敢置信地看她。

兩人爭吵的聲音引起眾人的注意，秋香趕忙推門而入，見了小兒連忙哄著：「小公子，太太她……」

小兒從齒縫間極輕的迸出。「滾……」

只這一句，一股涼意爬上她心頭。林嬤嬤趕緊從外面進來，拉著秋香往外走，臨行關上門時不由得看向容盼，只見她臉色慘白，眼淚簌簌地往下滴，也不說話，就死死看著他。

林嬤嬤不由得嘆了一口氣。

屋門從外關上，連最後一點流洩進來的金色陽光也給隔絕在外。

母子倆就這樣對立站著。

容盼先開了口，問他：「你打死了她們，你也得死！你死了，叫我怎麼活？」說到後面語氣已是顫抖。

她做的這一切都是為了誰！為了龐晉川？還是為了這顯赫的公府長媳？若不是生了他這個冤家，這個龐國公府有什麼地方值得她留戀的？

小兒緊拽住雙手，黝黑色的眸子閃過一絲複雜的神色。

「小兒，你過來，我站不住了。」容盼朝他伸出手，哄騙著。

他猶豫了下，見她的身子晃晃悠悠似紙飄一般，終忍不住也再捨不得生她的氣。

「您不許叫我走！」小兒不夠高，扶她坐下時，突然倔強的出聲說道，還在為剛才的事情生氣。

容盼明亮的雙眸望著他，仔仔細細，從還很薄淡的眉，到黝黑濃墨的雙眸，再到薄涼的唇，他像龐晉川，卻是她的小兒，容盼抹著淚又笑又哭道：「是。」

「我可以給您靠。」小兒坐在她身邊，挺直了胸脯，像極了好鬥的公雞。

容盼莞爾，神情專注。「是。」

她溫柔的目光讓小兒的眼睛有些酸，最後的最後，他說了句。「我不喜歡您騙我。」

這像是壓垮容盼的最後一根稻草，她忍不住轉過身，悄悄擦掉不斷溢出的眼淚。

他明明還這麼小，卻因為龐晉川的私心和她的痛苦逼迫著長大，如此瘦弱的雙肩已經過分地扛起太多壓力。

「您別哭，太太。」小兒見她哭了，不由覺得委屈。

容盼腫著眼，轉過臉，看了他許久，破涕為笑。「你才哭了，不信你說你眼睛怎紅了？」

「我沒！」小兒站起，不由大聲。

容盼似笑非笑看他，眨眨眼。「小兒，我不願做你的絆腳石。」

很是鄭重的話，卻用著略顯俏皮的語氣，小兒忽地一愣，低下頭，握緊拳頭。「您才不是……絆腳石。」

容盼忍不住抱住他，將他安放在自己膝蓋上。「是，所以要相信我。」

他不知道，因為有他，她有多欣慰，所以她不能讓小兒背負上忤逆的名聲。

不要衝動。

容盼吻上他明亮的雙眸，小兒忽然感受到，她身上那股堅定而又溫暖的力量。

這撫慰著他，漸漸平和。

送走小兒，傍晚，容昐晚飯沒有吃多少。
主要是太累了，之前一直準備著祭祀的大典，精神緊繃，然後算計著處處小心，到小兒這邊時，她已消耗得太多。
林嬤嬤問：「怎麼也要吃個小半碗，哪裡就見跟小雞啄米似的吃兩口就放下了？」
容昐正搽藥，聽她念叨，覷了秋香一眼，秋香剛開始還能當作沒看見，後被她看得多了，只得硬著頭皮找藉口道：「其、其實也不是每天總想吃飯的，就比如我……」
林嬤嬤停下手上的針線活看她。
秋香立馬轉移話題。「太太，塗了藥好多了吧。」
容昐彎彎眼睛。「好多了。」
真是個聰明的丫頭。
屋裡氣氛極好，沒點香，卻獨有一股檀香味。
是剛大夫人派人送來的傷藥，加入了檀香，說是安神最好。
容昐不免佩服大夫人的處事仔細，如此的人若非有七竅玲瓏心又如何能在公府屹立不倒呢？
她正想得出神，忽聽外頭秋意道：「爺回來啦？」緊接著一陣窸窸窣窣的聲音，容昐正要站起來，龐晉川已經撩開門簾走進，面色暗沈，顯得心事重重。
她很少看到龐晉川這樣，如此看來是遇到難以解決的問題了。

「下去。」秋香上前服侍他更衣，龐晉川冷冷盯了她一眼道。

屋裡秋意、秋涼都在，眾人連忙下去，很顯然替他換衣服的事就落在了容盼身上。

真是人倒楣起來喝水都塞牙。

龐晉川衣物做工的繁瑣，全套換下來都得要一盞茶時間！

容盼咬咬牙，只得上前。

龐晉川眉頭依舊緊蹙著，見她上來淡淡一望，從懷中掏出一封信來遞給她。「這是兄長來的信。」一邊說一邊替自己解鈕扣。

這玉質的鈕扣終究還是上了身，秋香只要一看見，就恨得牙癢癢。

容盼卻不以為然，既然當初她選擇將鈕扣轉讓給姚梅娘，就說明她對龐晉川的感情早已看開了。

她的立場很早就擺明。

容盼將信接過，隨手放在圓桌上，上前替他解扣子。

龐晉川挑了挑眉問：「妳不先看？」

容盼笑道：「先服侍您吧。」龐晉川聞言臉色回暖了不少。

其實，信件很私密，她還是喜歡一個人私下查閱。

他的扣子依舊難解，容盼解得雙手都顫了。

龐晉川面容平靜地看著鏡中自己，說道：「信中，兄長要妳十六日進東宮陪太子妃娘娘。」

東宮！

容盼心底微微一動，終於知道龐晉川為何今日眉頭緊鎖了。

太子那邊已經開始要龐家站隊了嗎？

她沒想到事態已經發展到了這種局面。

「您看了信了？」容盼壓下心頭的驚詫，平靜問。

「沒看，回來的路上兄長跟我說了……」龐晉川終於回神了，才打量到她今晚穿了一件玫瑰紫緞子水紅錦襖，繡了繁密的花紋，不是高領所以露出她修長的玉頸，整個人恰如一枝傲立雪中的紅梅，嬌豔無比。

再往下，忽地眼神凜冽一瞇，抓住她的手腕，呵問：「怎麼回事？」

容盼斂目，低聲道：「沒事，只是不小心燙著了，不是什麼大事。」她微微用力，將手從他手中抽出。

龐晉川沈默許久，知道她今天去捧碟，答案不言而喻，他沒有再追究，只道：「十六，妳便準備入宮吧。」

「嗯。」容盼抬頭亮晶晶地看他。

龐晉川低頭看著她許久，忍不住摟住她纖細的腰身，將她緊裹在懷中，吻上她光潔的額頭。「雖然不用和妳客氣，但是還是要謝妳。」

容盼腦中第一個冒出的想法就是：龐晉川誤會了！

他以為她不說這件事，是為了不讓他難做？

這算是附贈品嗎？

容盼僵硬的身子漸漸放軟，燙得發紅的雙手漸漸摟上他堅實的腰部，冷漠著眼神，笑道：「我們是夫妻，我自是要處處替您多思量。」

龐晉川放開她，緊盯著她的雙眸，彎下腰將她一把攔腰抱起。

容盼趕忙攀上他的脖子。

龐晉川抱得越發緊，往內間的床榻走去。

知道等著她的是什麼，容盼咬住牙，閉上眼，感受著身體被放在軟被之上，他的大掌抽開碧玉簪，屬於他的氣息撲鼻而來……

男人的感動，從來都是廉價的。

來得快，去得也快，早在兩年前她就知道了。

所以就算現在龐晉川再怎麼捂，她也熱不了了……

如果當初，龐晉川有今天這樣子的一半對她，那也不至於讓她對他心生怨懟。

他們也不會走到今天這一步。

容盼為自己當初這麼容易滿足而感到不值，可如果再給她一個選擇的幾會，她寧願自己從來沒有愛過這個男人。

如今她終於從這場惡夢中清醒過來了。

只是再回頭，覺得這些年竟跟白過了一般。

第十四章

睡到半夜，容盼被林嬤嬤叫醒。

屋外狂風四作，連續放晴了幾天，終於又花花的下起了雪，皚皚的白雪壓滿了樹枝，似乎大聲高呼就能引發積雪簌簌滾下。

在這樣的寒冬深夜，再次引發了長灃的氣喘。

阿蓉在外間床榻上守夜，忽然聽到一陣噼哩啪啦的聲響，撩開湖藍色的撒花軟簾才驚覺長灃滾出了床鋪，渾身冰冷，怎麼叫他名字都叫不醒。當下連忙叫人告知了這邊，又叫人去請了太醫。

容盼聽完，連忙披了一件素色斗篷要出去，龐晉川被驚醒，赤裸著胸脯走下床，踏在鬆軟的毛毯上，嘶啞著聲，不悅地問：「怎麼了？」

容盼面露焦急。「大兒又病了，我得去看看。」說著要走。

不料龐晉川在後面拉住她。

容盼下意識甩開手，卻聽他道：「我與妳一起去。」說罷飛快的取了衣鈎上的貂皮大衣，隨意一套，走到容盼身邊，容盼飛快的替他扣好扣子，兩人急走出門。

出了門，迎面就被一股冷風颳得兩頰刺痛，領口袖子口一味的灌風，容盼不由得打了個寒戰。龐晉川回過頭，大衣一撩，將她牢牢鎖在懷中，左右一望。「晚上沒人會看見。」

身上頓時暖和了不少，容盼心下著急，也不想扭捏，兩人一同嘎吱嘎吱地踩著白雪往長灃的院子趕去。

到了那邊，從糊著秋香色軟煙羅的窗戶中看去，太醫已經到了，容盼連忙跟著阿蓉從偏門走，龐晉川撩了簾子就進去。

等容盼轉過一道小門走進時，太醫似乎已經問好脈，龐晉川負手詢問：「可是氣喘？」太醫回道：「是。」

龐晉川沈默了許久，容盼有些焦急地想進去，卻被後頭的林嬤嬤拉住，見她板著臉搖頭，容盼無法，只得隔著軟紗看去。

有外男在，女眷不便入內，便是上次長灃病中她也是隔著捲簾詢問，如今有龐晉川在更是沒有可能。

龐晉川似乎在看床上的大兒，緊蹙著眉，不知在思考著什麼，屋內鴉雀無聲，直到過了一會兒才聽他淡淡開口問：「如此下去天壽如何？」語氣又是一貫的冷漠。

太醫想不到他會問出這句話，一怔，看向床上的大公子。

此兒不似同齡孩童，偏於瘦弱，面色鐵青慘白，四肢軟綿，加之常年舊疾難除，如此下去若非經年保養，定是天壽難續，過早夭折。

太醫自是不敢跟龐晉川說這話，琢磨了會兒用詞，謹慎開口回道：「大公子自是福壽，只是學生醫術有限，若想保常年無虞還需精心調養。」

龐晉川默然許久，眸光閃動，複雜異常。

不問是否嚴重、需要吃什麼藥，也不問需要多少天病情才可平復，而是問天壽如何。

容盼意識到，龐晉川這話問出口，便是表明縈繞在他心頭許久的人選，即將決定！

她站起，神情越發專注。

林嬤嬤低聲叫：「太太。」容盼沒回頭。

龐晉川目光稍稍一掃容盼站著的角落，抿抿嘴，太醫連忙低頭斂目，知道那裡站著什麼人，目光哪裡敢往那邊瞧？

只見龐晉川向前走了幾步到床邊站定，俯下身拉開長灃的袖子，僅剩皮包骨的瘦小手臂展露在他眼前。

很明顯小兒是比他更適合挑起大樑的人。

龐晉川微不可察的嘆息，兩片薄唇上下一開。「如此……」

屋內眾人莫不注意著他，容盼目光複雜，雙拳緊握住，上前一步。

他無什麼感情，道：「便好好養著既是了。」

角落邊砰地一聲似乎有什麼重物摔在地上。

太醫下意識看去，只見那裡紗幔後一個妙麗的身影若隱若現，他不由多看了兩眼，待收回目光時，卻發現對面男主人板著一張臉盯住他，然眼底的那抹陰冷讓人心底不由得陣陣發涼。

像蛇爬上肌膚，吐著紅豔豔的信子，太醫後背一陣冰涼，慌亂間作揖。「大、大人若是無事，學生便告退了。」不覺掏出白帕拭額。

龐晉川頷首，看他離去才收回目光往角落處大步走去。

撩開紗簾，先入眼中的是倒地的椅子，一群奴婢早已退避三舍，只餘一個老婦守在她身邊。

見她白著一張臉站著，龐晉川動了動嘴抱怨。「妳怎麼回事？」

容盼神色複雜，指著椅子，慌亂道：「不小心撞倒了。我……我去看看大兒。」

她要走，龐晉川截住她，他眸色幽深，很平靜的說：「妳明白我的意思。」

容盼斂目，昏暗的燈光下看不清她的神情，搖搖頭。「我不懂。」

「妳與我都喜歡小兒。」龐晉川深深看她一眼。

容盼覺得龐晉川在拉著她的手要她一同把長灃推下絕境！

他是小兒的父親，難道就不是長灃的父親了？

她都不知道他的心到底是黑的還是根本就是石頭做的！

為了他的仕途和公府的利益，他可以捨棄所有對他沒有利用價值的人和事！

長汀是次子，只要長灃在他就無法襲爵，若要繼承龐晉川，只有一種可能。

那就是長汀成了嫡長子。

那長灃呢？長灃若不死，他即便活著一天也注定要襲爵！

現在兩個孩子都還小，可若是有一天，長灃阻礙到了小兒……龐晉川這樣的人。

容盼莫名其妙的打了個寒戰，一股密密麻麻的恐懼侵吞著她的神經。

她不由得逃開他的手，拒絕。「不行。」

龐晉川盯著她，收回空虛的右手背於身後，沒再言語便徑直出了門，在跨出門檻時，他突然回過頭，似乎有些火大，低吼：「妳且要記住，妳先得是龐府的長房長媳……」指著大兒。「而後，妳才是長汀的母親，還有……他的母親。」言盡，捲袍而出。

屋外冷風灌進，打得床幔沙沙直響。

容盼不覺得冷了，她搬了一張椅子，呆呆地坐在大兒床邊，替他捏好了被子瞧著，她從來沒有哄過他睡覺，原來大兒長得這般小。

「太太，夜深了，要回去嗎？」林嬤嬤上前詢問。

容盼噓了一聲。「讓我想想。」

她對長灃的感情是複雜的，她從未在他身上盡過一次做母親的責任，甚至她在前些年很長的一段時間，都未曾把長灃當作自己的兒子。所以她能裝作什麼都不知道，把他拋棄了，不管不聞不問，讓他一個人居住在這偌大又冰冷的龐國公府內。

可再見到這個孩子，她心底一抹柔情卻輕易的觸動了，長灃和長汀是一樣的，他們都是顧容盼生的。可長汀從小在她身邊，一直精心教養著，而長灃卻總是一個人孤零零的，她痛恨自己當初的冷漠和絕情，現如今又如何能讓長灃一條胡同走到黑？

就算龐晉川作了決定，她也不能這樣，總會有辦法解決的！

在容盼晝夜不離的守了他兩天後，長灃的病終於穩定了下來，兩天後，他已經能和東瑾說說笑笑了。

東瑾小口小口的吃著核桃酥，心滿意足的問：「大嫂，長灃這樣子就好了吧！」

容盼笑著點點頭，轉過頭望向長灃，嘴唇似血，紅得耀眼，皮膚白得都能看見青紫的血管，那麼瘦，衣服就跟掛在他身上一樣，這樣子一陣風就能吹跑。

到時候叫她怎麼去找他？

容盼應道：「快好了，不過東瑾以後要幫嫂嫂監督長灃好好吃飯，不許挑食。」

她身上總是帶著一股幽香，東瑾是越來越喜歡長灃的娘親了，當下大力點頭。「不怕，我很厲害！」

容盼彎彎著眼，注意到長灃的目光一直在看她，她轉過頭，朝他一笑。

長灃慌忙躲開，緊抓住錦被，低下頭，臉蛋紅紅。

容盼不由摸摸他鬆軟的長髮。「你再睡一覺，等會兒阿蓉叫你起來吃藥，我先回去了。」

長灃一聽，猛地抬頭看她，容盼已經轉過身扶著林嬤嬤的手，疲倦地走出去。

東瑾問：「長灃，你為什麼不開心？」

長灃癟癟嘴，鑽進被子中，滾了又滾，才悶悶不樂的說：「我不知道她喜不喜歡我。」

東瑾歪著頭，不解。

卻說容盼這邊，剛下樓梯，眼前忽地一黑，滑下兩、三層臺階。

「太太！」林嬤嬤等人連忙接住，驚呼出聲。

容盼眼前一晃，喘了一口氣。「好像沒睡好。」眼前還有點晃，這幾天光守著長灃了，都沒怎麼好好睡。

林嬤嬤看去，見她眼下布滿青影，忍不住道：「太太也得好好愛惜自己身體才是，這半月來就沒好好喘口氣歇息一下。」

容盼笑笑。「哪裡不愛惜了。」一行人邊說邊往外走。

在她們走過之後，轉角處，一道小小的身影閃了閃。

來福跟在自家主子後面，問：「小公子為何不上去？」明明這幾日沒見到太太，想了，還不肯開口，自己下了課也不吃飯，偷偷躲在大公子的門外看。

不遠處容盼似乎有察覺，回過頭，四處瞧瞧。

小兒躲在暗處，吃醋道：「她都累成這樣，見了我又得說話。」

來福這才明瞭，他原本以為是小公子與兄長不睦，沒想到竟是這個原因。

容盼轉過身，沒見到什麼人，可能是自己聽錯了，剛才好像聽到有人在叫小兒。

她低下頭，不免自嘲，不過幾日沒見就想了，他其實一點都不用自己操心。

自從長灃那日病後，他的飲食容盼每日都要親自過問。

有時吃到可口的膳食，容盼便叫秋意送過去，有時她也親自下廚，長灃一份、小兒一份。

看得出來，小兒對此意見有些大，每天跟踩點似的，長灃前腳剛來小兒後腳跟到，到了就要來她屋裡四處摸一摸、看一看，就算沒話說也得硬要坐著等長灃走了他才走。

為此夫子跟龐晉川告了幾次狀，龐晉川知道卻不制止，但長灃有時來遇到他也在，他卻很冷淡的問：「身子可好了？」

長灃恭敬低頭，斂目。「回父親，兒子安好。」

如此，龐晉川的嘴巴就跟老蚌一樣不肯再打開，一直坐到他走了，才不滿的瞪向她。

容昐正給長汀做綢褲，這孩子竄個兒，前些日子剛做的褲子又短了，偏偏他還龜毛得很，別人做的一概不穿。容昐在他兩歲時覺得不成，狠狠抽了一頓，連著半年硬是不給做褲子，小兒撒潑打滾硬纏了有小半年，以容昐妥協告終。

龐晉川提著書，坐在南窗下的炕上，靠東邊板壁立著一個鎖子錦靠背與一個引枕，鋪著金心綠閃緞大坐褥。

屋外梅樹凌寒獨放，暗香疏影，看不清他的神情，只聽他抱怨道：「妳近來似乎對小兒冷淡了許多。」

「哪裡有？」容昐手下針線一停。「這不還正給他做綢褲嗎？」

龐晉川這才放下書，目光炯炯盯住她，嘴角露出一絲譏諷。「妳便如此疼他了？真心想要他襲爵還是單單做給我看的？」

容昐心下升起一股子氣來，回視他咄咄逼人的視線，冷下臉問：「您說的是誰？我聽不懂。」

為了大兒，竟然瞪他，這女人長出息了！龐晉川嗤笑著看她。「妳明知故問，什麼我說的是誰。」

容昐簡直覺得長汀的龜毛絕對是像他！

有時候她也會覺得難以忍受想上前一巴掌蓋上去，叫他滾！但是……容盼深深呼吸一口氣，緩和下語氣。「我只是見他病了，多關心一下，並未忽略小兒。」

龐晉川顯然不想放過她。「既是如此，當年生下他，妳又何必放任了這麼多年不管不問？」

這句話猶如一把尖刀把容盼刨得乾乾淨淨，龐晉川說得對，七年前是她拋棄了長灃，無從狡辯，這件事的的確確是她的錯。

容盼沈默了，看見小兒的綢褲忽覺得一陣心煩。

她給長灃做衣服的次數，屈指可數，幾次呢？兩套寢衣，一件綢褲，還有一件小披風，其餘沒有了。

「怎麼？如今妳要回頭了，他就會感激妳？」龐晉川步步緊逼，一刻放鬆都不容許給她，屋內氣場壓得太低，直叫人喘不過氣來。

容盼縮了縮散下的青絲，平復著心緒，明亮的雙眸看他。「那也總比我什麼都不做的強。」

「愚蠢！」他從炕上下來，趿著鞋走到她跟前，挑起她的下顎，輕聲笑道：「就算妳再怎麼扶他，他難道會像小兒一樣感激妳？一心就為著妳？我若是妳便絕不會選擇長灃。」

容盼瞳孔一瞇，微微使勁要掙脫，卻被他拽得更緊。

龐晉川本來想要看看這個女人到底能有多天真，然而卻不由得被她眼中蕩漾的瀲灩所吸引，粗糙的大拇指不由得往返輕撫。

龐晉川低下頭，狠狠的吻上她的雙眸，輾轉留戀著，愛之不夠，他要更多！涼薄的雙唇一路往下，直到最後找到救贖，急切的含住她的紅唇，一股冰涼的氣息鋪天蓋地朝她席捲而去。

她想要他放開，他偏偏就不放。她是他的，還想要反抗什麼？還能反抗什麼？

兩人的氣息很快交融在一處，他冰冷又強勢，硬是掠奪她所有的氣息，直到她柔順服貼。

屋外忽然響起一陣急促的腳步聲，秋香撩開撒花軟簾進來，剛喊了一聲：「太太。」眼睛已經瞪大。

龐晉川眼中滾動著怒火。「滾出去。」

秋香小臉一紅，連忙撂下簾子急走出去。

林嬤嬤正捧著命婦品級的裙子從外走進來，看她呆滯地坐在廊下，氣道：「小蹄子，叫妳先回屋，待在這兒做什麼？」

秋香腦中還想著那一抹旖旎的畫面，臉色微紅，搖著頭便不肯說。

林嬤嬤瞪她一眼，要往裡走，秋香攔住。

「怎麼了？這是太太明日要進宮穿的霞帔，妳攔著我做什麼？」

秋香緋紅了臉，吞吞吐吐道：「爺……爺在裡邊。」

林嬤嬤剛開始還不懂，下一刻見她神色乍然明瞭，眼中不由多了幾分喜悅。「如此便是最好的了。」

秋香尷尬問：「嬤嬤，您說爺對咱們太太到底怎麼樣呀？」看著好像疏離，但剛那狠勁恨不得一口氣把太太吞下不可。

林嬤嬤想了想，轉過頭看她認真的模樣，忍不住敲了她的頭。「姑娘家問那麼多做什麼？」

秋香吃痛，低聲哎哎叫。

外頭秋意來叫她過去幫忙打水，秋香連忙跑下去。

林嬤嬤見無人了，躡手躡腳走到外面門簾側耳傾聽，隱約聽到低低的喘氣聲夾雜著歡愉的聲音，她心下不由替容盼喜悅起來，但下一刻又湧起一股失望。

若非太太身子不適，這般寵愛，明年大抵也能再迎接個小主子了。

是男是女都好，男娃最好能像小公子一樣健健康康，女娃便只要像太太，她就阿彌陀佛了。

白日宣淫的事，容盼終於也和龐晉川幹了一回。

他走後，容盼還坐在床上發呆，林嬤嬤叫人搬了熱水進來，笑道：「太太，沐浴了吧。」

容盼拉攏著被子，微微點了下頭，嘆了一口氣。

在熱水的浸潤下，他留在她身上的痕跡很快消散，容盼簡單的披了一條白玉蘭散花紗衣出來。

林嬤嬤拿起木梳邊替她打理頭髮邊道：「大夫人、二夫人那邊都知道了。」

龐晉川留了一個爛攤子給她。

「大夫人如何說？」

「大夫人聽過並未說什麼，只說要爺和太太保重身體。」

容昐點了點頭，林嬤嬤繼續道：「二夫人那邊，聽說不大高興，摔了一個茶杯，指著您罵得難聽。」

「呵。」容昐低笑，若不是大夫人如今回來了，以二夫人的性格，保不齊剛剛就能追過來劈頭蓋臉給她一頓臭罵！

「別管她。」她道。

林嬤嬤道：「只怕明兒個還有一場嘴仗要打。」

「明日我進宮，沒空理她。」

明兒個就是十六了，說是進宮會親，但會的是什麼親容昐知道。

「是。」林嬤嬤應聲，替她插上一支石榴包金絲珠釵，那珠釵放在她青絲上紅得耀眼，石榴子兒顆顆飽滿。

容昐看向林嬤嬤。「我不插這支釵。」

石榴多子，她想要什麼，容昐知道。

「太太，石榴多子。」林嬤嬤道。

容昐堅定道：「不適合。」

林嬤嬤只好摘下。

因為龐晉川的一次白日性起，輕易的挑起了府裡的蠢動，若真是如此簡單，那她就不用費盡心思步步算計。

「明日進宮，嬤嬤妳準備好了嗎？」容昐這才問。

林嬤嬤頷首。「已是準備齊全，只是太子妃娘娘與太太有半年不見，這次單獨召見不知是為了何事？」

容昐瞧著金釵，淡淡道：「或許……明天會是一樁交易。」

只是午後，宮中傳來消息，太子妃診出有孕。對於連續生了兩個公主而後三年沒有再生育的太子妃而言，這個消息猶如平地驚雷，震盪朝野。

若說太子根基不穩其中一個原因，便是無嫡子。眼下這一胎若是男娃，保不住聖上龍心大悅，將雍王調出京畿，更加坐穩太子這一脈的地位。

容昐聽到內侍傳來的消息，心下也稍穩。

傳信的太監笑道：「太子妃娘娘說了，等胎象穩了再傳您進宮。」

容昐含笑賞了錢，叫林嬤嬤親自送他出去。

太子妃好，顧家也好，她自然也好。

十六一過，日子就忙起來了，往往一盞茶剛遞到她手上，便有管事的來問話，問完話茶也涼了。大夫人雖回來，但依舊不大管事，大多數都交由容昐打理，閉門吃齋唸佛，偶爾容昐來問也會稍微提點一下，說說話聊聊天。

不過幾日何淑香也傳出有孕，喜得吳氏上上下下大賞了一番。

容盼倒是希望何淑香這一胎能生下兒子。

二十號一過，小兒也停了課，先生老家在河北要趕回去過年，少了這層束縛的長汀漸漸喜歡上了到處閒逛，剛開始只是長房這邊，後來是花園，容盼也沒空理他。

只是有一次，他屋裡的丫鬟哭著說：「小公子找不到了。」

眾人急得冷汗直冒，到了傍晚，他自己才揉著眼睛回來說：「我在一個假山洞裡睡著了。」

更讓容盼吐血的是，龐晉川夜裡回來聽完後，狠狠打了他五個手板，打完面無表情問：「還這麼玩嗎？」

小兒被打了手，齜牙咧嘴的大聲應道：「嗯！」

聽得容盼愣了好久。

龐晉川摸了摸他的頭，什麼也沒說，眼眸卻越發深沈。

到二十五號，皇帝封印，龐晉川也閒了下來。偶爾他要去拜會同僚，便會帶上小兒一同去，父子兩人偏生還都要穿著一色的衣服，大搖大擺出公門。

出去後半天不著家，回來便喊餓，給問去幹什麼了？龐晉川吃飯的工夫都沒，根本不理她。倒是小兒大口吃飯，含糊著說：「太太……我……我和父親去拜會大人了。」

直到一日洗澡時，見他手上被弓弦勒出的細細紅痕，容盼才知道，原來龐晉川帶他去了武場。

小兒見她不語，拉住她的手。「您別不高興。」容盼盯著他，小兒嘟嘴道：「父親不讓我告訴您的。」

「為什麼？」

小兒支支吾吾了許久，背過身。「他說，您希望大哥哥……」小兒沒說出後面的話，情緒卻明顯低沈了下來。

容盼心頭一跳，忍不住嘆了一口氣，摟住他。「我只是覺得你可以有自己的功名。」頓了頓，補充道：「就像你父親一樣。」

小兒眼睛一眨一眨，眼中迸發的亮光似星辰一般，問她：「可是我襲爵，就留在這裡陪您不好嗎？」

容盼點了點頭，鼻尖都是他身上淡淡的香味。「好，當然好。可我覺得你不應該侷限在這裡。」

果然兒子最先崇拜的男人是父親，即便他再想要超越龐晉川，還是會想沿著他的路。

但是容盼火氣有點大了！龐晉川這是什麼意思！

容盼為此和龐晉川陷入冷戰，她敷衍他，他也知道。

往往前一刻還熱情的求歡，下一刻從她身上下來，兩人都睜著眼無話可說。

龐晉川等著容盼低頭，容盼無法容忍他用這種方法逼她就範。

兩人在一起睡了兩晚後，龐晉川先離開去了宋氏屋裡。容盼在窗戶邊眺望，看他披著紫貂披風在雪地中往宋芸兒的院中走去，臉上笑容漸漸散去。

林嬤嬤問：「太太，不追嗎？」

容昐反問：「追了幹麼？」

秋香長嘆一口氣，顯然這種低氣壓還得盤旋在頭頂好多天。

太太怎麼不先服個軟呢？

容昐一個人走回炕上，望著書案發呆。

服軟？她自己都已經不知道自己退了多少步了。

為了從宋氏身邊奪走龐晉川，所以她能屈意承歡，忍氣吞聲，承迎龐晉川的喜好。

可這一刻，她才終於明白，這事做起來到底有多難。

龐晉川就像一頭狼，捂不熱的白眼狼！

翌日早起，容昐梳妝好去正廳用膳。

龐晉川而後才來，身後跟著衣著鮮亮的宋芸兒。

容昐微微一瞥，冷冷一笑。宋芸兒白了臉，腳步一頓，連忙跟在龐晉川身後，似迎風被掐的花兒一般。

「爺。」容昐起身行禮，龐晉川見她面色極好，臉便沈了下來，連虛抬一手都沒，直接坐下。

容昐咬著牙，自顧自起身，隨手一揮。「再擺一副碗筷。」

「是。」秋香手快。

喬月娥其後才來，本來她月分大了，容昐已經允許她不用來請早安，但昨兒個聽春宵說爺和太太好像吵了起來，心下大喜，一早便趕著過來。

眼瞅宋芸兒那個被雨露滋潤過的模樣站在爺和太太的身邊，她就氣得牙癢癢！

喬月娥白了她一眼，咳了一聲，嫋嫋上前，撞開宋芸兒的位置。「爺，太太萬福。」

宋芸兒紅了眼眶，默默的揉著嬌小的肩膀走到龐晉川另一邊，抽出帕子抹淚。

龐晉川吃著魚皮花生，叫道：「喬氏。」

喬月娥歡喜。「爺，您叫妾身？」

「妳身子重了。」龐晉川是這樣說的，喬月娥聽著越發神采奕奕，宋芸兒抽噎了一下。

容昐面無表情地舀了一碗粥。

龐晉川越發陰冷，望向她。「若是重了，便不要常出來。」

喬月娥渾身一震，春宵連忙扶住她。「姨娘。」

喬月娥癱軟在地上哭問：「爺這是嫌棄妾身嗎？」

她待要哭，容昐出聲。「別哭。」

龐晉川望去，眼神專注。

容昐道：「宋氏跪下！」

宋芸兒還拿帕子抹淚，一聽這話，呆了，下一刻立馬對著龐晉川叫了一聲。「爺！」

林嬤嬤已經踢向她的膝蓋，宋芸兒防備不及，砰地一聲跪趴下，這下連聲音都省了。

秋香遞過來帕子，容昐擦了擦嘴，漱完口，冷冰冰道：「既是同侍候爺的，便不該著意爭寵。內宅之中當以和為貴，一大早鬧到我跟前，妳們二人是不想過年了是嗎？」

宋芸兒只得跪拜在地上。「妾身不敢……」

待要再說，容盼已經接口。「既是不敢，便是做錯了。那就各自掌嘴五下，扣一月月例。」說著轉過頭朝龐晉川，恭敬問：「您看，這樣成嗎？」

龐晉川緊抿著嘴盯她，望著她的側臉也覺得好看，只是越看得專注，心底便越鼓起一股子邪火上來。

宋芸兒和喬月娥的目光都緊緊地膠著在他身上，龐晉川吃飯的興致全無，丟了帕子。「內宅自是妳管束。」說完，頭也不回走掉。

宋芸兒和喬月娥都覺得絕望了，容盼厭惡地收回落在他身上的目光，冷冷道：「宋氏掌嘴十下，重重打。喬氏五下便是。」

林嬤嬤已經帶著幾個僕婦上來，各扳住兩人的肩膀。

喬月娥心下不住的嘆自己倒楣，但見自己只被打五下換來宋賤人的十下便也無話可說。

只宋氏不住的抗拒，掙扎著要擺脫，尖聲叫問：「太太、太太，為何要對妾身如此狠戾！妾身從未得罪過您啊！」

容盼冷笑不已。妳還有臉問嗎？

一旁的喬月娥簡直要氣炸了，指著她的鼻子就罵：「賤人，要不是因為妳裝什麼可憐，我會跟著挨打嗎！」

容盼擺手，制止住喬月娥的咒罵，低下頭抓住宋芸兒的下顎。

目光在她精緻的五官上徘徊，笑問：「她有身孕，妳有嗎？妳若是有，我也只打妳五下。」呵呵，她還能懷得上嗎？

宋芸兒渾身一軟，癱坐在地上。

容盼一刻都不想駐足，否則她會想打死那個女人！喬月娥說得對，裝什麼可憐？喬月娥有身孕能敢怎麼撞？就這樣摔在地上了？

龐晉川，你有眼睛嗎？

容盼走出花廳，正要往議事廳走去，忽見龐晉川在階下看她，眼中深意無限。

「爺。」容盼低眉行禮，一步都沒跨過去。

龐晉川嘴角繃得緊緊的，拍著手掌道：「好，好，好。顧氏，我竟不知妳是如此有手腕的人。」

容盼抬起頭，睫毛微微顫動，眼中只有他的身影，專注又認真，她嘴角咧起一抹諷刺，卻終被掩蓋在簌簌落下的大雪之中。

「拜你所賜。」四個字，已然憋在胸口許多年了，吐出極輕柔，連離她最近的林嬤嬤也未曾聽見。

龐晉川看著那抹纖細的身影久久站在雪中，冷哼一聲，拂袖離去……

林嬤嬤不由問：「您和爺強什麼氣呢？」

容盼說：「我什麼都可以忍，獨獨這一點不能讓。」龐晉川如此做，為了什麼她很清楚！

他氣她膽敢忤逆他的意思。

可是如果連她都不替長灃想了，誰還會替他想？小兒，他會有自己的功名和事業的。龐晉川不該來挑撥他們母子三人的關係。

林嬤嬤不由長嘆一口氣，這兩人怎麼越發讓人看不懂了？

早膳後，聽說龐晉川又帶著小兒出去了。

林嬤嬤安慰道：「其實，小公子是極其孝順您的。」

容昐道：「我知道，只是怕他聽多了，也起了疑心。他心思深，不會與我說的。」

林嬤嬤說：「太太，爺雖不說，但總歸是疼您的。您看，也就小公子獨獨被他捧在了手掌心親自教導。」

容昐哎了一聲，門外有管事進來，拿著牌子朝她作福，笑問：「太太，大老爺幾個老姨娘的月例，今年可否要跟二老爺屋裡姨娘的月例一樣進一進？」

雖管了龐府多年，但畢竟無法和公府比，加之這些奴僕一個個都有些背景，一個不小心，便能讓人挑了事去。

直忙到正午才和秋意走回屋。

秋香去庫房選布料，容昐想給長灃和小兒各做幾雙襪子。

回了屋，秋意迎上，連忙替她脫掉繁瑣的豆綠沿邊金紅比甲，捧上一盞清茶，扶著她躺到炕上。

秋涼替她卸下髮上金釵和金墜子耳環收回盒中，替她換上翠藍銷金抹額，容昐略微發了一會兒呆，轉過身去，腰部痠軟得厲害。

秋涼上手微微按摩她的兩穴，容盼突然問：「秋涼，我讓妳去看著喬姨娘，妳知道些什麼。」

秋意正撥著香爐裡的檀香末，抬頭對秋涼道：「今早兩人吵起來了。」

香爐鼎飄出一股青煙，縈繞盤旋，屋內也漸漸迷茫起一股淡淡的幽香。

秋涼眨眨眼，不解問：「誰？」

「喬姨娘和那邊那位。」

秋涼捂嘴吃吃笑道：「原來如此。太太，今兒個可不是頭一遭，這都已經爭了好幾次了。只要爺去宋姨娘屋裡，喬姨娘便總是腹疼。那邊那位好事被鬧黃了幾次，火氣也極大，前幾日夜裡爺在喬姨娘屋裡，她親自拉了二公子上門哭哭啼啼說二公子好幾日沒見到父親，想得很。」

容盼吃了一口茶點頭道：「喬月娥太嬌媚，自然不如宋芸兒楚楚可憐讓他喜歡。」

秋涼越發說得手舞足蹈、繪聲繪色，屋裡幾個做事的下人丫頭紛紛停下駐足細聽。

「咳——」門口忽然傳來一聲輕咳，林嬤嬤肅著臉走進來，先是看了一眼容盼，呵斥眾人道：「怎麼不去幹活？如此聒噪讓太太怎麼休息？」丫鬟們頓時猶如驚弓之鳥紛紛行了禮退去。

林嬤嬤走上前，對容盼輕聲道：「太太，有事需與您說。」

秋涼、秋意聽此連忙退下，容盼爬了起來，散著青絲歪在引枕之上，外面時鐘敲了三下。

林嬤嬤從梅花式的洋漆小几上取了茶遞給她，容昐擺擺手，林嬤嬤這才放下低聲道：「杏姨娘好像有孕了。」

容昐吃驚，林嬤嬤繼續道：「聽說這幾日都不思飲食，老是吐和睡，昨晚飯時二老爺還親自賞了一對玉鐲給她。」

容昐細細思量了會兒問：「二夫人那邊可是知道了？」

「自是知道的，但奇怪的是沒什麼動作，宋姨娘還是日日過去陪著。」

不對！容昐蹙眉，慢慢搖頭。以吳氏的手腕不可能那麼輕易放過杏姨娘，二老爺子嗣不豐，除了龐晉川兄弟兩人，便只有一個老姨娘生的一個庶子和庶女，那也是因為這個老姨娘是吳氏的陪嫁丫鬟，一家子的命都捏在吳氏手中，吳氏才肯讓她生的。

那杏姨娘年輕貌美，被二老爺寶貝得跟金疙瘩一樣，吳氏能容？

按理來說，眼下杏姨娘有孕的消息還未坐實，正是下手的好機會，反正無外乎把罪名按到杏姨娘頭上，說她年輕不懂事導致孩子流掉，搞不好杏姨娘還得受責罰。可吳氏卻沒有動靜，宋芸兒依舊和她交好，這到底是什麼意思呢？

容昐思量了好幾遍，仍不得其意，看向林嬤嬤問：「妳看，這事有隱情嗎？」若不是以打掉杏姨娘的孩子為目的，那便是有更大的盤算。

是想栽贓在誰頭上？

林嬤嬤也是不解其意。「看不出。可知曉這事或許會牽連上咱們大房？」

「是。」容昐握緊玉扣，宋芸兒摻和進去做什麼！真是不知死活！

第十五章

轉眼已到年三十。

容盼感覺這個冬天好像過都過不完一樣。

現在很好了！府裡上上下下裡裡外外都已打掃得乾乾淨淨，各房的門神、春聯、年畫、門籠已掛上。孩子的新衣也都做好了，各屋年下的賞銀都已備齊，年夜飯也都上桌了。

就為了這一天，這一月來白花花的銀子不值錢似的不知從她手上流走了多少？可二老爺和龐晉川賺得也不少。除了明面上的，就單單京城裡的二十幾家店鋪，外頭的莊子、四合院，還有土地、山上的地皮，就這幾項進項就足夠開銷兩、三個龐國公府。

「大太太。」一個穿著銀紅色馬甲的小丫鬟喜笑盈盈走上前來，朝她行禮，容盼正盯著僕婦擺桌，一聽有人叫，轉過頭看去。

那丫鬟笑道：「大夫人叫您過去。」

耳邊聲音嘈雜，各房的人陸續都來了，除了國公府常住的大房和二房之外，庶出的幾房也都回到這邊過年。

容盼看去，只見大夫人被眾位夫人拉著，坐在主位上聊天，乾枯的臉上難得有笑容。她身後的佈置裝飾皆是煥然一新，火盆內焚著松柏香、百合草，煙煙嫋嫋的甚是好聞。

見她看來，張氏朝她招招手。

容昐連忙提著大紅的百獸朝裙，快步走去。

幾個夫人好奇地看她，見她梳著鶯鵲髻，鶯鳥雙翼之側簪著金釵流蘇，面容略有些纖細，但容貌姿色卻是各房兒媳當中佼佼者，又見她恭恭敬敬的朝張氏作了個萬福，輕聲細語問：「母親找兒媳何事？」

見她不驕不躁、舉止得體，眾人心下不由暗道：果真與大房那位是絕配。不免與二房的姪媳婦做了對比，頓時覺得百般都比不得她一二了。

張氏親切地拉著她的手笑道：「快與我去吧。宮裡的公公來傳旨，聖上要提攜晉川為太子府詹事。」

容昐一驚，這表示龐晉川徹底是太子的人了？

一個夫人拉起她的手笑道：「妳不知吧，便是太子府的總管，大爺前程無量！」

太子府詹事，這職位相當於皇帝的內閣第一人。職比尚書令，便是以後太子登基的左右手。只不知是這之前龐晉川早已搭上太子的脈，還是皇帝將龐國公府拉過去給太子的？

容昐一時竟沒有個頭緒，被張氏幾人胡亂拉著往前院走去，路上偶遇到幾個管事的來問事都被打發去問了林嬷嬷。

前庭上，正焚香禱告，先頭已經跪了一地滿滿的龐家男兒，容昐瞧著大老爺和二老爺領著龐晉川跪於首。

眾人有品級的皆換上了官服，龐晉川身上赫然從四品的雲雁海服，換成了副三品的孔雀海服。大老爺戴著公冠八梁，四柱，香草五段，前後是玉蟬，是老公爺的配戴。二老爺與龐晉川長得有五分相似，國字臉、濃眉，看不出喜怒，著六梁、革帶，綬環犀。

內眷跪於後，張氏、吳氏、容盼依次往下。

等了大約一盞茶的時間便聽得一陣禮樂聲響，一個穿著朝服的宣旨文官手捧聖旨，兩旁是錦衣衛開道，後邊慢步緊跟著四個宮女、四個太監，全場屏住呼吸，鴉雀無聲。

容盼偷偷抬頭，耳邊是文官鏗鏘有力的音調，已經聽不得到底講了什麼，只瞧著那文官將聖旨恭敬的交於龐晉川手中，親自上前扶起大老爺、二老爺還有龐晉川，作揖道：「下官恭賀龐大人榮升。」

這時禮樂聲再起，鞭炮噼哩啪啦放了一地，震耳欲聾。

左右妯娌紛紛拉起容盼，將她簇擁著說了一堆恭喜的話。

耳朵哪裡還有其他的聲音，便是女人的感慨和促狹，偶爾也溜過幾句酸話，不外乎龐晉川如此年輕卻已榮升至副三品，可見權勢通天，以後莫要忘了多多提攜其他龐家人才是。

容盼含笑陪禮，眾人也顧不得她到底有沒有講話，把自己的話講完也便覺得圓滿。

不知是誰高呼了一聲。「吉時到！」

滿屋的華燈、紅綢、香粉、錦服頓時擠滿了正廳。

廳內都是龐府掌權的，男人為東座，滿滿一桌三十人。

女座設於西，亦是三十人。

眾人皆等著大老爺喝下第一口酒，這時氣氛才真真切切的熱鬧起來。

容盼最先被灌了酒，上好的花雕酒色橙黃清亮，酒香馥郁芬芳。

三夫人最先前起頭要敬酒給大夫人，大夫人今晚亦是高興，含笑滿滿喝下一大口，便又來找容昐。

一輪下來，也不知輩分了，反正大大小小的夫人、太太輪流敬了過去。

直把容昐吃得滿面粉霞、眸色明亮，目光流轉間要去找大兒和小兒的身影，卻見龐晉川正抿著嘴看她。

也不知看了多久，神色複雜微含著一絲薄怒。

旁的龐晉龍低低與他說笑著，也覷她。

容昐心底一個咯噔，也不知龐晉龍到底與他說了什麼，只瞧他面色越發拉沈下來，旁人給他敬酒，他也一概不推全喝了下去。

龐晉川不好酒，酒量也不好，容昐知道。

「大嫂，看什麼呢？」何淑香捧著一杯酒過來，似笑非笑問。

一桌子的目光都盯著兩人，誰人不知她顧家是太子妃的後臺，她何家卻是雍王的親信。如今二位皇子勢同水火，自這妯娌之間也傳出了不少流言。

容昐收回目光，朝何淑香笑了笑。「便是想看看可有哪裡招呼不周了？」

何淑香遞上酒，也是吃了一些，卻眼眸清晰，沒得一點含糊，她笑道：「自是大嫂事事周到，倒把我比得什麼事都不會做、什麼話都不會說了。母親，您且看我臉上疤痕消退了沒？」

二夫人瞧著容昐的眼神就淬著毒，拉下臉道：「看妳大嫂是個伶俐人，做的事可一點都不伶俐。」

眾人也都聽聞了那日捧碟發生的事了，頓時安靜了下來。

容盼笑笑，並未接過何淑香手中的酒杯，而是將酒杯伸出，秋香捧著酒壺倒滿。

她早已許久不吃別人送的東西了。

何淑香目光閃了閃，笑問：「怎麼？大嫂還怕我下毒啊。」

大夫人在下面輕輕捏了捏容盼的手，目光依然平靜。

容盼知道她是叫自己別意氣用事。

「弟妹如此說，便生分了。」容盼先飲下一杯，滿滿淨。

眾人不由喝了一聲彩。

容盼又是一杯滿盡，兩頰已是通紅，何淑香臉色已不大好，粗黑的臉蓋住了不悅。

待容盼敬到第三杯時，她一頓，放在嘴邊一抿，眼看昂頭便要吃下，忽地卻靠在何淑香耳邊低聲輕語：「別以為妳那日讓宋氏下藥的事我不知道。」

何淑香雙瞳瞪大，臉色詭異。

容盼語罷，含著笑昂頭一口吞下花雕，隨後緊接著道：「那日是大嫂手誤，但前幾日已賠禮道歉，今日再飲下三杯，弟妹莫要再怪罪了可好？」

大夫人不知她在何淑香耳邊說的是什麼，但見她手勁頗穩，便知她胸有成竹，也就不擔心了。

容盼的三杯賠罪酒一時竟把氣氛推到了高潮，讓何淑香下也不是、上也不是。

眾人皆翹起拇指道，長媳大氣。

容盼接過秋香手上的帕子，捂住嘴，眼光迷離，分外好看，一個管事進來說門外的燈籠被風吹下，來領牌子去庫房取過。

容盼向眾人告退，出了外頭。

這時，秋涼疾步走來，在容盼耳邊低語：「太太，大爺醉酒被宋氏帶走了。」妾侍是沒有資格坐大堂的，需在偏廳等候侍候。

容盼只覺熱氣騰騰，酒氣迎面撲來，並不在意，便隨口一問：「去了哪兒？」

「竹園。」秋涼語速快了許多。「但是剛才春宵跟我說，她去如廁時見宋姨娘身邊的玉珠迎著杏姨娘也去了竹園了。」

一陣寒風吹過，容盼酒勁頓時醒了不少。

容盼望向門內坐著的二夫人和何淑香，見她兩人談笑晏晏的模樣，頓時一股涼氣從心底騰騰直冒上來……

她們要弄龐晉川和杏姨娘通姦！

窺伺叔父妾侍，如此品德敗壞之人如何當得了太子府的詹事，如何襲爵？當今聖上最是厭惡此等偽君子，龐晉川若真的做了這事，便萬死難辭了！

那……那他們母子三人?!

「走！」

容盼轉頭對秋香道：「咱們腳步慢，妳快去叫來旺進來攔住。」

秋香剛被叫出來，還鬧不清什麼事，連忙跑出去叫來旺去竹園攔住爺。

容盼拉著秋涼疾步出了大門。

屋外燈光昏暗，兩旁樹木豐茂，這樣一照下來，竟透著股陰暗。

容盼趕得飛快，幾乎是腳不沾地，秋涼跑得氣喘吁吁，到一小湖邊，一個僕婦在打掃爆過的爆竹紙，見到容盼連忙請安。「大太太。」

容盼問：「可見到大爺了？」

僕婦指著小路的遠頭。「大爺早走過去了，被宋姨娘扶著。奴婢瞧著似乎醉得厲害。」她只以為是妻妾爭寵，趕緊給出詳細的資訊。

容盼急了，連忙往前追去。

也不知走了多久，遠處一片茂林。

容盼已是上氣不接下氣，兩頰被凍得通紅，來旺這才趕來問：「太太，大爺呢？」急得容盼一巴掌甩過去。「你還不趕緊去竹園把他給我拉回來！」

來旺何曾見過她這般焦急，心下已知事態大發了，趕忙快腳追上。

容盼停著歇息了一會兒，又緊追上去，才剛過一片竹林，只瞧著不遠處小屋內燈火闌珊，其間夾雜著男人女人歡笑聲，來旺守在外面，臉色極差，撲通一聲跪在她腳下哭道：「太太，別去。」

容盼身子一晃，秋涼連忙扶住。

龐晉川！龐晉川！

「哭什麼？」容盼頓覺一顆心都晦暗了。「去，去叫他出來。」語罷，僅剩下一點力氣強自撐著，往外跌跌撞撞走去。

來旺去叫，她就在外面守著，誰都不許進來。

只她剛走到外面，就看見一簇簇燈光靠近，再見領頭的二老爺，容盼頓感心如死灰。

二老爺喝問：「大姪媳婦，妳如何在這兒？」身後二夫人陰森如蛇地盯著她。

容盼覺得自己的肩膀都快要被壓彎了，扯起一抹僵硬的笑容。「父親、母親，二叔、二嬸。」見他面色，已知二老爺知曉了這事，依然道：「看夜色好，出來醒醒酒。」

大夫人似乎想說什麼，但終究還是沒有開口。

「呵，我看妳是替他守門吧！」二老爺迎面一個響亮的耳光甩過來，容盼半頰通紅。

二老爺頭也不回，大步往小屋走去。

身後跟著大夫人、大老爺、何淑香還有一眾的子姪。

誰捅破的？竟讓所有人知道了。

一個個綢鞋從她身邊跨過，容盼從地上爬起，身上都沾滿泥土，秋涼趕忙上前扶住，被她使勁推開。

「太太。」秋涼頭一次生出這股勇氣。

容盼回頭，疲倦道：「讓我走走。」

身後她好像聽到女人的尖叫聲，和男人的反駁聲，一屋子亂糟糟的。

不管了，沒法管了。

鬧吧，捅破了天去最好。

她步履蹣跚，走至剛才路過的湖邊，那個僕婦已掃完地，她往小亭走，看著湖面許久。寒風陣陣，已感覺不到，只是眼前總是浮過小兒酣睡的模樣，和大兒吃藥癟嘴的模樣。竟是如此珍貴。

「容盼。」身後忽聽到龐晉川的聲音。

「幻聽了。」容盼不信。

「容盼。」真有人叫她！

她還未轉身，身後忽響起一陣凌亂的腳步聲，只感覺自己被迎面裹在一個極其溫暖的懷抱中，聽他在自己耳邊低喘。「別哭，別哭，那人不是我。」

耳邊是呼呼的風聲還有他濃重的呼吸聲。

容盼一時竟不敢轉頭，就怕一轉頭只是她的夢。

她小心翼翼的摸上他的臉，濃墨的劍眉、高挺的鼻尖，最後落在那張薄薄的雙唇上，一股濕熱席捲她的掌心，夾雜著無限的小心翼翼。

容盼嘴角咧起一抹笑。

那笑落在龐晉川眼中竟是如此的耀眼奪目。他已無法再忍，雙臂緊箍她腰上，輕輕一用力，將她攔腰抱起。

容盼驚呼一聲，這才看清他眼中的血紅。「你這是怎麼了？」

龐晉川眼眸幽深，似要將她侵吞而下，他不斷吻著她光潔的額頭，咬牙切齒。「我被下藥。」言罷，抱起她飛快的就往外走，也不知是去了哪個方向，只覺越往裡人煙越發稀少，至一處假山才停住。

龐晉川將她輕輕放下，一推。「咱們進去。」

裡頭點著紅燭，照著山壁似雪洞一般，光潔明亮。

枉費她每天進進出出園子四、五次，竟還不知別有洞天。

容昐臉微紅。「有人。」

龐晉川二話不說，只將她攔腰抱起，進入雪洞之中。

一入裡，他就瘋狂扯開她的袍裙，待她身上只剩下一條銀紅抹紗的肚兜和潞紬玉色綃的小褲。

小褲略有些透明，包裹著均勻的長腿，若隱若現。

龐晉川眼眶發紅，胡亂撕開她的小褲，急忙忙露出自己那物，也不管她是否做好準備，猛地一挺身，長長低吼出聲……

這場性事來得瘋狂，容昐卻沒有半點的享受。

他已無力顧及她，藥性在他體內翻滾著，似開柙的鑰匙將他內心的猛獸在此刻放出。

饜足後，龐晉川將她緊緊貼在自己身上。

不知為何，此刻他在她身上享受到了前所未有的滿足，沒有任何一個女人給過他，只有他的嫡妻，讓他覺得食髓知味。

龐晉川低頭不住地親吻容昐鬆散的鬢髮，單薄的嘴唇不斷在她耳邊呢喃。「我喜歡妳，喜歡得很。」

容盼疲倦得無力言笑，只是嘴角輕輕一笑。

等了多年的情話，聽著只覺得滿嘴的苦澀。

他知道二房要算計他，知道他的妾侍不安分，他什麼都知道，卻從未告訴自己一聲。

讓她在龐府子姪跟前生生挨了那一巴掌出盡了醜，現在竟然告訴她，他很喜歡自己！

這便是他的喜歡嗎？

呵，真是諷刺。

至於後續，她已經不太有興趣去管了。

容盼被龐晉川抱著出假山時，一個陌生男人站在外面等候，見他出來連忙上前道：「爺，二老爺叫您過去。」男人似乎很怕龐晉川生氣，聲音有些發抖。

龐晉川微瞇著眼，冷冷一笑。「知道了。」

對方得言，立馬下去，只一眨眼的工夫就消失得無影無蹤。容盼忽有些懷疑，這龐晉川到底是什麼人？

「他原本是錦衣衛，後因貪墨被革職。其實是他得罪了錦衣衛使，是我將他從詔獄中救了出來。」龐晉川突然開口解釋道。

容盼退後一步。「我不該知道這些事。」

龐晉川回過頭，雙手負於後。「妳可以知道。」語盡，目光忽看向遠處，只見秋香遠遠跑過來。

他轉過頭，目光溫柔道：「好好回去休息，宋氏我已命人交給林嬤嬤了。」

只是，不是宋芸兒引著龐晉川過去的嗎？怎麼最後卻成了龐晉龍了？到底哪個環節出了錯？

容昐眉目一動，問：「今晚的事到底是怎麼回事？我又該如何處置她？」

龐晉川拾起她唇邊的髮絲，笑了笑。「她已是無關緊要的人。」言下之意宋芸兒的生死禍福早已沒那麼重要。

容昐忽覺得自己猶如在黑夜之中被一頭狼盯上，一股股陰冷密密麻麻爬上她的脊椎。

龐晉川，她到底認識有多少？

秋香從對岸遠遠跑過來，看見容昐氣喘吁吁道：「太、太太，可找到您了！告……告訴您一件好事。」秋香簡直是要喜上眉梢了。

不同於她的喜色，容昐稍顯興致缺缺。「我知道了。」

「咦？太太您知道被抓姦的是二爺了嗎？」秋香連連驚嘆。

容昐點了點頭，往朱歸院的方向走去。

每走出一步，體內龐晉川留下的東西都會流出來，她想快點回去洗掉。

秋香已經止不住了。「您不知道，之前我可擔心是咱們家大爺了，還好大爺警醒發現了。您不知道我急忙忙趕到那邊，來旺忽然拉住我，只見兩個大漢把二爺和杏姨娘跟拎小雞一樣擰出來，兩人身上還赤裸著，杏姨娘只穿了一條大紅並蒂蓮肚兜，一雙勾金的繡花鞋，其他什麼都沒穿。在場的爺們眼睛都看直了，二老爺卻是臉都綠了，哈哈。」
秋香眨眨眼，拉住她的手。「您沒看見，二夫人驚叫一聲昏死過去。」
見她激動成這樣，容盼不由得也跟著發笑。
兩人一路交談走回去，大致的細節容盼也已知曉。
才剛進院門，林嬤嬤焦急迎上，神神秘秘的在她耳邊說：「太太，宋姨娘被大爺身邊的人綁著關在雜院的密室裡。」
容盼點了點頭，走了數步，猛然回過頭。
不對！剛才她昏頭了，事情怎麼可能那麼巧合？龐晉川明明已經被宋芸兒攙扶著走了，可最後出現在竹屋裡頭的卻是龐晉龍。
也就是說，龐晉川早知道了這件事，卻一直看著宋姨娘蹦躂取信杏姨娘，最後在暗處引著龐晉龍上鉤，宋芸兒自始至終都是他的一步棋子，如今用完了就該是算帳的時候了？
或許宋芸兒可以給她答案。
「將她提到偏廳，妳帶兩個僕婦站在外面，沒叫不要進來。」
「是。」林嬤嬤頷首。
待容盼換下袍衫走向偏廳，宋芸兒早就被人押著跪在中央。
容盼一步步拾級而上，望著她的身影。
宋芸兒似有警覺，猛然回頭。
她臉上已被打得青黑，額上破了一塊血洞，繁重的髮鬢零零散散披散似惡婦，哪裡還有當初的溫柔可人、楚楚可憐？

見到她，宋芸兒連忙掩面轉回身。

容盼對左右的人微微一示意，眾人連忙退出。容盼從她身邊走過，坐到前頭的主位上，沈默了一會兒。「抬頭看我。」

宋芸兒卻問：「他呢？」

屋裡死氣沈沈的，寂靜一片，容盼問：「誰？」

「妳知道！」宋芸兒猛地抬頭，目光憎惡。

容盼吃吃一笑，終於原形畢露了，這就是龐晉川寵了多年的女人？這時候也不知道是她可憐還是龐晉川可憐了。

容盼笑道：「是，知道。」她稍稍一頓，語氣冰冷。「他說，『她已是無關緊要的人』。」

宋芸兒渾身一震，猶如失了所有的力氣癱軟在地上。

容盼起身，走到她跟前蹲下，抬起她的下顎。「妳欠我一條命，還記得嗎？」

宋芸兒目光猶如死寂一般，聽她這句話眸色猛地一跳，狼狽地躲開。

容盼啪地一聲反手就甩了一巴掌過去。「妳以為妳能瞞得有多好！呵，神不知鬼不覺？我且告訴妳，我不恨妳奪走了龐晉川，一個巴掌拍不響，那是你們兩個人的事我懶得管！」

宋芸兒不敢置信地看她。

容盼諷刺一笑，不要她的男人，她又何必上趕著去犯賤？

「宋芸兒，妳千不該萬不該就是不該去觸碰到我的底線。」容盼收起憐憫，從懷中掏出一張紙丟去。「這是妳多年來積攢下來的土地、銀子。怎麼，妳以為妳還有機會留給長滿和如雯？」

宋芸兒一怔，瞳孔不斷放大。「妳、妳怎麼知道？」

「呵。只要我想知道，沒有我不能知道的事……我只告訴妳，龐晉川將妳交給我，或打或殺都在我，但我不要妳死。宋芸兒，妳殺了我的孩子，那就用妳的孩子賠吧，要哪一個不要哪一個妳自己選。」容盼冷漠道。

「不行，不行！」宋芸兒搖頭，跪爬過來抱住容盼的腿，抽噎道：「求您，都是我的錯，您殺了我，不要為難我的孩子。」

「妳覺得可能嗎？」容盼問。

宋芸兒呆呆地望向她，望進她的眼中，這才發現自己到底和誰為敵。

是她把自己一步步逼進絕路！

宋芸兒企圖抓住她的手，撕心裂肺般痛苦。「您放過他們，我說，我說。」

容盼無聲，宋芸兒已到絕望境地。

「我愛他。」這是她的第一句話，容盼諷刺一笑。

「太太，他自己都不知道那時他望著您的眼神是什麼樣的。」宋芸兒壓抑不住的痛苦。

「那種眼神讓我日日夜夜的嫉妒，我恨您，可我也怕他。一天，徐嬤嬤告訴我，只要您腹中的這個孩子沒了，讓我絆住爺，一切都會回到原樣！」

「誰在操控妳？」容盼冷靜問。

「是、是二夫人。」宋芸兒抓住一線生機，急切回道：「她想要將她的姪女嫁給爺，所以只有您死了，您死了對大家都好。」

呵呵，她活著還成了那麼多人的絆腳石了？所以那個孩子就該死了？

「太太，我是一時鬼迷心竅，求您……求您開開恩放過那兩個孩子的命吧。都是二夫人指使我做的……您知道我沒有那個膽子。」宋芸兒搓著手，極力懇求。

容盼已覺得疲憊，她以為宋芸兒是凶手，沒想到竟是一環扣著一環。

容盼站起身，甩開她的手。

宋芸兒恐懼到了極點，攀在她身上不放。「太太、太太，您別走，您聽我說！今晚的事……我什麼都告訴您，真的。」

「說吧。」

她極力想留住容盼。「二太太拿這件事威脅我，讓我把爺帶到竹園。我怕極了，我沒有辦法，真的！我但凡有一點辦法我也不會這麼做。」她使勁搖頭，揪住自己的頭髮。「我怕您知道，您肯定會告訴爺，謀殺嫡子是死罪。我、我不能讓長滿有這樣的姨娘，那他一輩子就沒希望了。」

「所以，妳決定害他了？」容盼笑都笑不出來了。

宋芸兒為了龐晉川，毀了自己的路；現在又為了孩子，要毀掉龐晉川。

「是、是……我沒有辦法！」她大聲哭道，極為恐懼。「爺眼裡就只有小公子，他根本看都不看長滿一眼……所以我只能選長滿，但是，但是太太，我真的沒有想到會這樣。」

宋氏眼中又有了一絲希冀。「二太太告訴我，杏姨娘只是一個姨娘，便是爺被抓住也沒什麼大礙，只是不能襲爵，所以我才敢這麼下手，我無路可走了！」

容盼忍不住咬緊牙關。「蠢貨！」

宋芸兒一呆，容盼厭惡道：「他若是不能以嫡長子的名義襲爵，便是被龐家拋棄的人。被世族拋棄的嫡長子，下場多悲慘，妳不知道嗎！他若因而獲罪，妳與我有什麼好處？」

宋芸兒頓覺五雷轟頂，一時連眼淚都嚇得不敢流出來。

她這才驚覺，自己到底做了什麼事？爺，對她，是恨之入骨了！

對於蠢成這樣的女人，容盼連恨都恨不起來了。「妳，我不讓妳死，妳就關在自己的屋裡，每天我會讓長滿和如雯向妳請安，妳就瞪大妳的眼睛好好看著。」

好好瞧著妳的榮華富貴煙消雲散，瞧著妳的子女對妳滿眼怨恨。

「不要！太太……」宋芸兒打了個寒戰，她知道龐晉川絕對不會放過她，長滿和如雯定是被他厭棄。

現在只有太太能幫她了！

宋芸兒抓住容盼的腿。「求您！我和您交換一個秘密，只要……只要您把我的錢交給長滿就好。」

秘密？

容盼踢開她的手，頭也不回地往外走。

宋芸兒絕望地看著她的背影，嘴角忽地咧開一道森然的笑容，高喊：「太太，玉珠是他的人！從二夫人將我送給他時，他早就在我身邊安插了人了！」

容盼腳步一頓，緩緩回過頭，宋芸兒竟朝著她憐憫一笑。「他都知道！他什麼都知道！」

「哈哈哈……」宋芸兒大笑，她屋裡的事沒有一件他不知道。

一陣涼風穿堂而過，聽得雪花落地，幽香迎風浮動。

容盼忽地一陣錯愕。

只見宋芸兒哭得極其淒慘。「求求您，我知道您心善，只求您千萬替我保住長滿！」

話語落，她嘴猛地一咬，棕褐色的瞳孔逐漸放大，嘴角溢出一縷縷血絲。

容盼看著她倒地，不由得閉上眼。

耳中不斷重播著宋芸兒最後那一句話。

她屋裡的事、宋芸兒做過的事，他都一清二楚。

「龐晉川，龐晉川！」容盼笑得不行，狠狠甩了自己一耳光。

她比宋氏還蠢！

林嬤嬤連忙進來，只見她癱坐在宋氏身邊，宋氏已咬舌自盡。

「太太。」林嬤嬤見她臉色慘白，擔憂不已。

容盼回頭無神地看向她，眸色微動，跳動著一股莫名的光芒……

第十六章

容盼無法安睡，直等到近子時才見他回來。

龐晉川似被打了，嘴角腫起一個腫塊。

他皺著眉，慢慢踱步上了臺階，攬住她的腰，瞪去。「怎麼還沒睡？」語氣稍顯尷尬，他還從來沒有這樣出現在她面前過。

容盼望著他許久，眼眸波動，龐晉川不由摸上臉頰解釋。「被二老爺打了一拳。」

她笑了笑，笑意未達眼底，輕輕道：「我等你。」

「以後遲了就別等我。」龐晉川卻極是高興，拉著她的手就往炕上去，撩了袍衫坐穩，反手將她摟入懷中，就這樣緊緊抱著，滿足的長舒一口氣。

「我一直跟在祖父身邊。」坐下後第一句話，他說。此刻是難得的柔情。

容盼等著。龐晉川吻了吻她的嘴角，繼續道：「二嬸那時喜歡我，因為我很得祖父的寵愛，然而大哥身子卻不好，所以祖父便告知父親，讓他把我過繼為嗣子。」說至此，龐晉川笑了笑。「二嬸卻上竄下跳求著母親。」

「然後呢？」她問。

「祖父極疼我，臨終前只見了我，要我別讓龐國公府敗了……這是他一輩子的心血。」

龐晉川猶覺得不夠，越發摟緊她，語調忽地一變。「二叔其實比父親強多了，可二叔野心太大，雖位列九卿之列，可他還想透過支持雍王，企圖掌管內閣。

「二嬸不過是婦人，但我沒想到她竟也參與其中！今日桌上的酒我一口沒動，喝的都是來旺斟的，哪知那酒裡竟也被動了手腳，加入了迷情香。」

說至此，龐晉川眸色中已是翻滾著波濤，似下一刻便要騰躍而出，嗤笑。「他厲害！親手殺了寵愛的女人和她肚裡的種，他以為如此就可以替龐晉龍脫身了嗎？」

「你要如何？」容昐笑問。

龐家內鬥竟至如此。

世襲，站隊，利益，滿目的慾望充斥其間，但唯有親情在這裡幾近無立足之地。

龐晉川忽覺得疲勞，將她抱到內側躺好，然後半臥在她大腿上，望著她的明眸。「妳該問太子想要什麼。」

容昐嘆了一口氣，他果然是太子那邊的人！

也許從他娶了顧容昐開始，他早就站好了隊。

容昐累極了，她的婚姻和孩子毫無懸念的成了這場政治鬥爭的犧牲品。

吳氏為何如此恨她？大夫人為何從開始就和顧家交好？

宋芸兒的話至今猶在耳畔低呼。

「容昐。」

容昐不知自己是何時失神的，耳邊連聽他叫了自己數遍才回過神。

低下頭，已見龐晉川沈著臉，目光深思。

「什麼？」她強打起精神，目光聚焦在他臉上，將他的不悅清清楚楚收納於眼中。龐晉川正要發怒，大掌擦過她雙手，容盼側身，雙手一擋，閉著眼，連連後退。

龐晉川怒不可遏，低吼過去。「妳竟以為我要打妳！」

容盼愣住了，也看向自己的手，她不知道自己剛才為什麼會那麼懼怕龐晉川。

可就是那樣做了。

見她迷惑的神情，龐晉川也跟著長嘆一口氣，又急又氣：「妳怕我做什麼？我對妳不好嗎？」說著反覆握住她的手，抱怨。「怎麼這麼冰？」

她的手似冰，毫無一絲溫度。

她任由他握住，鬆了一口氣，慢慢說：「許是今晚有些累的緣故。」

「身子還是這般不好嗎？」龐晉川摸上她紅腫的兩頰。

今晚的這一巴掌，讓龐晉川徹底意識到，她顧容盼已不僅僅只是替他看守著後院、完成世族聯姻、生兒育女的對象，她是可以與他並肩攜手的女人。

這輩子，也只有她顧容盼有資格與他並肩。他龐晉川只能，也只有這樣一個女人。

「嗯。」容盼望進他眼中，直達心底，張開口，一字一句道：「許是那年流掉過孩子，虛了身體。」

龐晉川沈默了許久，燭火在他眼中猛烈的閃動，他使出了全身力勁緊緊的抱住她。「養好了身子，咱們再要一個，這一次我好好看護他。」

容盼任由他抱著，長長嘆了一口氣。

又何必呢？她摸上他的後背，也使了所有的勁兒，摟住他，緩緩道：「後天，你可要陪我回門？」

「嗯，妳準備準備。今年帶長灃和小兒一起回去。」龐晉川又跟著喜悅。

容昐閉上眼。「好，我留林嬤嬤下來看守朱歸院。」

翌日，天晴得極好。

「太太，太太。」小兒穿堂而過，一路高呼，身子滑得跟泥鰍一樣，躲開眾人的阻攔。

秋香急道：「小公子、小公子！爺在裡邊！」

小兒哪裡聽得到，撩了門簾就往床上衝。

剛撩開只見父親正摟著太太睡得香甜。

他啊了一聲，連忙後退一步。龐晉川猛地睜開黑漆漆的雙眸，盯住他。小兒虎著臉，手一擋，趕忙往外跑。

容昐被吵醒，揉搓著眼起來，紫袖襖上的繫帶微微鬆脫，露出光潔圓滑的肩膀。

還沒睡醒的模樣，帶著一些迷離，微張著嘴，看他。「剛才是不是小兒的聲音？」

龐晉川重新將她摟入懷中。「是。」一頓，又問：「還要再睡嗎？」

龐晉川的身體太過溫暖，容昐睜著眼呆愣了一會兒，眨了眨眼睛，長長的睫毛撲扇之間投下一層陰影，只是一瞬間的工夫，她轉過頭，伸了一個懶腰，朝他笑。「不了，還得去請安呢。」

「嗯。」他點頭，率先起了床。

容盼見他披著一件薄薄的單衣去沐浴了，才慌忙叫林嬤嬤過來。

「太太醒了？」林嬤嬤見她氣色比昨日好了許多，露出一個笑臉。

容盼抓住她手，在她耳邊輕聲道：「這幾日，我要和他回顧府，妳留下，替我好好查查宋芸兒身邊一個叫玉珠的丫頭。他不在這邊，得力隨從也會跟他到顧府，妳會好查許多。」

她不相信宋芸兒的話，但是如今，她也不相信龐晉川。

昨日在外，林嬤嬤多多少少也聽了一些，聽她這麼說，虎著臉。「太太如何信那賤人的話？她不過是要離間您和爺的感情。」

那邊斷斷續續傳來水花的聲音，龐晉川已經開始沐浴了。

時間不多，容盼懇求道：「嬤嬤，我只信妳，這龐家的人我一概都不相信。妳替我好好查查，我要知道，這孩子到底是怎麼沒的。」

「太太。」林嬤嬤嘆了一口氣。「您又何必這麼執著？如今爺都已經回了頭，您就忘了過去的事吧。」

「嬤嬤，這事若不查清楚這輩子我都寢食難安。」容盼急道：「若是他不知道……這件事我就帶入棺材中，這輩子再也不提一個字。」

林嬤嬤心漏了一拍。「若爺知道呢？」

容盼眸色一閃，抿了抿嘴。「我只求個結果。」她抬起頭。「妳幫我，只幫這一次。」

林嬤嬤一路看她走過，其中的辛酸也只有她最能體會，她拗不過，終究點點頭。「太太放心，我幫您查。」

容盼這才舒了一口氣，坐回到床邊。

正月初一，照例是要給長輩行禮請安的。

容盼很懷疑，在經歷了昨晚那一場動盪，龐府那些人如何還能做到風平浪靜？

她抬起頭望向花廳前的匾額，上面題著「融睦堂」。

融睦堂只有在正月初和府中娶進新人時才開，取義闔府和睦融洽。

只是如今看這金光閃閃的招牌怎麼如此的違和？

容盼腳步一頓，前頭的龐晉川回過頭，朝她伸出手。「怎麼不走？」

容盼嘴角一彎，從容跟上。「好。」

待他兩人到時，滿屋子早已坐滿了人，有的甚至都站在了牆角根。

眾人見他紛紛作揖行禮，龐晉川也一路回過，最後帶著容盼坐在主位的右下方。

龐晉龍和何淑香坐在對角，兩人臉色極差，龐晉龍的嘴角比龐晉川的更恐怖，腫翹得老高。

容盼淡淡的望向旁邊坐著的男人。

心夠狠，手夠辣。對不起他的人，龐晉川從來沒有容忍過，便是他親兄弟亦是如此。

「怎麼了？」他回過頭問。

容盼笑笑。「沒什麼，就是在想父親和二老爺怎麼還沒來？」

龐晉川臉上的笑容全部收起來。

話音剛落，門外僕人唱道：「大老爺、大夫人到！」

眾人紛紛起身迎接，緊接著又唱道：「二老爺、二夫人到——」

大老爺身穿暗紫色袍衫，體態清瘦，捋著黑鬚與眾人點頭而過，大夫人緊隨其後，目色平靜。

容昐目光幽幽看向二老爺，只見他與吳氏都穿著一身暗紅，二老爺黑髮梳得一絲不苟，臉上微微露著笑，他見到龐晉川，笑容一停又起。

容昐隨眾人朝四人行禮，屈膝間看幾道華服唰唰從她眼前走過，直至最後蜜褐色挑繡的裙子，容昐抬頭望去，是吳氏。

她眼中難以抑制的厭惡，往四周看去。「怎麼沒見宋氏？」

眾人都簇擁在大老爺那邊，龐晉川正聽大老爺問話。

「宋氏嗎？」容昐面無表情看著吳氏的狠戾，輕輕道：「她，死了。」

吳氏瞳孔猛地一縮，咬牙切齒。「妳這個毒婦！」

「她是咬舌自盡死的。」容昐抽出絲帕，擦去她噴到臉上的唾沫，聽她這般說自己，慢條斯理的搖頭。「不及，不及。」

吳氏怒火中燒，容昐從袖子中抽出一把玉簪，那是宋氏當年剛生下長滿時吳氏所贈，她將玉簪遞給她，吳氏尚且不覺，只摸到一股冰寒。

容昐已湊近了她耳邊喃喃道：「不及您一二吶。您說宋氏若是變成了鬼，第一個會去找誰呢？」說著，忽抓住她的手臂重重往下直拽三下，一陣冷風恰好吹過，吳氏猛地一震，雞皮疙瘩密密麻麻冒出。

「下次……」容盼告訴她。「若是沒膽就不要害人。」

容盼說得跟玩笑般，轉過身，瞧大夫人朝她招手。「妳和妳二嬸說什麼呢？」

吳氏已是冷汗直冒，容盼撇撇嘴。「正與二嬸說笑呢，母親。」

她徑直走去，路過大老爺前，見龐晉川正拍著龐晉龍的肩膀談笑晏晏，一個兄友一個弟恭，似昨夜的栽贓陷害是她作夢一般。

看來龐晉川已經和二老爺達成了某項協定，終於如他所願。

或許從此以後龐家徹底為龐晉川所有，抑或許會是龐國公府在朝的勢力，可誰知道呢？

他想要的，終究都得到了。

那她呢？

容盼目光緩緩的朝吳氏和何淑香掃去，最後停在龐晉川身上。

「太太。」林嬤嬤走向她，容盼側目問：「什麼事？」

「玉珠死了。」

玉珠死了？

昨晚宋芸兒才剛跟她說起，今天人就沒了。

她屋裡也被安插了人！

容盼隨龐晉川走回屋裡就直直站定望著他，龐晉川挑眉，雙手負於後等她開口。

「玉珠死了。」容盼平靜道。屋裡的人早就退下，只有一道殘陽從窗臺上落下，糾葛在早上新插的梅瓶中，梅花已凋零，連暗香都沒了，屋裡冷冰冰的，讓她止不住的戰慄。

龐晉川眉頭緊皺，看她一臉的慘白。

「不是我幹的。」他開了口解釋道，低沈的男音尤為讓人信服。

「昨晚……」容盼使了很大的勁，終於決定攤牌了。「宋芸兒死前告訴我，玉珠是你安插在她屋裡的眼線。」稍頓，仍帶著一絲希望。「她說的是真的還是假的？」

龐晉川撇開臉，低下頭，許久望向她，眉頭緊鎖。「是又如何？」

容盼唇上最後一點血紅也消失得無影無蹤。「兩年前，宋氏在我藥中下藥的事情你到底知不知道！」容盼慢慢挪步朝他走去，眼睛死死盯住他，雙手緊握。

龐晉川想上前摟住她，卻被容盼躲開，兩人對峙般站著，容盼嘴角打著哆嗦。「你到底知不知道這件事！」

他的默認，早已表明了立場。

容盼難耐地閉眼，簌簌不斷的淚像斷了線的珍珠，她簡直是失望到了極點。

這樣的男人，這樣的龐晉川。

「你就眼睜睜的看著她對我下藥嗎？」容盼抹乾淚水，昂頭看去。

龐晉川嘴角張了張，搖頭。「玉珠先前並未取得她信任，孩子沒了，我懷疑才叫她去查……」

「啪」的一聲，龐晉川稜角分明的側臉上浮起一絲紅痕，容昐雙手還未放下，咬著牙。

「你明明知道，卻不告訴我，還寵了她這麼多年！龐晉川你到底還是不是人？」她到底和什麼樣的人生活了七年？就算她只是無關緊要的人，在一起久了，他也該可憐可憐她失兒的痛苦！

多少個日夜，她簡直是痛不欲生，龐晉川就這樣眼睜睜的看著她，像笑話一樣看她在邊緣掙扎？

「容昐。」龐晉川忍不住向前走去摟住她的腰。

容昐冷漠的盯住他。「龐晉川，他不僅僅是我的兒子，也是你的兒子，你為了一個女人竟然騙了我這麼多年？你覺得我能容忍你到什麼時候！你覺得我就該是替你掌管後院的女人？」容昐微怔了下，胸口止不住的煩悶。

「妳別激動。」龐晉川眼中露出一絲驚恐，趕忙上前摟住她。

容昐猛地推開他的擁抱，伏在圓桌上大口大口的喘息。

冰涼的空氣從肺部進入，壓制不住胸口不斷泛上的噁心。容昐乾嘔了幾下，雙膝一軟整個人癱在地上，渾身莫名地跟打擺子一樣。

「你？」容昐眼中稍顯一絲疑惑。

龐晉川俯身將她側抱在懷，忍不住長嘆一口氣。「去床上休息。」

這種感覺既陌生又熟悉，容昐甚至不敢再往下想，額上瞬間布滿了密密麻麻的冷汗。

「別咬唇。」龐晉川粗礪的手指撫著她嘴上的咬痕，臉上卻是止不住的興奮，就坐在床沿對外頭高喊。「來人，來人！」
眾人連忙進來，龐晉川眉梢上都是喜色。「快去叫太醫！」
秋香發怔，秋涼、秋意更是傻了眼，只林嬤嬤盯著容昐慘白的兩頰許久，忽心領神會。
「阿彌陀佛，佛祖保佑，佛祖保佑。」
龐晉川嘴巴都笑咧了，大掌輕輕覆在她小腹上，欣喜地問她。「妳都沒察覺這月的月信未至嗎？」
容昐一怔，眸色忽地一閃徹底黯下。
是上上個月十五來的，這個月還沒來，是了，還沒來。
她有了，又有了龐晉川的孩子了？
不對！她明明每次都有喝避子湯，都是秋菊準備的。
秋菊上個月回了家，也許久沒叫人傳進來消息了。一連串的訊息飛快地在她腦中重組拼湊，生出一個又一個的疑點，容昐猛地抬頭，尖聲問：「你竟然讓秋菊給我換藥！」
龐晉川抿了唇。「給我生孩子不好？」眸色幽幽，微有薄怒。
容昐只覺得冷冽。「你，龐晉川，你從來不曾覺得對不起我過？」
「這一胎不管男女，我會像小兒一樣疼他。」龐晉川兀自道。
容昐被他的話逗得樂得不成，笑到最後氣喘吁吁，眼淚婆娑，龐晉川的臉也徹底沈了下來，陰惻惻盯著她，渾身散發著陰冷。
「如果我不要這個孩子呢？」和這種男人生活在一起，簡直讓人噁心。

龐晉川眼神一瞇，猛地扼住她的脖子。「不要以為我對不起妳，妳就可以胡攪蠻纏！妳敢動這個孩子試試？」

「怎麼？我不想要他！我恨他！」容昐直視過去，毫無一絲的退縮。

龐晉川已是暴怒，兩穴突突，這讓他的五官顯得戾氣十足，只要這一下，只要他的手再微微一用力，容昐即刻就喪命在他手下。

她不想要這個孩子，她竟敢這樣與他說話？

這麼好看的眼睛，龐晉川簡直無法容忍他在容昐眼中看到的仇恨。「呵呵。」一下，兩下……他突然笑了笑，靠近她，抱住她俯身吻下。

容昐極力掙扎，卻輕而易舉的被攻占了城池，貝齒在他的掠奪下簡直不堪一擊，直到分開時，兩人口中滿是濃重的血腥味。

有她咬的，也有他咬的。

龐晉川啐到地上，擦掉自己嘴上的血跡，又擦掉她唇上的，如此才輕聲道：「知道妳聰明，所以我從來沒有想過這件事能瞞得過妳。」

他眼中閃過一絲狠戾。「宋氏該死。可容昐，那時我還不能殺了她。她是二叔和二嬸留在我身邊的一顆棋子，還生了兩個孩子，他們信任她，所以我需要這枚棋子在身邊。」

容昐沈默以對。

龐晉川覺得自己簡直恨死她這副冷漠的表情，他嗤笑道：「二叔老奸巨猾，逼我投靠雍王，可我卻娶了妳。妳想想看若非這些年宋氏在我身邊，他如何肯對我放心？

「我知道妳想問玉珠。」龐晉川對她道：「妳給我笑一個，我就告訴妳。」

容昐覺得，不是他變態，就是她快要瘋了。

「不樂意笑？」龐晉川自言自語道：「沒關係，不笑我也疼妳。」他顯得有些陰鬱，語氣漸沈。「玉珠的死是二老爺做的。不過放心，我會好好安葬她的，玉珠的父母兄弟我也會一一安排好。對了……她有一個妹妹叫玉樓，性子爽利，想是與妳投緣，明日我便讓她入府侍候妳可好？」

容昐氣得發抖。「你無恥。」

龐晉川捧著她纖細的手放在嘴邊不斷親吻。「好好好，那便不叫她，我們叫秋菊回來。妳身邊的林嬤嬤、秋香、秋涼、秋意太不聽話了。」

「你想怎樣？」她緊張問。

龐晉川笑了笑，隱含著一絲威脅。「只是把她們調離妳身邊，妳什麼時候生下這個孩子，她們就什麼時候回來，但妳若是做出什麼讓我不高興的事，她們可能就永遠不能回來了。」

容昐緩和下脾氣，求道：「你要怎麼樣才能放過我？」

「放了妳？」他笑著撫摸她光滑潔白的臉蛋，長長嘆息。「顧氏，這些年妳都做了什麼？嗯？現在才來求我放過妳了？妳千不該萬不該，就是不該來招惹我。昨晚二叔打在妳臉上的那一巴掌，我至今還覺得心疼。」

「……」容昐悔得簡直想抽自己巴掌。

龐晉川卻是滿足了。「乖乖的，好好生下這個孩子。我答應妳，不會再有第二個宋氏，我這輩子都寵著妳一個，可好？」

屋外，林嬤嬤快步走進來，朝兩人一俯。「爺、太太，太醫在外候著了。」

龐晉川點點頭，攬住她的雙臂，在她髮鬢之間落下一吻。「聽話。晚上我讓長灃和小兒來看妳。妳喜歡長灃，我就讓長灃留下來陪妳，今晚我再來陪妳。」

龐晉川親吻過的地方，容昐雞皮疙瘩驟起。

他也不介意，只是最後灼熱的雙掌在她小腹間輕輕一撫，眸色微動。

龐晉川的動作極快，當晚林嬤嬤等人就被撤得一乾二淨。

容昐睡醒後頭疼難耐，起身喚人喝水。「秋香，秋香。」

門簾撩開，進來的卻是一個陌生的丫頭，長臉、高個兒、手腳寬大。見她醒了，連忙上前笑道：「太太有什麼吩咐？」

容昐微微一怔，防備地問：「妳是誰？」

那丫頭見她要拿水，連忙上前倒了一杯遞到她手中，笑道：「奴婢叫冬卉，是爺叫奴婢來侍候太太的。」話音剛落，門外又接二連三走來三個丫鬟，都紮著頭飾。一個身穿翠綠色棉褲的丫頭道：「奴婢叫冬盞。」

三人中較為纖瘦、面容秀麗的婢女道：「奴婢是冬珍。」

最末稍胖的最後笑道：「奴婢是冬靈。」

「……」容盼沈默著：「林嬤嬤呢？」

四人紛紛低頭，後冬卉上前。「爺說以後便由奴婢們服侍太太和小主子。」

龐晉川這是打算找人監視她了？

從暗處直接轉到明處，他一點遮掩也不要了。

容盼只覺得心下一陣陣的茫然。「妳們下去吧，我自己待一會兒。」

四人都未動，容盼蹭的火氣一下上漲。「怎麼？還需要他親自來，妳們才肯下去嗎？」

見她動怒，四人互相對視一眼，冬卉道：「太太，爺說至少得有一人守著您，所以奴婢們不敢擅自作主。」

「好，好，好。」容盼連續道了三聲好，起身。「妳們不走，好，我走。」

她提起裙子往外走去，還沒待她走到門口，四人已齊唰唰跪在那邊。

「太太饒命。」冬卉遞上水。「太太剛醒，定是口渴得很。」

容盼這才知曉，她們四個多多少少都有些功夫在身上。

龐晉川這算是要徹底軟禁她了？

這時，院中響起喧鬧的腳步聲，小兒聲音摻雜在其間，問：「父親，太太生病了？」

龐晉川好像笑了笑，說：「嗯，生了不大不小的病，等過些日子就好了。」話音剛落，簾子從外撩起，一陣陣冰冷的空氣迎面撲來，夾雜著雪粒的味道。

龐晉川先進來，小兒緊隨其後，再看去長灃竟也跟了來，小心翼翼看著她，長長的睫毛撲閃撲閃似小鹿一般。

他推了兩個孩子，教道：「快去給你們母親請安。」
容盼沈下臉，龐晉川似未察覺，走上前霸道地摟住她的腰，容盼欲要掙扎，卻聽他低聲道：「妳想讓他們看到我和妳吵架？」
容盼的身子徹底軟了下來，龐晉川滿意極了，帶著她坐到炕上。
冬卉連忙拿來兩個暖墊，長灃和小兒一左一右跪下，朝兩人恭敬的行禮。「孩兒祝父親母親福壽綿延、事事如意。」
容盼抿著嘴瞪向龐晉川，他倒是事事如意的，呵呵。
龐晉川回望著她，張開嘴。「你們問問母親，可還生父親的氣了？」
兩個孩子好奇地看她。
「卑鄙。」容盼在他耳邊低聲咒罵，龐晉川也不怒，笑得極為爽朗。
「隨妳怎麼說，只要妳高興就好。」冬卉遞上一件馬甲，龐晉川親自撩開她的長髮，替她披上。
小兒眨眨眼看得發呆，問：「太太，咱們明天要去顧府嗎？」長灃也看她。
不等她接口，龐晉川已經道：「是，明日咱們需拜見岳丈岳母大人了。」語罷，重重捏住她的手。「我需向他們感謝生了妳，又嫁我做妻，妳說是嗎？」
「……」容盼只覺一口怨氣吐不出，又嚥不下去。
腦中就冒出一個詞，同歸於盡算了。

第十七章

五日後，容盼才和龐晉川一起回了門。

途中，和龐晉川共乘一輛車，車廂明明極大，可他的手就是要圈著她的腰，兩個人緊挨一起，馬車顛簸一下幾乎是臉貼著臉。

容盼推了幾次，推不開，有點火了。「你又何必這樣？」

龐晉川漫不經心地看著她，笑咪咪問：「怎麼了，坐著不舒服？」

容盼深吸一口氣，告訴自己要冷靜，但瞧著他一副什麼事情都沒發生的樣子，那股怒火不由得便要爆炸開了一樣，燒得她內心煎熬無比。

「你當初既然決定瞞下那件事，如今又何必假惺惺的來討好我？」容盼低叱。

龐晉川眉頭微微一皺，嘴角露出一絲譏諷。「妳以為這是討好？」

容盼等著他開口，龐晉川緩緩啟唇道：「我喜歡妳才願意看妳高興，若我不喜歡妳了，我不會去費那份心思。」

呵呵，真是冷酷無情的男人。

容盼冷笑著問：「那我是不是得對您感恩戴德？」

龐晉川嘴角笑意漸散，她的冷漠他看得一清二楚，粗礪的長指不由摸上她的雙眉，嘆息問：「容盼，妳還想要什麼？」

容盼一怔，閉緊嘴，望向車簾。

冷風呼呼，時而吹起簾子一角。街上人聲鼎沸，店鋪林立，然而這些東西好像距離她很遠，在她面前的就只是一條看不見盡頭、走不完的長媳之路。

跟著龐晉川，她衣來伸手飯來張口，銀奴俏婢左擁右簇，金山銀山揮之不盡，享受不盡的榮華富貴，看不完的世間繁華。

她想著，好好照顧兩個孩子長大吧，可是這個時候又有了孩子；她也想，就這樣子吧，你做你的官護你的家族，我過我的日子，咱們互不干擾，可他不要，他要她和他付出一樣的感情，要她愛他敬他。

世界上哪裡有這樣的好事？在他狠狠捅了她一刀後，再告訴她我們重新再來？她知道，早在兩年前，她和龐晉川就注定不可能回頭了。

龐晉川的大掌忽然摸在她小腹上，低聲問：「昨夜見妳坐臥難安的樣子，如今可好？」

容盼搖搖頭，對於這個孩子，她並沒有很真切的感受，好像還跟作夢一樣或者只是龐晉川編出來騙她的。她就是愛不起來，沒有辦法。

小車緩緩且行，顧府的高簷漸漸明朗。

龐晉川先下了車，又小心的護著她下來。

剛下車，便瞧見門口蹲著的兩座大石獅子前，站著顧弘然和幾個庶出的兄弟。龐晉川與顧弘然交好，兩人見面互相擊了掌，容盼跟在其後，朝他行了個萬福。「兄長。」

顧弘然三十歲，任職兵部，在幾個兄弟之中他長得並不是極高，但卻有一種不容忽視的貴氣，他連忙扶起容盼，憐愛地摸了摸兩個小孩的頭，笑道：「你們可算是來了，母親在屋裡等了許久，快快，隨我去請安吧。」

容盼問：「父親呢？」

顧弘然只是看著她笑，隨後與龐晉川點頭頷首，兩人眼中深意無限。

知是朝廷上的事，容盼便也不問，一行人坐了轎子往西角門進，轎子越往內院走，人行越密。直到進了垂花門停下，顧弘然親自替容盼撩了轎簾，眾人走過抄手遊廊，繞過大理石的大插屏，才見到正堂。

顧弘然笑笑對容盼道：「剛才你們來時，我正收文書，你們且進去請安，我處理好便過來。」

龐晉川點點頭，上前握住容盼的手，顧弘然重重拍了拍他的肩膀，兩人並未話語，卻已是極為默契。

容盼看在眼底，並未多言。

門下正站著八、九個侍候的僕婦，見著他二人的面連忙上前請安行禮，一個打扮較為得體的上前扶住她的手。「大小姐，夫人在裡頭等許久了。」

久違的稱呼，讓容盼倍感欣慰，她將手搭在那婦人手上，回過頭對長灃道：「快來。」

小兒已經跟著他父親走上了臺階。

「夫人叫姑爺、小姐還有兩個小公子快進去呢。」剛進門，一個紫襖小婢就朝兩人笑道。

容盼心下雀躍，不由腳步跟著也快了許多，待進去，見著母親眼眶先紅了一半。

兩個小婢吃吃笑著，拿了四個暖墊一字擺開，唱道：「姑爺，小姐，給夫人行禮。」

龐晉川、容盼居中跪下，小兒靠著龐晉川，長灃在容盼右側，四人朝顧母拜了又拜，喜得她直呼：「好了，好了，快快起來。」說著伸出手先將兩個孩子抱在懷中，上上下下、仔仔細細打量了一番，猶覺喜愛不夠，親了親道：「可養得真好，只是大兒身子還瘦弱著。」

小兒之前便隨容盼來過幾次，長灃卻只是第二次來。

兩個孩子鬧了顧母許久，容盼才對冬卉道：「將公子帶下休息。」

這邊龐晉川已經和顧母有說有笑。

不知說了什麼，惹得顧母眉頭一皺，看向她，招手喚道：「快過來，這麼大的事也不叫人告知我一聲。」

容盼心下一個咯噔，咧開笑容走上去。「也是前幾日剛知道的，不是什麼大事。」

顧母卻是擔憂。「妳身子原本就不好，前次生育時就吃了大虧，如今這一胎可得好好的養著，今日也不該過來才是。」說著看向龐晉川，埋怨道：「你就縱著她吧。」

「岳母說得是。以後我們兩人更當小心才是。」龐晉川只是笑著望她，容盼瞪向他，他卻渾然不覺似的，直把容盼氣得兩眼冒火，但在顧母面前也只能忍下。

顧母聽他這般保證，又見這次女婿與容盼感情越發膠著，心下也歡喜了不少。

三人正說著，門外小婢喊道：「夫人，姑太太和表小姐來了。」

話音剛落，便聽一女音嘹亮。「聽說姪女婿來了，我也來瞧瞧。」

顧母頓時拉下了臉，龐晉川聽說有女客來便拉著容昐要起身，朝顧母作揖笑道：「有女眷在，小婿不便逗留，先與容昐退下了。」

顧母點點頭。「去吧。」

這話音剛落，兩人迎頭就撞上快步走來的廖姑母。

廖姑母攔在前頭，對容昐微喝道：「怎麼就走？」說話的工夫，兩隻眼睛盯著龐晉川上下地瞧，見他身上衣物、飾品無一不是華貴之物，眼中不由露出幾分喜色，招手叫身後的女兒上來。「苗兒，許久不見妳表姊和表姊夫了，還不快來行禮？」

廖苗生得俊俏，膚色白皙、身材纖細，身上穿著素色的青衣，耳邊只簪著點翠。只瞧她兩眼帶羞，怯生生偷偷望了龐晉川一眼，頓時臉紅耳赤地連忙低頭，那三寸金蓮微微後移，嫋嫋俯身，鶯鶯細語。「妾身給二位行禮。」

容昐猛然在她身上看到了宋芸兒的身影，胸口裡頓覺一陣翻滾。

龐晉川卻不瞧廖苗，目光都聚在容昐身上，見她臉色慘白，緊張問道：「可是不舒服？」

廖苗含著淚也要靠近，容昐嘔了一下，快步急走出去，龐晉川瞪了她一眼，追了上去。只留廖苗一個手足無措地站在原地，眼中星淚點點。

廖姑母卻是喜不自勝，走上前去一屁股坐下對顧母笑問：「昐姊兒可是又有身孕了？」

顧母眉目一彎，點了點頭。「妳瞧出來了？」

「是。」廖姑母也是極其高興，不過一會兒又嘆道：「剛看了姪女婿的容貌，可又恨苗兒當初就不該和那戶家訂親，現如今剛過小定人就沒了，坑害了我苗兒才十七歲就做了望門寡。」帕子抽出，哭道。

顧母勸慰。「雖是可憐，但苗兒到底還是個閨女，這也好嫁。」

廖苗一聽，面色緋紅。

廖姑母這才道：「哪家體面人肯娶她做正頭夫人？我如今也不求和嫂嫂您這般的福氣，只求苗兒能跟個像姪女婿一般的人物，便是做妾也足了。」

顧母如何聽不出她話語間的厲害？當下便不再言語，只笑看她。

她這個小姑，從前在家便是百般不肯吃虧，雖嫁了人了，卻也是見著好的便要收。容盼這些年走過來的路，別人看不清，她做娘的卻是看得清清楚楚，如今到底是要好上了，顧母是決計不肯再讓。

當下不由懨懨道：「好了，自是姻緣天注定了。當初苗兒夫婿不還是妳千選萬選選出來的？如今再說這些做什麼？」

廖姑母氣道：「誰知那是個短命鬼！哪裡敵得過龐家大爺？」說完，拉過廖苗。「嫂嫂，如今容盼又有了孩子，這後院的姨娘定是猖狂，保不齊龐大爺又納了個妾侍進門，倒不如找個可靠老實的，替容盼把住，豈不是好？」

這話一出，羞得廖苗兩頰發紅，眼兒卻止不住的往顧母那邊瞧。

顧母一聽，氣得拉下臉。「哪有岳母往女婿房裡塞人的理？便是要納，也是容盼自個兒的事，我作不得數。」

廖姑母眼眸閃動，若有所思的盯著容盼送來的禮品，嘴上露出了笑。「自是盼姊兒自個兒的事。」

卻說容盼這邊，從顧母屋裡跑出，便吐得一塌糊塗。

龐晉川急得很，跟在後面問：「如何了？」

冬卉遞上帕子，容盼吐得膽汁都出來了，喘著氣臉色蒼白。

她自己都很明顯察覺到，這一胎懷得和前幾胎不一樣。

她能感覺到內裡好像虛透了一般，內外煎熬著。從前幾日起，入睡就難了，早上很早就醒來。這幾日龐晉川雖在她身邊，但盯著他的側臉看，看久了，又覺得如果有把刀劈了他和劈了自己都好。

她蹲下，抽出帕子擦了擦眼角的淚，這才擦著嘴角扠腰站起。

龐晉川要拉她，容盼立馬擺手。「別，別碰我。」接著壓住胸口，大力喘息了幾下，直到冰冷的空氣進入胸膛才好了一些。

「怎麼吐得如此厲害？」他微微蹙眉，並不介意她撇開他。

容盼抬眸，覺得諷刺，問：「太醫說的話，你不也知道？知道你還讓我受孕，如今還問個什麼？」頂多是把這條命賠給他、賠在這孩子身上了。

龐晉川不由嘆了一口氣。「累得很了？」

容盼無精打采地投了一個眼神給他，獨自走在前方。

容盼的身子已經很單薄了，便是這厚重的冬裝好像也撐不起了，走起路來搖搖擺擺，似凌波微步，這讓龐晉川忽然有一種錯覺。

她好像獨自行在世間，活受罪一般。

他不由跟上她，雙臂緊緊擒住她的腰間。

容盼看了他一眼，也懶得反抗了，不然他等下又得發瘋。

「等會兒先好好休息，我不讓長灃和小兒來鬧妳。」龐晉川說著。

容盼深吸一口氣，任由他牽著走。

走到一座小橋，再往東。

龐晉川又問了一聲。「可累了？」

容盼這次是真的累得走不動了，停下身點點頭，龐晉川緊抿著唇攔腰將她抱起，緊緊箍在懷中。

這裡人煙不似顧母院中那麼密集，容盼任由龐晉川抱著，把全身的力量都交到他手中。

龐晉川走了幾步，不由低頭吻了吻她的嘴角，容盼不肯，要躲，他就停下腳步，繼續索吻。

她剛嘔過，嘴裡味道自然不好。躲不開，容盼也存了幾分報復的心思，便由著他去。

龐晉川吻上便不肯放開，從齒貝一路撬開往裡，裡裡外外傾擾著她的舌腔，越到後邊越是凶橫，掠奪越發野蠻。

到他肯放開時，容盼嘆了一口氣問：「你又何必呢？」

龐晉川把頭埋在她光潔的脖頸裡，低低哀求道：「容昐，只這一次，只生這最後一次。」

停了許久竟沒人從這邊走來，容昐望去，果然冬卉幾人守在四周，這樣怎麼可能會有人？

容昐說：「就這樣吧，咱們好好過日子。」

龐晉川眼中閃過一絲欣喜，忍不住捏住她的手，緊張道：「好。」

照例，用過午膳太醫又來問脈，這次除了龐府常請的婦科聖手，還有顧府的。兩個太醫共同問診，都得出容昐的身體內裡極虛，並非懷胎的好時候。

龐晉川問：「這胎可否能保下？」

太醫捋著長鬚。「若定是留，太太可得受苦一些，每日裡必得精心養著，待胎兒過了三月才敢確定。」

龐晉川聞言，面色陰鬱，但總歸是給了他一絲希望，著了人將兩人帶下，打賞一番。

容昐躺在紗幔之後，面色平靜，眼中卻是驚濤駭浪。

龐晉川撩簾進來，容昐連忙要起，他按住她的手。「可還難受？」午膳時就沒吃多少，跟小雞啄米一樣，吃了兩口就犯噁心，他跟著也吃不了多少，這時龐晉川才知她受孕的艱難。

容昐笑道：「現下倒還好，只是不知這孩子是男是女，也才不過一月。」

龐晉川摸著她有些蒼白的面容，大掌輕覆在她小腹上，語氣溫和。「定是個兒子。」

容盼抬頭專注看他，笑笑並未言語，倒是龐晉川纏著她問：「妳喜歡兒子還是女兒？」

兒子、女兒對她沒什麼區別。

容盼說：「只要健健康康就好。」

龐晉川聞言，不由得替她撥開額前的散髮，親了親，鄭重道：「定是平安的。」

兩人正說著，冬卉和冬珍端著盤子從外進來。

容盼目光一閃，轉頭看著她們，嘴角揚起淡淡的笑意。

「爺、太太，這是今日太醫囑咐每日要用的藥膳。」

冬卉半彎著身，龐晉川看向容盼問：「妳要用嗎？」

容盼點頭，揉著肚子。「剛沒吃什麼，現在倒有些餓了。」

龐晉川這才揮手叫二人進來。

容盼臥於榻上，龐晉川半摟著她，婢女二人哪裡敢瞧，連忙低下頭呈上。

容盼打開碗蓋，一股子桂圓紅棗的清香撲鼻而來，容盼舀了一口放在嘴邊吹了吹，卻轉到龐晉川嘴邊，眯著眼笑道：「您替我吃吃，好吃不好吃？」

龐晉川推開，容盼就望著他，他不吃甜的她知道。

龐晉川皺著眉嚥下一口，還沒嚼仔細了，就催著容盼。「還好，快吃。」

難得見他吃癟的模樣。

容盼大笑，也舀了一口放入嘴中，粉嫩嫩的小臉鼓著腮幫子嚼動了幾下，惹得龐晉川愛之不及，剛要伸手摸去，只見她忽地停住，嗆了聲，面色一白，翻了個身趴在床沿，哇的一口全吐了出來。

冬卉嚇得半死，連忙倒茶遞給容盼，容盼手一嘩啦，整個熱茶迎著頭就潑了過來。

龐晉川連忙伸手一帶，險險的沒潑到臉，只是這熱茶卻將她腹部的衣物浸了半濕。

龐晉川當場就黑了臉，眼神陰冷，冬卉、冬珍二人嚇得膝蓋一軟，跪地匍匐，顫抖。

「爺，奴婢萬死。」

「如何了？」龐晉川正帶著容盼坐起，解開她的衣襟，摸向裡頭，還好冬天穿得厚實，沒有濕到底。

容盼已是吐得半死，眼中星淚點點。「我吃不慣，不吃了，不吃了。」見她耍賴，龐晉川心情跟著大好。容盼說：「這些藥膳怎麼透著一股怪味？連著這幾天我都用不下飯。」

龐晉川問：「妳想吃什麼？」

容盼眸色閃了閃，心撲通撲通多跳了一拍，卻幽幽的望他，絕口不提。

「豆腐皮的包子？奶油松瓤卷酥？還是酒釀丸子？」他問，這些都是平常她愛吃的。

容盼搖搖頭。「這孩子隨您，這些日子我也不愛吃甜的了。」

她說著看向他，龐晉川面色緩和了下來，目光柔和地摸向她的小腹，容盼動了下腰，卻被他牢牢擒住。「小氣得很，我是他父親，摸下又如何了？」

容盼扭了扭，委屈道：「我肚子餓。」

龐晉川這才問：「可是想吃什麼了？」

「我說了，您別多想。」容盼笑道，龐晉川點點頭，容盼道：「我想吃火腿鮮筍湯。」

「這不簡單？」龐晉川還以為她要吃什麼多難的東西，正要吩咐下去，容盼拉住他的手，委屈道：「林嬤嬤做的我愛吃，旁人做的，我便老想吐。」

龐晉川不動聲色地望著她，容盼急道：「我懷小兒時也都是她侍候，如今離了她，多少有些難受，您別多想。」

兩人之間沈默了許久，久到容盼覺得呼吸都快停頓了，才見他笑了笑，摸著她的臉。「我以為是什麼，午後我就讓她回妳身邊侍候。」

容盼大喜，龐晉川隨後又道：「妳說過，咱們好好過日子，所以我信妳一回。容盼，妳要的，我都會給，但我要什麼，妳知道。」

容盼靠在他手上，乖巧的點了點頭。「知道，我會好好生下這個孩子。」

她不喜歡和他對視，龐晉川的目光太過銳利，在他注視下，容盼時常覺得自己無處遁形。

沒有人會喜歡這種感覺。

「妳很聰明。」龐晉川順勢摟住她肩膀。

容盼心頭一跳，按壓住眼中跳動的眸光。

現在兩個人就這樣拖著，有意思嗎？她覺得沒意思，可是能怎麼辦？

龐晉川是不會退的，可要和他硬碰硬，更沒必要。

只能主動出擊了。龐晉川喜歡她什麼樣子？容盼一清二楚，她現在在死局中，只能從這裡突破。

龐晉川在她這邊睡過午覺，就被顧弘然叫走。

直到了傍晚都沒回來。

容盼卻等到了林嬤嬤，一碗鮮鹹的火腿鮮筍下肚，腹部一股股熱氣騰騰往上冒。

本來她就是隨口一說，但是沒想到孕後口味真是變了不少。

不喜吃甜的，喜歡鹹的。

這和懷小兒的時候差多了，容盼這個時候才稍稍有點意識，肚子裡真的有了一個生命，等著她提供養分。

「太太可吃好了？」林嬤嬤許久不見她，這時候眼裡更是只有她一人了。

容盼放下湯勺，冬卉遞上帕子，她接了去擦擦嘴，冷淡道：「妳們下去吧。」

冬卉猶豫了下，容盼變了臉色。「我需休息了，這麼多人在我跟前叫我如何睡得下？」

冬卉道：「太太，今日冬珍當值，且讓她留下服侍？」

容盼挑眉望她，嘴角動了動，應了聲。「好。」

冬卉這才帶著眾人退下。

林嬤嬤扶容盼起來，忍不住抱怨道：「怎麼就這幾日好像瞧著又瘦了？」

冬珍跟在後面，容盼輕輕對林嬤嬤說：「是個磨人精，讓我吐得厲害，沒吃什麼東西，自然就瘦。」

三人走到裡間，冬珍要點香，容盼不讓，她要捶腿，容盼也不讓，冬珍問：「太太可需奴婢服侍？」

容盼推了一碗核桃給她。「我醒來後，想吃核桃，妳替我一個一個仔細砸開，我不吃砸壞的，也不吃砸碎的，一顆顆核桃仁原樣給我剝出來。」

冬珍連忙接手，容盼止住。「在這裡砸只會吵得我睡不著覺。」

她猶豫了，容盼一頓。「妳去外間小桌上，隔著一層水晶簾也能看見我，屋裡就林嬤嬤侍候了。」

冬珍無可奈何，只得遵從。

把她打發了，容盼才拉住林嬤嬤，快速問：「秋香、秋意、秋涼她們可好？」

林嬤嬤瞧了外間冬珍一眼，這才道：「被關在龐府了，每日倒還好，只是不見秋菊。」

容盼冷下臉，恨極了。「嬤嬤，我沒想到竟然會是她。」

林嬤嬤嘆了一口氣，容盼繼續道：「等著，冬卉都是他的人，我一時半會兒還想不出什麼辦法，如今只能先拉了妳進來，咱們細細打算打算。」

林嬤嬤一聽她這語氣，覺得不好，就問：「太太，您的意思是？」

容盼氣道：「他雖說為了孩子、為了孩子，可每天都派人監視我。我忍了這幾日，伏低做小，就是要讓他對我減少防備。公府的那攤子事咱們還沒解決呢，吳氏欠我的，我定要一一討回來！」

正說著，外間一個丫鬟走進來通報。「廖姑母來見太太。」

容盼煩得很，道：「就說我睡下了。」

林嬤嬤問：「可是之前嫁到臨安府的那位姑母？」

容盼點點頭。「是，廖姑爹病逝後，姑母守了三年寡，今年過年回來小住了幾日。今日見著她，好像倒有想給廖苗作媒的意思。」

「表小姐怎麼說也是大家小姐，廖姑母如何願意？」

說起這個，容盼就煩，她雖然不管龐晉川納妾不納妾，但她也不大想多添一個麻煩。

「廖苗才剛過小定，戶家的三爺就沒了，如今都傳她剋夫，哪家人敢娶？若是給龐晉川做妾，也是貴妾，再加上主母是我，這倒是一樁好買賣。」容盼分析道。

反正這個姑媽是決計不會吃虧的人了。

容盼這邊正和林嬤嬤說著，冬卉進來。「太太，廖姑母說一定要見到您。」

容盼想了想。「妳叫她進來吧。」

林嬤嬤扶著她出了裡間，剛坐定，就見廖姑母拉著廖苗進來，母女倆長得很像，一個披著八團喜相逢厚錦鑲銀鼠皮披風，一個是妝緞狐膁褶子大氅，廖苗身上有一股柔弱的氣息，能引得男人不由得想保護她。

以前龐晉川喜歡這種類型的女人，只是不知道今早在母親那邊請安時，他為何對廖苗有些反感。

反正他的心思難猜，容盼決定不用費這心神了。

眼下先應付了去。

廖姑母踏入她屋子，四下先打量了一番，見她屋裡插梅的瓶是鈞窯的，案上一個小小的香爐是用青玉精雕細刻的，再見兩旁侍候的丫鬟也個個衣著鮮亮，心下又多了分志在必得。

「姑爺不在嗎？」廖姑母走上前，往容盼旁邊的炕上坐下，一邊問一邊看她，見她穿著一件淺紫邊的琵琶襟上衣，底下是一條月白熟絹的裙，身材纖細，面容透著一股病色。

再瞧去自家閨女，比她病懨懨的模樣絕不止勝一丁半點，不由得眉開眼笑。

容盼目光已是在兩人之間流轉多時，她遞上茶，笑道：「他事忙得很，哪裡有工夫時時守著我？」

冬卉一聽這話，抬頭看廖姑母神色尷尬，會心一笑。

「聽說妳有了？」廖姑母吃了一口茶，轉了話題，一旁廖苗低著臉搓著手上的帕子。比起她，容盼覺得喬月娥親切了許多。

「是，姑母消息靈通。」容盼笑笑，不接後話。

廖姑母眉開眼笑，往案上拉住她的手，親切道：「雖說你們小夫妻感情好，但這個時候妳也得安排人侍候，免得這時候出來個狐狸精，魅惑了他去。」

容盼捂嘴笑了笑，目光不由望向廖苗，廖姑母便拉著廖苗往容盼那邊推去。

冬珍攔道：「夫人，我家太太有孕。」

好丫頭，剛才不該讓她去砸核桃。

廖姑母不喜。「妳這丫頭，好個放肆！我與妳家主子說話，妳敢插嘴！」她身後一起來的老嬤嬤已經拉開袖子上前要打冬珍耳光。

容盼咳了一聲。「冬珍退下。」轉頭對廖姑母道：「姑母莫要怪罪，她原本是姑爺身邊的人，只是近來我剛有孕，他不放心，所以把他的丫鬟親自調到我身邊服侍了。」

廖姑母一聽，雖還有怒氣，但也不願得罪龐晉川的人，另一邊又暗暗吃驚容盼竟然如此受寵。她想了想，起身走到容盼身邊，語重心長道：「所以，妳更該想想在這段時間找個人替妳拉攏住姑爺的心才是。」

容盼聞言，一笑。

廖苗紅了臉，怯生生的，時不時偷看她。

容盼道：「姑母的好意我心領了……」

還沒說完，廖姑母打斷。「妳表妹倒是個好的，昨夜裡我與她說了妳的事，她說表姊辛苦了。我見妳們姊妹同心，妳何不將她帶進府裡去，如此也互相有個依傍，妳說是不是？」

容盼但笑不語。

久了，讓廖姑母感覺她像逗猴一樣，不出催道：「姑母可都是一心為了妳，妳仔細思量思量。」她也知道不能把容盼逼急，今日也是先來探探口風。

容盼聞言答道：「姑母的好意，容盼知曉了，只是今日睏倦得很，便不再相留了。」

廖姑母私下裡翻了個白眼，卻還是笑道：「既是如此，妳就好好休息吧。讓妳表妹留下陪妳說說話。」說罷，起身離開，容盼送了出去。

剛回來，只瞧那廖苗紅了臉，對她說：「表姊，苗兒並沒有和姊姊爭奪的心思。」

呵呵，這是什麼意思？

她有什麼東西怕廖苗奪了去的？

廖苗大著膽子鼓足了勇氣。「……只是一心想著以後好好服侍姊姊，服侍姊……夫。」

容盼一邊聽，一邊默默坐下。

林嬤嬤遞給她一盞牛乳，容盼吃了一口，放下，叫她。「苗表妹。」

「是。」廖苗欣喜地走上前。

容盼問她。「妳與我是表姊妹，如何就叫了我做姊姊？」

廖苗不敢置信地看著她。

如花美眷啊，梨花帶雨，只可惜她不是男人，也不想多帶一個包袱，明知道是委屈自己的事還去做？

容盼挑明了說：「妳是個尊貴人、體面人，是我喜歡的人。今日咱們表姊妹之間難得相聚，還是好好聊聊趣事，妳表姊夫的事，自有他自己去處理了。」容盼已經留了臺階給她，若是她聰明，就該明白自己這話的意思。

廖苗眼淚唰唰落下，容盼又覺得聞得了一股胭脂味。

「我、我……我還有事，就不叨擾了。」廖苗臉色由紅到白又到青。

容盼未留，點了點頭。「去吧。」

不該妄想的事，又何必費盡心機呢？

——未完，待續，請看文創風175《嫡妻說了算》2

文創風 171-173

重為君婦

全套三冊

筆潤情摯，巧織錦繡良緣／花樣年華

前世錯嫁薄倖丈夫，

重生為公府小姐自然得好好挑一門好姻緣！

老天爺真是愛捉弄人，
當她重生為定國公府三小姐後，
自己前世的身軀竟被另一縷靈魂給鳩佔鵲巢，
還陰錯陽差成了對手……
當她想挑一門好親事平穩度過一生，卻接連遭到悔婚告終，
未料，與她一向形同寃家的權貴大少爺歐陽穆莫名轉了性，
不僅一改對她的無禮傲慢，還情真意切地說只對她一人好，
本以為他是犯了怪病或不小心磕壞了腦門，
才會對她這式微的公府嫡女感興趣，
然而，他真立了誓、鐵了心要待她從一而終，
全心全意與她「執子之手，與子偕老」，
她當自個兒這一生覓得了良好姻緣，
誰知，他與她其實是兩世「孽緣」不淺……

字字揪心　層層織就情意／東風醉

嫡妻說了算

全套三冊

她是龐國公府長房嫡媳，
享盡榮華富貴，看遍世間繁華。
可誰又知道，尊榮華貴的背後，她犧牲了什麼？
她明白，要在這個時代立足，愛情遠不如權勢重要，
而今，她付出多少，就要得到多少！

文創風 174 1

穿越七年，顧容盼曾有過熱情、有過執著，
卻終究消磨在高門大戶的婆媳鬥法、妻妾爭寵裡。
長長的歲月裡，她愛過、恨過，也將一切看透，
那些小妾再怎麼爭，也不可能撼動她長房嫡媳的地位，
在這府裡，一切還是得她這個當家主母說了算，
那麼，她又何須在意那些陪襯的配角呢？
現在的她一心只想著，好好照顧兩個孩子長大，
卻發現總冷靜自持的這個男人，灼灼的眼神是她未曾領略的專注。
他說，要和她好好過日子，更要她付出和他一樣的感情，
讓她平靜的心再起波瀾。若早兩年聽到這話，她必定欣喜無比，
可如今這份寵愛，她還要得起嗎？

文創風 175 2

朝堂風起雲湧，硝煙四起，詭譎局勢讓人身不由己，
被牽扯進政爭中，誰都別想安生。
顧容盼知道，不論榮寵衰敗，她和丈夫總在同一艘船上，
為了兩個兒子，為了腹中胎兒，更為了她自己，
她必須肩負起重擔，為他守住龐國公府！
可內有嬸娘妯娌意欲奪權，外有反賊兵馬虎視眈眈，
她勞心勞力，吃盡苦頭，
這條邁向榮耀的血路，長得像是沒有盡頭……
生死關頭，強烈的無力感襲上心頭，
原來，她沒有自己想像的那般無所畏懼，
只是殘酷現實逼得她不得不堅強，不得不武裝自己……

文創風 176 3 完

嫁給龐晉川後，顧容盼一路爭，一路鬥，
一路走來，她只想成為能與他匹配、不讓他丟臉的嫡妻，
回首來時路，卻早已記不起從前的自己是什麼模樣。
她已經疲倦得無法再繼續，於是停在原地不肯再追逐他的身影，
想不到卻換他尋來，拉著她的手許諾再也不會放手。
這一次，她還能相信他嗎？
看他位極人臣，只為給她、給孩子留個盛世太平，
看他因為她的開心而欣喜，為了她的難過而失落，
看他仔細的把她收藏在心間，為她遮掩世事紛擾，
看他為她退讓，為她妥協，為她付出所有。
或許，她這些年的磨難，也算值得了……

文創風
174

嫡妻說了算 1

國家圖書館出版品預行編目資料

嫡妻說了算 / 東風醉著. --
初版. -- 臺北市 : 狗屋, 民103.04
冊 ; 公分. --（文創風）
ISBN 978-986-328-273-0（第1冊：平裝）. --

857.7 103004201

著作者	東風醉
編輯	黃暄尹
校對	黃亭蓁　林若馨
發行所	狗屋出版社有限公司
地址	台北市104中山區龍江路71巷15號1樓
電話	02-2776-5889～0
發行字號	局版台業字845號
法律顧問	蕭雄淋律師
總經銷	知遠文化事業有限公司
電話	02-2664-8800
初版	103年4月
國際書碼	ISBN-13　978-986-328-273-0
原著書名	**《穿越之长媳之路》**，由北京晉江原創網絡科技有限公司授權出版

定價250元
狗屋劃撥帳號：19001626
網址：love.doghouse.com.tw　E-mail：love@doghouse.com.tw